Diogenes Taschenbuch 21415

D1617785

Ray Bradbury

Familientreffen

*Erzählungen
Aus dem
Amerikanischen von
Jürgen Bauer
und Alastair Ker*

Diogenes

Für wen anders als
August Derleth

Inhalt

Der Zwerg

Aimée betrachtete, voller Ruhe, den Himmel.

Heute war eine jener bewegungslosen heißen Sommernächte. Der Beton-Pier leer, die roten, weißen, gelben Glühbirnen, insektengleich, eine an der anderen aufgereiht, brannten in der Luft über der hölzernen Leere. Die Besitzer all der Rummelplatzbuden standen da wie schmelzende Wachsfiguren, mit blind starrenden Augen, ohne ein Wort zu sagen, den ganzen Gang entlang.

Vor einer Stunde waren zwei Kunden durchgegangen. Diese zwei einsamen Menschen fuhren jetzt in der Achterbahn, schrien mörderisch, wenn es steil die funkelnde Nacht hinab ging, sie eine Leere nach der anderen umrundeten.

Aimée schlenderte über den Strand, ein paar abgegriffene hölzerne Wurfringe in den klebrig-feuchten Händen. Hinter dem Kassenhäuschen vor dem Spiegelkabinett blieb sie stehen. In drei gewellten Spiegeln vor dem Kabinett sah sie ihr völlig verzerrtes Abbild. Tausend müde Kopien von ihr verloren sich in dem Gang dahinter, Bilder voller Hitze inmitten all dieser kühlen Klarheit.

Sie trat in die Bude und schaute, ohne sich zu bewegen, eine ganze Weile auf Ralph Bangharts dünnen Hals. Er hielt eine unangezündete Zigarre zwischen seine langen schiefen gelben Zähne geklemmt, während er mit einem zerfledderten Kartenspiel auf dem Brett vor sich eine Patience legte.

Das Aufjaulen der Achterbahn, als sich der Wagen wieder hinab in die schreckliche Tiefe stürzte, erinnerte sie daran, daß sie jetzt endlich etwas sagen mußte.

»Was sind das wohl für Leute, die Achterbahn fahren?«

Ralph Banghart schob seine Zigarre eine gute halbe Minute

zwischen den Zähnen hin und her. »Die Leute wollen sterben. In 'ner Achterbahn fühlst du dich wie nirgendwo dem Tod so nahe.« Er saß da und lauschte dem Geräusch der Gewehrschüsse, das, kaum noch hörbar, von der Schießbude herüberdrang. »Dieser ganze Rummel ist 'ne total verrückte Sache. Der Zwerg, zum Beispiel. Schon mal gesehen? Jeden Abend, zahlt seine zehn Cent und rennt ins Spiegelkabinett, direkt bis in den Langen Lulatsch. Solltest mal sehen, wie eilig's der Knirps hat. Mein Gott!«

»Oh, ja«, sagte Aimée nachdenklich. »Ich habe mir schon öfters überlegt, wie es wohl wäre, ein Zwerg zu sein. Jedesmal, wenn ich ihn sehe, tut er mir leid.«

»Ich könnt ihn zusammendrücken wie 'ne Ziehharmonika.«

»Sei doch nicht so gemein!«

»Ach du Schreck.« Ralph tätschelte mit seiner freien Hand ihren Schenkel. »Was machst du bloß für ein Getue um Leute, die du nicht mal kennst.« Er schüttelte den Kopf und kicherte leise. »Der und sein Geheimnis. Nur weiß er nicht, daß ich weiß, klar? Mann o Mann!«

»Es ist heiß heute nacht.« Sie drehte die großen Holzringe nervös in den feuchten Händen.

»Weich nicht aus. Der kommt, ob's stürmt oder schneit.«

Aimée verlagerte das Gewicht aufs andere Bein.

Ralph packte sie am Ellbogen. »He, bist du vielleicht sauer? Du willst den Zwerg doch auch sehen, oder? Pst!« Ralph drehte sich um. »Da is' er schon!«

Die Zwergenhand, behaart und dunkel, erschien wie von selbst über dem Brett und legte ein silbernes Zehn-Cent-Stück hin. Eine unsichtbare Person rief mit hoher Kinderstimme: »Einmal!«

Unwillkürlich beugte Aimée sich nach vorn.

Der Zwerg sah zu ihr auf, ein dunkelhaariger, häßlicher Mann mit dunklen Augen, der aussah, als habe man ihn in eine Weinkelter gesteckt und immer weiter nach unten

gepreßt und gedrückt, ihn zusammengefaltet, zusammenge-
quält, bis nur noch eine bleiche Masse aus Entsetzen und Wut
übrig war, das Gesicht unförmig aufgedunsen, ein Gesicht,
das nachts um zwei, drei, ja vier Uhr mit weit geöffneten
Augen hellwach vor sich hin starren muß, während, flach im
Bett, nur der Körper schläft.

Ralph riß eine gelbe Eintrittskarte durch. »Einmal!«

Der Zwerg zog, als fürchte er sich vor einem nahenden
Unwetter, seine schwarzen Mantelaufschläge fest um den
Hals zusammen und watschelte geschwind weiter. Einen
Augenblick später irrten zehntausend verlorene dunkle
Zwerge zwischen den Spiegelflächen hin und her, aufgeregten
dunklen Käfern gleich, um schließlich zu verschwinden.

»Schnell!«

Ralph schob Aimée einen dunklen Gang hinter den Spiegeln entlang. Sie spürte, wie er sie immer wieder anstupste auf
dem Weg durch den Tunnel nach hinten bis zu einer dünnen
Trennwand mit einem Guckloch.

»Das ist 'n Hammer«, gluckste er. »Nur zu – schau mal.«

Aimée zögerte, dann näherte sie ihr Gesicht der Trennwand.

»Kannst du ihn sehen?« flüsterte Ralph.

Aimée spürte ihr Herz pochen. Eine lange Minute verstrich.

Da stand der Zwerg mitten in dem kleinen blauen Raum.
Seine Augen waren geschlossen. Er war noch nicht so weit,
daß er sie öffnen konnte. Da, jetzt hob er die Augenlider und
schaute in den großen Spiegel, vor dem er stand, und was er
darin sah, entlockte ihm ein Lächeln. Er zwinkerte, drehte
Pirouetten, stellte sich seitlich zum Spiegel, winkte mit den
Händen, verbeugte sich, vollführte einen tolpatschigen kleinen Tanz.

Und der Spiegel wiederholte jede Bewegung mit langen,
dünnen Armen, mit einem riesenhaften Körper, mit einem
überdimensionierten Zwinkern und einer kolossalen Wieder-

gabe des Tanzes, der mit einer gigantischen Verbeugung endete.

»Jeden Abend das gleiche«, flüsterte Ralph Aimée ins Ohr. »Ist das nicht 'n Ding?«

Aimée wandte den Kopf und starrte Ralph an, eine ganze Zeitlang, mit unbewegtem Gesicht, und sagte nichts. Dann drehte sie, als könne sie nicht anders, den Kopf langsam, ganz langsam wieder nach vorn und schaute noch einmal durch das Loch. Sie hielt den Atem an. Sie spürte, wie ihre Augen sich langsam mit Tränen füllten.

Ralph stupste sie an und flüsterte: »He, was macht der Winzling denn jetzt?«

Sie saßen in der Kassenbude, tranken Kaffee und sahen einander nicht an, als, eine halbe Stunde später, der Zwerg aus dem Spiegelsaal kam. Er nahm den Hut ab und wollte eben näherkommen, als er Aimée sah und sich eilig abwandte.

»Er wollte irgendwas«, sagte Aimée.

»Ja.« Ralph drückte träge seine Zigarette aus. »Ich weiß sogar was. Aber er hat sich nicht getraut zu fragen. Eines Abends sagt er doch mit seiner piepsigen kleinen Stimme zu mir: ›Diese Spiegel sind bestimmt teuer.‹ Na, da hab ich mich dumm gestellt und gesagt, das sind sie wohl. Er schaut mich erwartungsvoll an, und als ich nichts weiter sage, geht er nach Haus, aber am nächsten Abend fragt er: ›Ich schätze, so ein Spiegel kostet 'n Fünfziger, wenn nicht 'n Hunderter?‹ Das kann hinkommen, sage ich. Und dann legte ich eine Patience.«

»Ralph«, sagte sie.

Er blickte auf. »Warum siehst du mich so an?«

»Ralph«, sagte sie, »warum verkaufst du ihm nicht einen von denen, die du nicht brauchst?«

»Hör mal zu, Aimée, erzähl' ich dir vielleicht, wie du deinen Laden mit den Wurfringen aufziehen sollst?«

»Wieviel kostet so ein Spiegel?«

»Ich krieg sie gebraucht für fünfunddreißig Dollar.«

»Warum sagst du ihm dann nicht, wo er einen kaufen kann?«

»Aimée, denk doch mal ein bißchen mit.« Er legte seine Hand auf ihr Knie. Sie zog das Knie weg. »Selbst wenn ich ihm sage, wo er einen kriegt, meinst du, der würd' sich einen kaufen? Im Leben nicht. Und warum? Er hat 'n Komplex. Wenn der die geringste Ahnung hätte, daß ich weiß, was er vor dem Spiegel im Langen Lulatsch treibt, würde er nie mehr hier auftauchen. Er tut so, als gehe er einfach durch das Kabinett, als irre er darin herum wie alle anderen auch. Als kümmere er sich überhaupt nicht um diesen besonderen Raum. Er wartet immer, bis der Betrieb nachläßt, spät am Abend, dann hat er den Raum ganz für sich allein. Keine Ahnung, womit er sich an Abenden, an denen hier viel los ist, amüsiert. Nein, der würd' sich nie trauen, in irgendeinen Laden zu gehen und einen Spiegel zu kaufen. Er hat keine Freunde, und selbst wenn er welche hätte, könnte er sie nicht einfach darum bitten, ihm so ein Ding zu kaufen. Sein Stolz, nur aus Stolz. Der einzige Grund, daß er es mir gegenüber erwähnt hat, ist, er kennt außer mir praktisch niemanden. Außerdem, schau ihn doch mal an – womit sollte er so 'n Spiegel denn bezahlen. Er könnte sich vielleicht was zusammensparen, aber wo zum Teufel findet so ein Zwerg in der heutigen Welt schon noch Arbeit? Der ist doch niemandem auch nur 'n roten Heller wert, außer im Zirkus will den doch keiner.«

»Ich fühl mich schrecklich. Ich bin traurig.« Aimée saß da und starrte auf den leeren Holzsteg. »Wo wohnt er?«

»Hat 'n winziges Zimmer unten am Hafen. ›The Ganghes Arms‹ heißt die Kneipe. Warum fragst du?«

»Ich bin schrecklich verliebt in ihn, wenn du's wissen mußt.«

Ein Grinsen umspielte seine Zigarre. »Aimée«, sagte er, »du und deine komischen Witze.«

13

Eine warme Nacht, ein heißer Morgen, dann die glühende Mittagssonne. Die See war eine gleißende Scheibe aus Lamé und Glas.

Aimée kam auf dem Pier über der warmen See heran, hielt sich im Schatten zwischen den verschlossenen Buden, ein halbes Dutzend von der Sonne ausgeblichene Zeitschriften unter dem Arm. Sie öffnete eine Tür, von der die Farbe abblätterte, und rief ins heiße Dunkel. »Ralph?« Sie tastete sich durch den schwarzen Raum hinter den Spiegeln, ihre Absätze klapperten auf dem Holzboden. »Ralph?«

Jemand bewegte sich träge auf dem Feldbett. »Aimée?« Er setzte sich auf und schraubte eine schwache Glühbirne in die Fassung an der Frisierkommode. Er blinzelte sie an. »He, du guckst, als ob du was ausgefressen hast.«

»Ralph, ich komme wegen dem Liliputaner!«

»Zwerg, mein Schätzchen, Zwerg. Bei einem Liliputaner stimmt's in den Zellen nicht, der ist so geboren. Bei 'nem Zwerg kommt's von den Drüsen...«

»Ralph! Ich hab was ganz Wunderbares über ihn erfahren!«

»Also ehrlich«, sagte er zu seinen Händen, die er als Zeugen seiner Ungläubigkeit vorgestreckt hatte. »Diese Frauen! Wer, zum Teufel, würde auch nur zwei Cent für so einen häßlichen, kleinen...«

»Ralph!« Sie hielt ihm die Zeitschriften hin, ihre Augen glänzten. »Er ist Schriftsteller! Stell dir vor!«

»Bißchen heiß heute, um sich viel vorzustellen.« Er legte sich zurück und musterte sie mit einem schwachen Lächeln.

»Ich bin zufällig bei ›Ganghes Arms‹ vorbeigekommen und habe Mr. Greeley, den Wirt, getroffen. Er sagt, die Schreibmaschine sei die ganze Nacht in Betrieb bei Mr. Big!«

»Heißt der Kleine etwa Big?« Ralph brach in brüllendes Gelächter aus.

»Er schreibt gerade so viele billige Krimis, daß er davon

leben kann. Ich hab eine seiner Geschichten in einem Ramschladen gefunden, und, Ralph, stell dir vor!«

»Ich bin müde, Aimée.«

»Was das Gefühl angeht, ist der kleine Kerl wirklich ›big‹, ist er ein Riese, und er hat wahnsinnig viel im Kopf.«

»Warum schreibt er dann nicht für die großen Zeitschriften, sag doch mal.«

»Vielleicht traut er sich nicht – er weiß vielleicht nicht, daß er das kann. So was gibt es. Menschen ohne Selbstvertrauen. Aber wenn er es nur versuchte, ich bin sicher, daß er seine Geschichten überall verkaufen könnte.«

»Dann frag ich mich, warum er nicht reich ist.«

»Vielleicht, weil er nicht so oft gute Einfälle hat, weil er sich mies fühlt. Wem ginge das auch nicht so? Bei *der* Größe! Ich bin sicher, daß es da ziemlich schwerfällt, an etwas anderes zu denken als daran, daß man so klein ist und in einem billigen Zimmer lebt.«

»Verdammt!« schnaubte Ralph. »Du redest wie Florence Nightingales Großmutter.«

Sie hielt die Zeitschrift hoch. »Ich les dir ein Stück aus seinem Krimi vor. Revolver und knallharte Typen – alles drin –, aber erzählt wird die Geschichte von einem Zwerg. Wetten, daß in der Redaktion niemand auf den Gedanken kam, daß der Autor weiß, wovon er spricht. Oh, bitte, sitz doch nicht so da, Ralph! Hör zu.«

Und sie begann, laut vorzulesen.

»Ich bin ein Zwerg, und ich bin ein Mörder. Das ist nicht voneinander zu trennen. Das eine ist die Ursache des anderen. Der Mann, den ich umgebracht habe, hielt mich immer auf der Straße an, hob mich hoch auf seinen Arm, küßte mich auf die Stirn, sang mir lautstark etwas Schmalziges vor, ein Wiegenlied, schleppte mich in einen Fleischmarkt, warf mich auf eine Waage und rief: ›He, Metzger, wieg deinen Daumen nicht mit!‹

Sehen Sie, wie unser beider Leben sich auf den Mord

zubewegte? Dieser Narr, der mich an Fleisch und Seele peinigte!

Meine Kindheit: meine Eltern waren klein, aber keine Zwerge, nicht ganz. Aufgrund einer Erbschaft meines Vaters lebten wir in einem Puppenhaus, einem erstaunlichen Ding mit weißen Verzierungen wie eine Hochzeitstorte – kleine Zimmer, kleine Stühle, Miniaturgemälde, Kameen, Bernsteinstücke mit darin gefangenen Insekten, alles winzig, ganz, ganz winzig! Die Welt der Riesen weit weg, ein häßliches Gerücht jenseits der Gartenmauer. Arme Mama, armer Papa! Sie wollten nur mein Bestes. Sie verwahrten mich wie eine Porzellanvase, klein und wertvoll, hielten mich fest, in unserer Ameisenwelt, unseren Bienenstock-Zimmern, unserer mikroskopischen Bibliothek, unserem Land mit Türen in Käfer-Größe und Motten-Fenstern. Erst heute erkenne ich, welch grandiose Ausmaße der Wahn meiner Eltern angenommen hatte! Sie müssen geträumt haben, sie würden ewig leben und könnten mich wie einen Schmetterling unter Glas halten. Doch zuerst starb Vater, und dann verschlang ein Feuer das kleine Haus, das Wespennest, und jeden Briefmarken-Spiegel und jeden Salzstreuer-Schrank darin. Auch Mama tot! Und ich, ganz allein, schaute in die in sich zusammengesunkene Glut, wurde hinausgeschleudert in eine Welt von Monstern und Titanen, mitgerissen von einem Erdrutsch der Realität, getrieben, hin und her gedreht und gegen den Fuß der Klippe geschleudert!

Ich brauchte ein Jahr, um mich anzupassen. Irgendwo als Attraktion aufzutreten war undenkbar. Es schien auf der ganzen Welt keinen Platz für mich zu geben. Und dann, vor einem Monat, tauchte mein Peiniger auf, stülpte eine Haube auf meinen nichtsahnenden Kopf und rief seinen Freunden zu: ›Ich möchte euch mit meinem kleinen Frauchen bekannt machen!‹«

Aimée hörte auf zu lesen. Ihre Augen blickten unruhig, und die Zeitschrift zitterte, als sie sie Ralph reichte. »Lies selbst zu Ende. Der Rest ist die Geschichte eines Mordes. Sie ist nicht schlecht. Aber verstehst du? Dieser kleine Mann. Dieser kleine Mann.«

Ralph warf die Zeitschrift beiseite und steckte sich träge eine Zigarette an. »Ich lese lieber Western.«

»Ralph, du mußt es lesen! Er braucht jemanden, der ihm sagt, wie gut er ist, und der dafür sorgt, daß er nicht aufgibt.«

Ralph neigte den Kopf zur Seite und sah sie an. »Und wer, meinst du, wird das sein? O ja, schließlich sind wir des Erlösers rechte Hand, nicht wahr?«

»Hör doch auf damit!«

»Verdammt, benutz doch mal deinen Kopf! Du stürmst auf ihn ein, er wird meinen, du hast Mitleid mit ihm. Er wird dich schreiend aus dem Zimmer jagen.«

Langsam setzte sie sich, dachte darüber nach, wollte es sich durch den Kopf gehen lassen, es von allen Seiten betrachten. »Ich weiß nicht. Vielleicht hast du recht. Nein, es ist nicht nur Mitleid, Ralph, ehrlich. Aber vielleicht sähe es für ihn so aus. Ich muß da schrecklich vorsichtig sein.«

Er rüttelte sie an der Schulter, zwickte sie dabei ein wenig. »Zum Teufel, laß die Finger von ihm, sag ich dir; du wirst dir nichts als Ärger einhandeln. Mein Gott, Aimée, ich hab noch nie erlebt, daß du dich so in etwas verrannt hast. Schau, du und ich, wir könnten uns einen schönen Tag machen, was zu essen einpacken, den Wagen volltanken und einfach die Küste langfahren, so weit wir kommen; wir könnten baden, zu Abend essen, in irgendeiner kleinen Stadt nett ausgehen – zum Teufel mit dem Rummelplatz, was meinst du? Einfach 'n schönen Tag und keinen Ärger. Ich hab 'n bißchen was gespart.«

»Es liegt daran, daß ich weiß, er ist anders«, sagte sie und wandte den Blick ab ins Dunkel. »Es liegt daran, daß er etwas ist, was wir niemals sein können – du und ich und all die anderen hier auf dem Pier. Das Leben hat ihn schlecht behandelt, er ist eigentlich nur am Rummelplatz zu gebrauchen, trotzdem ist er drüben an Land. Und uns hat das Leben so gemacht, daß wir nicht hier in den Buden arbeiten müßten, und doch, wir sind hier, draußen auf See, auf dem Pier. Manchmal kommt es einem vor, als wäre es 'ne Million Meilen zur Küste. Warum, Ralph, haben wir die Körper gekriegt, aber er den Verstand, und kommt auf Dinge, die uns nicht mal im Traum einfallen würden?«

»Du hast mir überhaupt nicht zugehört!« sagte Ralph.

Sie saß da, und er stand über ihr, seine Stimme klang weit entfernt. Sie hielt die Augen halb geschlossen, die Hände lagen in ihrem Schoß, zuckten unruhig.

»Ich mag es nicht, wenn du diesen wissenden Blick aufsetzt«, sagte er schließlich.

Sie öffnete langsam ihren Geldbeutel, zog ein dünnes Bündel Scheine heraus und begann zu zählen. »Fünfunddreißig, vierzig. So. Ich werde Billie Fine anrufen und ihn einen dieser vergrößernden Spiegel zu Mr. Bigelow ins ›Ganghes Arms‹ bringen lassen. Jawohl!«

»Was!«

»Denk doch, Ralph, wie wundervoll es für ihn sein muß, einen in seinem eigenen Zimmer zu haben, wann immer er ihn braucht. Kann ich mal telefonieren?«

»Nur zu, spinn dich ruhig aus.«

Ralph drehte sich schnell um und marschierte davon, in den Tunnel hinein. Eine Tür schlug zu.

Aimée wartete, dann, nach einer Weile, griff sie zum Telefon und begann, quälend langsam, zu wählen. Zwischen den einzelnen Zahlen machte sie Pausen, hielt den Atem an, schloß die Augen, stellte sich vor, wie man sich fühlen müsse, so klein in dieser Welt, wenn einem dann eines Tages irgendwer so einen Spiegel schickte. Einen Spiegel für dein Zimmer, wohin du dich mit deinem großen Spiegelbild zurückziehen kannst, strahlend, wo du Geschichte um Geschichte schreiben kannst; hinaus in die Welt gehst du nur, wenn es unbedingt sein muß. Wie wäre das wohl, allein, mit der wunderbaren Illusion im Zimmer, ganz in einem Stück. Würde es dich fröhlich oder traurig machen, dir beim Schreiben helfen oder dich dabei behindern? Ihr Kopf zuckte vor und zurück, vor und zurück. Wenigstens könnte dann keiner auf dich herabsehen. Nacht für Nacht würdest du vielleicht heimlich um drei Uhr aufstehen, frühmorgens, wenn es noch kalt ist, und du könntest herumtanzen, lächeln, dir zuwinken, so herrlich und groß in der glänzenden Spiegelscheibe.

Eine Stimme im Telefon sagte: »Billie Fine.«

»Oh, Billie!« rief sie.

Die Nacht brach herein über dem Pier. Der Ozean lag dunkel und laut unter den Planken. Ralph saß kalt und wie eine Wachspuppe in seinem gläsernen Sarg, legte Karten aus, die Augen starr, die Lippen steif. Neben seinem Ellbogen wuchs eine Pyramide aus Zigarettenkippen immer weiter an. Als Aimée, lächelnd, winkend, unter den heißen roten und blauen Glühbirnen daherspaziert kam, legte er ungerührt weiter seine Karten ab, langsam, eine nach der anderen.

»Hallo, Ralph!« sagte sie.

»Wie steht's mit der Liebe?« fragte er und trank einen Schluck Eiswasser aus einem schmutzigen Glas. »Wie geht's Charlie Boyer, oder war's Cary Grant?«

»Ich hab mir eben einen neuen Hut gekauft«, sagte sie strahlend. »Bei Gott, geht's mir gut! Weißt du auch, warum? Morgen liefert Billie Fine den Spiegel! Kannst du dir nicht das Gesicht von dem netten kleinen Kerl vorstellen?«

»Mit meiner Vorstellungskraft ist es nicht so weit her.«

»Mein Gott, du tust gerade so, als wollte ich ihn heiraten.«

»Warum nicht? Kannst ihn in einem Koffer spazierentragen. Die Leute werden fragen: ›Wo ist Ihr Gatte?‹ Du brauchst nur den Koffer aufzumachen, lauthals zu schreien: ›Hier ist er!‹ Wie ein silbernes Kornett. Nimmst ihn raus, wann es dir paßt, spielst 'ne Melodie, verstaust ihn wieder. Und hinter dem Haus steht eine Kiste mit Sand für ihn.«

19

»Ich hab mich so gut gefühlt«, sagte sie.

»Mildtätig paßt besser.« Ralph schaute sie nicht an, seine Lippen waren angespannt. »Mild-tä-tig. Das kommt wohl alles davon, daß ich ihn durch das Astloch beobachtet habe, um meinen Spaß zu haben? Oder warum hast du ihm den Spiegel geschickt? Leute wie du, die ständig Seelen retten wollen, nehmen einem jede Freude im Leben.«

»Das war das letzte Mal, daß ich mich hier bei dir habe blicken lassen. Lieber habe ich gar keine Freunde als fiese Freunde.«

Ralph stieß einen Seufzer aus. »Aimée, Aimée. Merkst du denn nicht, daß du dem Jungen nicht helfen kannst? Der tickt doch nicht ganz richtig. Und du bist so verrückt und sagst ihm: ›Nur zu, tob deine Macke ruhig aus, ich helf dir, Kumpel.‹«

»Es ist schön, mal einen Fehler zu machen, wenigstens einmal im Leben, wenn man das Gefühl hat, man tut damit jemandem etwas Gutes«, sagte sie.

»Der Herr schütze mich vor Weltverbesserern, Aimée.«

»Halt den Mund, halt den Mund!« schrie sie, dann sagte sie gar nichts mehr.

Er ließ das Schweigen eine Weile andauern, dann stellte er sein mit Fingerabdrücken bedecktes Glas beiseite und stand auf. »Paßt du 'n Augenblick auf die Bude auf?«

»Klar. Was ist los?«

Sie sah tausend kalte weiße Abbilder von ihm, sah ihn hineinstelzen in die gläsernen Korridore zwischen den Spiegeln, die Lippen fest aufeinandergepreßt, die Finger in hektischer Bewegung.

Sie saß eine volle Minute in der Bude, als sie plötzlich ein Schaudern befiel. Ein kleiner Wecker tickte, und sie drehte den Kartenstapel um, eine Karte nach der anderen, und wartete. Sie hörte, weit drinnen im Spiegelkabinett, ein Hämmern, erst dumpf, dann heller, dann wieder dumpf; erneut Stille, Warten, und dann zehntausend Bilder, die auftauchten, verschwanden, wieder auftauchten, Ralph mit großen Schritten, den Blick auf zehntausend Bilder von ihr in der Bude gerichtet. Sie hörte sein verhaltenes Lachen, als er die Rampe herabkam.

»Na, woher die gute Laune?« fragte sie mißtrauisch.

»Aimée«, sagte er lässig, »wir sollten uns nicht streiten. Du sagst, morgen schickt Billie den Spiegel zu Mr. Big?«

»Du planst nicht irgendeine krumme Tour?«

»Ich?« Er schob sie aus der Bude, griff zu den Karten, summte dabei, seine Augen strahlten. »Aber nein, ich doch nicht.« Er schaute sie nicht an, sondern begann eilig, klatschend die Karten vor sich auszulegen. Sie stand hinter ihm. Ihr rechtes Auge fing an, ein wenig zu zucken. Sie verschränkte die Arme, ließ sie dann wieder lose herabhängen. Eine Minute verstrich. Die einzigen Geräusche waren das Rauschen des Ozeans unter dem nächtlichen Pier, Ralphs Atem in der Hitze, das Gegeneinanderreiben der Karten. Der Himmel über dem Pier war heiß und dick vor Wolken. Draußen auf See zuckten erste ferne Blitze auf.

»Ralph«, sagte sie schließlich.

»Ganz ruhig, Aimée«, sagte er.

»Wegen dem Ausflug, von dem du gesprochen hast, die Küste entlang –«

»Morgen«, sagte er. »Vielleicht in einem Monat. Oder in einem Jahr. Der gute Ralph Banghart hat Geduld. Ich bin ganz ruhig, Aimée. Schau.« Er hielt eine Hand hoch. »Die Ruhe selbst.«

Sie wartete, bis ein Donnergrollen draußen auf See verklungen war.

»Ich will nur, daß du nicht verrückt spielst, das ist alles. Ich will nur nicht, daß was Schlimmes passiert, versprich mir das.«

Der Wind blies, bald warm, bald kühl über den Pier. Er trug Regengeruch heran. Der Wecker tickte. Aimée begann, heftig zu schwitzen, während ihr Blick den flinken Bewegungen der Karten folgte. In der Ferne hörte man, wie an der Schießbude Kugeln ins Ziel einschlugen und die Pistolen knallten.

Und dann, plötzlich, tauchte er auf. Kam angewatschelt über den leeren Platz, unter den Glühlampeninsekten, das Gesicht düster und verzerrt, jede Bewegung eine Qual. Den ganzen Pier entlang kam er, unter Aimées Augen, näher. Sie hätte ihm gern gesagt, daß das sein letzter Abend sei, das letzte Mal, daß er schamerfüllt hierher kommen mußte, das letzte Mal, daß er es ertragen mußte, von Ralph beobachtet zu werden, auch wenn der es heimlich tat. Sie hätte es gern hinausgeschrien und gelacht und ihm all das gesagt, direkt vor Ralph. Aber sie sagte nichts.

»Hallo, hallo!« rief Ralph. »Eintritt frei, heute abend! Geschenk des Hauses für alte Kunden!«

Der Zwerg blickte hoch, verschreckt, seine kleinen schwarzen Augen eilten verwirrt hin und her. Seine Lippen formten das Wort ›danke‹, und er wandte sich ab, eine Hand am Hals, die winzigen Mantelaufschläge fest bis an die zuckende Kehle hochgezogen, die andere Hand heimlich um das silberne Zehn-Cent-Stück geballt. Er warf einen Blick zurück, nickte kaum merklich, und dann wanderten Hunderte zusammengedrückter und gequälter Gesichter, denen die Lampen eine merkwürdige dunkle Farbe einbrannten, in den gläsernen Korridor hinein.

»Ralph«, Aimée packte ihn am Ellbogen. »Was ist los?«

Er grinste. »Ich bin nur mildtätig, Aimée, mildtätig.«

»Ralph«, sagte sie.

»Pst«, sagte er. »Hör doch.«

Sie warteten in der Bude, in langem, warmem Schweigen. Dann ertönte aus einiger Entfernung ein Schrei.

»Ralph!« sagte Aimée.

»Hör nur, hör!« sagte er.

Ein zweiter Schrei, und noch einer und noch einer, dann ein Umsichschlagen, Hämmern und Klirren, Hinundhergetrappel durch das Kabinett. Da, wild gegen die Spiegel prallend, von einer Seite des Ganges zur anderen geschleudert, kam unter schrillem, hysterischem Schreien und Schluchzen, Bäche von Tränen im Gesicht, den Mund weit aufgerissen, Mr. Bigelow. Er stürzte heraus in die brennende Nachtluft, blickte wild um sich, stieß Klagerufe aus und rannte über den Pier davon.

»Ralph, was ist passiert?«

Ralph saß da, brüllte vor Lachen und klatschte sich auf die Schenkel.

Sie gab ihm eine Ohrfeige. »Was hast du gemacht?«

Er hörte nicht einmal ganz auf zu lachen. »Komm. Ich zeig dir's!«

Und dann war sie im Kabinett, eilte von einem der weißglühenden Spiegel zum nächsten, sah ihren Lippenstift, feuerrot, tausendfach wiederholt die ganze silbern flammende Höhle entlang, in der seltsame hysterische Frauen, die ihr glichen, hinter einem schnell dahineilenden, grinsenden Mann herliefen. »Komm doch!« rief er. Und dann stürzten sie in einen winzigen, staubig riechenden Raum.

»Ralph!« sagte sie.

Sie standen beide auf der Schwelle des kleinen Raumes, in den der Zwerg ein Jahr lang jeden Abend gekommen war. Sie standen beide an der Stelle, wo der Zwerg jeden Abend gestanden hatte, ehe er die Augen öffnete, um das wunderbare Bild vor sich zu sehen.

Aimée tastete sich langsam, eine Hand vorgestreckt, in den halbdunklen Raum hinein.

Der Spiegel war ausgetauscht worden. Der neue Spiegel machte selbst normal große Menschen klein, winzig klein; selbst große Menschen ließ er mickrig und düster wirken, und er drückte einen immer weiter zusammen, wenn man sich auf ihn zu bewegte.

Und Aimée stand davor und dachte nach, fragte sich, wenn er sogar große Menschen klein machte, was er dann, o Gott, was er dann wohl einem Zwerg antue, einem winzigen Zwerg, einem düsteren Zwerg, einem verschreckten und einsamen Zwerg?

Sie drehte sich um und wäre beinahe gestürzt. Ralph stand da und schaute sie an. »Ralph«, sagte sie, »mein Gott, warum hast du das getan?«

»Aimée, bleib stehen!«

Weinend rannte sie durch die Spiegel hinaus. Die Augen voller Tränen war es schwierig, sich zurechtzufinden, doch sie fand den richtigen Weg. Sie stand blinzelnd auf dem leeren Pier, rannte los, zuerst in eine Richtung, dann in eine andere, dann nochmals in eine andere, dann blieb sie stehen. Ralph kam ihr nachgelaufen, sagte etwas, doch es klang wie eine Stimme, die man mitten in der Nacht durch eine Wand hindurch hört, fern und fremdartig.

»Laß mich in Ruhe«, sagte sie.

Jemand kam den Pier entlang auf sie zugerannt. Es war Mr. Kelly von der Schießbude. »He, hat einer von Euch eben 'n kleinen Mann vorbeilaufen sehen? Der kleine Mistkerl hat mir 'ne Pistole vor der Nase weggeschnappt, schon geladen, weg war er, ehe ich ihn festhalten konnte! Helft ihr mir suchen?«

Und weg war Kelly, losgespurtet, drehte den Kopf hin und her, um zwischen den mit Zeltplanen bespannten Buden zu suchen, auf und davon unter den heißen Glühbirnen, blau, rot und gelb eine an der anderen aufgereiht.

Aimée wiegte sich vor und zurück, machte einen Schritt.

»Aimée, wohin gehst du?«

Sie schaute Ralph an, als wären sie eben um eine Ecke gebogen, zwei Fremde, die beinahe gegeneinander geprallt wären. »Ich werd ihn suchen helfen«, sagte sie.

»Du wirst überhaupt nichts für ihn tun können.«

»Ich werd's jedenfalls versuchen. Mein Gott, Ralph, alles ist meine Schuld! Ich hätte Billie Fine nicht anrufen sollen! Ich hätte keinen Spiegel bestellen und dich nicht so weit bringen sollen, so etwas Schlimmes zu tun! Ich hätte selbst zu Mr. Big gehen sollen, anstatt ihm so ein verrücktes Ding schicken zu lassen! Ich werde ihn finden, und wenn es das Letzte ist, was ich in meinem Leben tue.«

Als sie sich, mit feuchten Wangen, langsam umdrehte, sah sie die zitternden Spiegel, die vor dem Kabinett standen, Ralphs Spiegelbild war in einem von ihnen. Sie konnte ihre Augen nicht von dem Bild lösen; es ließ sie, erfüllt von kühler und bebender Faszination, mit offenem Mund verharren.

»Aimée, stimmt was nicht? Was ist −«

Er spürte, wohin sie blickte, und drehte sich um, wollte sehen, was los war. Seine Augen weiteten sich.

Er blickte finster auf den flammenden Spiegel.

Ein entsetzlicher, häßlicher kleiner Mann, zwei Fuß groß, mit einem bleichen, zusammengedrückten Gesicht unter einem uralten Strohhut, blickte ebenso finster zurück. Ralph stand da und starrte zornig auf sich selbst, seine Arme hingen schlaff herab.

Aimée entfernte sich langsam, ging dann schneller und fing schließlich an zu rennen. Sie rannte den leeren Pier entlang, ein warmer Wind wehte und blies große Tropfen heißen Regens auf sie herab, während sie dahinlief.

Der wachsame Poker-Chip von H. Matisse

Bei unserer ersten Begegnung mit George Garvey ist er nur ein Nichts, ein Niemand. Später wird er ein Monokel tragen, einen weißen Poker-Chip, auf den der berühmte Matisse ein blaues Auge gemalt hat. Noch später könnte ein goldener Vogelkäfig in George Garveys Holzbein trillern, und seine ganze linke Hand könnte möglicherweise aus schimmerndem Kupfer und Jade gefertigt sein.

Doch zunächst – ein erschreckend gewöhnlicher Mensch.

»Den Wirtschaftsteil, Liebling?«

Zeitungsrascheln in seiner abendlichen Wohnung.

»Der Wetterbericht meldet Regen für morgen.«

Die feinen schwarzen Härchen in seinen Nasenlöchern bewegen sich in der Atemluft, hin, her, sanft, ganz sanft, Stunde um Stunde.

Zeit, ins Bett zu gehen.

Nach seinem Aussehen zu urteilen, ganz offensichtlich der Nachkomme von wächsernen Schaufensterpuppen, Jahrgang 1907. Beherrscht den von Zauberkünstlern sehr bewunderten Trick, in einem grünen Plüschsessel zu sitzen und – zu verschwinden. Man dreht sich um, und schon hat man sein Gesicht vergessen. Vanillepudding.

Doch ein ganz unbedeutender Zufall machte ihn zum Mittelpunkt der kühnsten literarischen Avantgardebewegung der Geschichte.

Garvey und seine Frau hatten zwanzig Jahre lang völlig isoliert gelebt. Sie war eine attraktive Person, aber die Gefahr, auf *ihn* zu treffen, schreckte Besucher ab. Weder Garvey selbst noch seine Frau waren sich klar über sein Talent, andere augenblicklich vor Langeweile erstarren zu lassen. Beide behaupteten, sie seien zufrieden, wenn sie nach einem aufreibenden Tag im Büro abends allein waren. Beide verrichteten unbedeutende Tätigkeiten. Und manchmal konnten nicht einmal sie selbst sich an den Namen der farblosen Firma erinnern, die sie benutzte wie weiße Farbe auf weißem Grund.

Auftritt der Avantgarde! Auftritt des Kellerseptetts!

Diese merkwürdigen Gestalten hatten in Pariser Kellerkneipen bei eher schleppenden Jazzklängen eine Blütezeit erlebt, gut sechs Monate lang eine sehr lose Beziehung untereinander aufrechterhalten, und waren, als sie in die Vereinigten Staaten zurückkehrten, gerade im Begriff, lärmend auseinanderzugehen, als ihnen Mr. George Garvey über den Weg lief.

»Meine Güte!« rief Alexander Pape, der ehemalige Anführer der Gruppe. »Hab ich einen unglaublichen Langweiler kennengelernt. Ihr müßt ihn unbedingt mal sehen! Gestern abend hing bei Bill Timmins eine Nachricht an der Tür, daß er in einer Stunde zurück sei. Im Korridor fragte mich dieser Garvey, ob ich in seiner Wohnung warten wolle. Dann saßen wir da, Garvey, seine Frau und ich! Unglaublich! Er ist ein gigantischer Ennui, ein Produkt unserer materialistischen Gesellschaft. Er kennt Millionen Wege, einen zu lähmen! Ein absolut begnadetes Talent, wenn es darum geht, einen benommen zu machen, einen in Tiefschlaf, ins Koma zu versetzen. Was für eine Fallstudie. Kommt, gehen wir ihn alle *zusammen* besuchen!«

Sie stürzten sich auf ihn wie die Geier! Das Leben strömte zu Garveys Tür herein, das Leben saß in seinem Wohnzimmer. Das Kellerseptett ließ sich auf dem Plüschsofa nieder und beäugte seine Beute.

Garvey zappelte nervös herum.

»Wenn jemand rauchen möchte –.« Er lächelte unsicher. »Ja – nur zu – *rauchen Sie.*«

Schweigen.

Die Parole lautete. »Keinen Ton. Ihn in Verlegenheit bringen. Nur so wird sich zeigen, was für ein *entsetzlicher Spießer* er ist. Amerikanische Kultur am absoluten Nullpunkt.«

Nach drei Minuten hartnäckigen Schweigens beugte sich Mr. Garvey vor. »Äh«, sagte er, »was machen Sie beruflich, Mr…?«

»Crabtree, der Dichter.«

Garvey dachte einen Moment nach, fragte dann: »Und wie geht das Geschäft?«

Eisiges Schweigen.

Ein typisches Garvey-Schweigen. Da saß der Welt größter Hersteller und Lieferant von Schweigen; ganz gleich, welchen Typ man verlangte, er konnte ihn liefern, verpackt und verschnürt mit Räuspern und Flüstern. Verlegenes, gequältes, gelassenes, heiteres, gleichgültiges, verklärtes, goldenes oder nervöses Schweigen; das war Garveys Metier.

Das Kellerseptett suhlte sich geradezu im Schweigen dieses ungewöhnlichen Abends. Später, in ihrer Wohnung mit fließend Kaltwasser, setzten sich bei einer ›bescheidenen Flasche roten Landweins‹ (im Augenblick waren sie eifrig bemüht, auf Tuchfühlung mit der *wirklichen* Wirklichkeit zu leben) zusammen, zerpflückten dieses Schweigen und zogen darüber her.

»Habt ihr *gesehen*, wie er an seinem Kragen herumgefummelt hat? Ha!«

»Und ob! Obwohl – ich muß zugeben, er ist ziemlich cool. Erwähnt nur mal Muggsy Spanier und Bix Beiderbecke. Achtet auf seinen Gesichtsausdruck. *Sehr* cool. Ich wünschte, ich könnte so gleichgültig, so unbeteiligt dreinschauen.«

Vor dem Zubettgehen dachte George Garvey über diesen außergewöhnlichen Abend nach, erkannte, daß er erstarrte, in Panik geriet, sobald er die Situation nicht mehr im Griff hatte, wenn über Musik oder Bücher diskutiert wurde, die er nicht kannte.

Dies schien bei seinen reichlich undurchschaubaren Gästen keine übertriebene Besorgnis hervorgerufen zu haben. Im Gegenteil, sie hatten ihm, als sie gingen, kräftig die Hand gedrückt und sich für den herrlichen Abend bedankt!

»Wirklich ein gigantischer Superlangweiler!« rief Alexander Pape, wieder zu Hause.

»Vielleicht lacht er insgeheim über uns«, meinte Smith, der weniger bedeutende Dichter, der, wenn er wach war, Pape nie zustimmte.

»Holen wir Minnie und Tom; die werden begeistert sein von Garvey. Ein phantastischer Abend. Wir werden noch Monate lang davon sprechen!«

»Habt ihr es bemerkt?« fragte Smith, der weniger bedeutende Dichter, selbstgefällig, mit geschlossenen Augen. »Wenn man bei ihnen im Bad den Hahn aufdreht?« Er machte eine dramatische Pause. »*Warmes* Wasser.«

Alle starrten Smith irritiert an.

Sie hatten nicht einmal daran gedacht, es zu *versuchen*.

Die Gruppe wuchs, ein unglaublicher Hefeteig, der bald Türen und Wände sprengte.

»Ihr kennt die Garveys nicht? Meine Güte! Schlaft ruhig weiter! Garvey muß das geübt haben. Er muß von Stanislawski gelernt haben, sonst könnte er nicht so phantastisch tölpelhaft auftreten!« Dann äffte Alexander Pape, der die ganze Gruppe mit seinen perfekten Imitationen neidisch machte, Garveys langsame, gehemmte Sprechweise nach:

»*Ulysses?* Das war doch das Buch über den Griechen, das Schiff und das einäugige Ungeheuer! Oder?« Pause. »Oh.« Wieder eine Pause. »Ach so.« Stühlerücken. »*Ulysses* ist von James Joyce? Seltsam. Ich könnte schwören, damals in der Schule...«

Obwohl sie alle Alexander Pape wegen seiner brillanten

Imitationen geradezu *haßten*, brüllten sie vor Lachen, als er weitermachte:

»Tennessee Williams? Hat der nicht diesen Hillbilly-Walzer geschrieben?«

»He! Wo wohnt dieser Garvey nochmal?« riefen alle.

»Toll«, meinte Garvey zu seiner Frau, »ganz schön was los zur Zeit.«

»Es liegt an dir«, antwortete seine Frau. »Achte mal drauf, wie sie an deinen Lippen hängen.«

»Sie lauschen mir ganz hingerissen«, sagte Mr. Garvey, »ihre Aufmerksamkeit grenzt schon fast an Hysterie. Ich brauche nur was ganz Banales zu sagen, und sie platzen vor Begeisterung. Komisch. Im Büro bringe ich mit meinen Witzen niemanden zum Lachen. Heute abend, zum Beispiel, habe ich mich gar nicht bemüht, witzig zu sein. Irgendwie muß wohl bei allem, was ich tue oder sage, etwas Geistreiches mitschwingen. Gut zu wissen, daß da was ist, worauf ich zurückgreifen kann. Ah, es klingelt. Dann mal los!«

»Er ist besonders einmalig, wenn man ihn um vier Uhr morgens aus dem Bett holt«, sagte Alexander Pape. »Die Kombination von Erschöpfung und *fin-de-siècle*-Moral ist unvergleichlich.«

Alle waren ziemlich sauer auf Pape, weil er als erster auf die Idee gekommen war, Garvey im Morgengrauen zu besuchen. Dennoch wurde Ende Oktober das Interesse an Besuchen nach Mitternacht sehr rege.

Mr. Garveys Unterbewußtsein sagte ihm, unter Ausschluß der Öffentlichkeit, daß er eine neue Theatersaison eröffnet hatte und daß sein Erfolg davon abhing, ob das Gefühl der Langeweile, das er bei anderen weckte, anhielt. Zwar genoß er das alles, aber ihm war durchaus klar, warum diese Lemminge hierher zu ihm, in sein Meer drängten. Unter der Oberfläche war Garvey ein überraschend brillanter Mensch, aber seine einfallslosen Eltern hatten ihn in das Prokrustesbett ihres Milieus gezwängt. Danach wurde er zwischen riesige Mühlsteine geschleudert: das Büro, der Betrieb, die Ehefrau. Das Ergebnis: ein Mann, in dessen Wohnzimmer die Zeitbombe seiner Möglichkeiten tickte. Garveys unterdrücktem Unterbewußtsein dämmerte es, daß die Avantgardisten noch nie einen wie ihn getroffen hatten, oder vielmehr schon Millionen von seiner Sorte begegnet waren, aber noch nie daran gedacht hatten, einen genauer unter die Lupe zu nehmen.

So war er also zur ersten Berühmtheit dieses Herbstes geworden. Im nächsten Monat würde es vielleicht ein abstrakter Künstler aus Allentown sein, der auf einer zwölf Fuß hohen Leiter stand und aus Sahnespritzen und Spraydosen Fassadenfarbe, nur taubenblau und grau, auf eine Leinwand spritzte, die mit Schichten von Gummilösung und Kaffeesatz bedeckt war. Ein Künstler, der, um sich weiterzuentwickeln, dringend Anerkennung brauchte – oder ein Fünfzehnjähriger aus Chicago, der aus Blech Mobiles herstellte und reichlich altklug war. Noch argwöhnischer wurde Garveys scharfsinniges Unterbewußtsein, als er den kapitalen Fehler beging, die Lieblingszeitschrift der Avantgardisten, ›Nucleus‹, zu lesen.

»Also, dieser Artikel über Dante«, sagte Garvey. »Faszinierend. Besonders der Abschnitt über die Raummetaphern in den Ausläufern des *Antipurgatorio* und im *Paradiso terrestre* auf dem Gipfel des Berges. Der Absatz über die Gesänge XV–XVIII, die sogenannten ›Lehrgesänge‹, ist exzellent!«

Wie reagierte das Kellerseptett?

Es verschlug ihm die Sprache!

Die Atmosphäre wurde merklich kühler.

Sie brachen bald auf, als Garvey sich nicht mehr erheiternd verhielt wie ein Spießbürger, der nur nach dem Auto des Nachbarn schielt, das Denken eingestellt hat und ein saft- und kraftloses Leben voll stiller Verzweiflung führt, sondern sie mit seinen Ansichten über Fragen wie ›Existiert der Existentialismus noch‹? in Wut versetzte. Sie wollten keine dahergeflöteten Meinungen über Alchemie und Symbolismus, warnte Garveys Unterbewußtsein. Sie wollten nur seine gute alte Hausmannskost, um sie dann später im dämmrigen Licht einer Bar wiederzukäuen und auszurufen, sie sei einfach köstlich!

Garvey trat den Rückzug an.

Am nächsten Abend war er wieder der alte, so wie sie ihn schätzten. Dale Carnegie? Ein hervorragender religiöser Führer! Hart Schaffner & Marx? Besser als die Bond Street! Mitglied im After-Shave Club? War Garvey natürlich! Das Buch des Monats? Lag auf dem Tisch! Hatten sie schon Elinor Glyn gelesen?

Das Kellerseptett war entsetzt, entzückt. Garvey bearbeitete sie solange, bis sie sich Milton Berle ansahen. Er lachte über jedes Wort von Berle. Er vereinbarte mit Nachbarn, daß diese verschiedene rührselige Sendungen aufzeichneten, die am Tag liefen, und bei denen Garvey dann abends in religiöser Ehrfurcht erstarrte. Das Kellerseptett saß da und studierte sein Gesicht und die verzückte Hingabe, mit der er diese Rührstücke verfolgte.

Ja, Garvey wurde immer gerissener. Seine innere Stimme sagte ihm: Du bist ganz oben. Da mußt du bleiben! Unterhalte dein Publikum! Morgen spielst du deine alten Platten! Aber sei vorsichtig! Bonnie Baker, ja... genau richtig! Sie werden erschaudern, es nicht glauben, daß dir so was wirklich gefällt. Und Guy Lombardo? Das trifft ins Schwarze!

Der Mob, sagte sein Unterbewußtsein. Du symbolisierst die Masse. Sie sind gekommen, um das furchtbar vulgäre Verhalten des Massenmenschen zu studieren; des Massenmenschen, wie er in ihrer Vorstellung existiert, und den sie zu hassen vorgeben. Und dabei sind sie fasziniert von dieser Schlangengrube.

Seine Frau erriet seine Gedanken und wandte ein: »Sie *mögen* dich.«

»Auf eine erschreckende Art«, erwiderte er. »Ich liege

nachts stundenlang wach und rätsle, warum sie eigentlich zu mir kommen. Hab mich selbst noch nie leiden können, hab mich immer angeödet. Ein dummer Mensch, ein hohler Schwätzer. Kein eigener Gedanke in meinem Kopf. Alles was ich weiß, ist: ich habe gern Leute um mich. Ich wäre schon immer gern gesellig gewesen, aber wie hätte ich das anstellen sollen? Die letzten Monate waren ein einziges Fest. Aber ihr Interesse erlischt allmählich. Ich möchte immer Leute um mich haben. Was soll ich nur machen?«

Sein Unterbewußtsein stellte Einkaufszettel zusammen.

Bier. Das ist einfallslos.

Brezeln. Herrlich ›passé‹.

Bei Mutter vorbeigehen. Das Bild von Maxfield Parrish holen, das ausgeblichene, das mit dem Fliegendreck drauf. Darüber den Vortrag heute abend.

Im Dezember hatte Mr. Garvey dann schon richtig Angst.

Das Kellerseptett hatte sich inzwischen ziemlich an Milton Berle und Guy Lombardo gewöhnt. Sie hatten sich selbst auf einen Standpunkt hinargumentiert, von dem aus sie sich für Berle begeisterten, ihn als wirklich zu *außergewöhnlich* für das amerikanische Publikum einschätzten, und Lombardo, fanden sie, sei seiner Zeit um zwanzig Jahre voraus; die ekelhaftesten Leute mochten ihn aus den gewöhnlichsten Gründen.

Garveys Imperium geriet ins Wanken.

Plötzlich war er nur noch ein ganz normaler Mensch, hatte keinen Unterhaltungswert mehr für seine Freunde, jagte ihnen nur noch verzweifelt nach, als sie sich auf Nora Bayes stürzten, auf das 1917 Knickerbocker Quartett, auf Al Jolson mit seinem Lied ›Where Did Robinson Crusoe Go With Friday on Saturday Night‹, und auf Shep Fields mit seiner Band. Als sie dann auch Maxfield Parrish wiederentdeckten, saß Mr. Garvey auf dem Trockenen. Auf einmal waren alle einer Meinung: »Bier ist intellektuell. Wie schade, daß so viele *Idioten* es trinken.«

Bald waren alle seine Freunde verschwunden. Aus Jux brachte jemand das Gerücht in Umlauf, Alexander Pape spiele sogar mit dem Gedanken, sich in seine Wohnung fließend Warmwasser legen zu lassen. Diese häßliche Ente platzte natürlich, aber erst, nachdem Papes Ruf bei den *Connaisseurs* bereits erheblichen Schaden gelitten hatte.

Garvey bemühte sich fieberhaft, jedem Geschmackswandel zuvorzukommen! Er bewirtete seine Gäste noch großzügiger, ahnte, daß die Tendenz zurück zu den Roaring Twenties ging, trug samtweiche Knickerbocker und stellte seine Frau in einem engen Kleid und mit jungenhaftem Pagenkopf zur Schau, lange bevor das Mode wurde.

Aber die Geier kamen, fraßen und machten sich wieder aus dem Staub. Jetzt, wo dieser schreckliche Gigant, das Fernsehen, die Welt eroberte, schlossen sie eifrig das Radio wieder in die Arme. Abschriften von Radiosendungen aus dem Jahr 1935, wie *Vic and Sade* oder *Pepper Young's Family*, waren auf intellektuellen Galas heiß umkämpft.

Zu guter Letzt war Garvey zu einer Reihe höchst überraschender Glanzleistungen gezwungen, die sein von Panik ergriffenes Unterbewußtsein ersann und ausführte.

Sein erstes Mißgeschick war eine zugeschlagene Autotür. Das vordere Glied von Mr. Garveys kleinem Finger war fein säuberlich abgetrennt!

Als er in dem darauffolgenden Durcheinander umherhüpfte, trat er auf seine abgetrennte Fingerspitze, stieß sie dann in einen Gully. Bis sie sie herausgefischt hatten, wollte kein Arzt sie mehr annähen.

Ein glücklicher Unfall! Am Tag darauf entdeckte Garvey, als er an einem orientalischen Laden vorbeischlenderte, ein wunderschönes *objet d'art*. Sein gutes altes Unterbewußtsein, dem klar war, daß seine Popularitätskurve unaufhaltsam fiel und der Publikumszulauf aus der Avantgarde immer magerer wurde, drängte ihn forsch in den Laden und zückte seine Brieftasche.

»Hast du Garvey in den letzten Tagen gesehen?« schrie Alexander Pape ins Telefon. »Dann nichts wie hin!«

»Was ist denn *das*?«

Jeder starrte es an.

»Der Fingerschutz eines Mandarins.« Garvey bewegte lässig die Hand hin und her. »Fernöstliche Antiquität. Mandarine schützten damit die zwölf Zentimeter langen Fingernägel, die sie sich wachsen ließen.« Als er von seinem Bier trank, spreizte er den kleinen Finger mit dem goldenen Aufsatz dezent ab. »Niemand mag den Anblick von Krüppeln, keiner mag es, wenn an einem Körper irgend etwas fehlt. Es war schlimm für mich, meinen Finger zu verlieren, aber jetzt, mit diesem Dingsda, geht es mir besser als vorher.«

»So einen schönen Finger kann keiner von uns jemals haben.« Seine Frau brachte für alle etwas grünen Salat. »Und George hat ein *Recht* darauf.«

Garvey war schockiert und fasziniert zugleich, als seine Popularität, die dahinzuschwinden drohte, plötzlich wieder zunahm. Ja, die Kunst! Ja, das Leben! Das Pendel schwang vor und zurück, vom Komplizierten zum Einfachen, und wieder zum Komplizierten. Vom Romantischen zum Realistischen, und wieder zurück zum Romantischen. Wenn man nur klug genug war, konnte man die intellektuellen Wendepunkte spüren und sich auf die heftigen neuen Schwingungen vorbereiten. Garveys Brillanz, die in seinem Unterbewußtsein dahinsiechte, rappelte sich wieder auf, nahm wieder etwas Nahrung zu sich und wagte es ab und zu sogar, herumzulaufen, ihre lange nicht benutzten Glieder zu erproben. Sie flackerte wieder auf!

»Wie phantasielos die Welt doch ist«, sagte sein lange vernachlässigtes anderes Ich, benutzte dazu Garveys Zunge. »Sollte ich durch irgendeinen Zufall mein Bein verlieren, würde ich kein Holzbein tragen, nein! Ich würde mir ein Bein aus Gold, mit Edelsteinen besetzt, anfertigen lassen, und ein Teil des Beines wäre ein goldener Käfig, in dem ein Singvogel ein Liedchen trällert, während ich herumlaufe oder mit Freunden beisammensitze. Und würde mir der Arm abgeschnitten, dann ließe ich mir einen neuen aus Kupfer und Jade machen, innen hohl, unterteilt, mit Platz für Trockeneis. Und fünf Schläuchen, von denen jeder in einen Finger mündet. Was zu trinken? Sherry? Brandy? Dubonnet? Dann würde ich einen Finger nach dem anderen über die Gläser halten und ausschenken. Fünf Finger, fünf kühle Bäche, fünf Liköre oder Weine. Dann würde ich die goldenen Hähne wieder zudrehen und ›Ex und hopp!‹ rufen.

Aber was man sich fast am meisten wünscht, ist, daß man Ärger mit dem eigenen Auge bekommt. Reiß es aus, steht in der Bibel. Es war doch die Bibel, oder? Wenn mir das passierte, würde ich mir kein gräßliches Glasauge einsetzen lassen, weiß Gott nicht. Keine dieser schwarzen Augenklappen, wie sie Piraten trugen. Wißt ihr, was ich machen würde? Ich würde einen Poker-Chip an euren Freund in Frankreich schicken. Wie heißt er gleich nochmal? *Matisse!* Ich würde ihm schreiben: ›Beiliegend erhalten Sie einen Poker-Chip und einen Scheck. Bitte malen Sie auf diesen Chip ein wunderschönes blaues menschliches Auge. Mit freundlichen Grüßen, G. Garvey!‹«

Garvey hatte seinen Körper schon immer abstoßend, seine Augen farblos, trübe, ausdruckslos gefunden. Und so überraschte es ihn nicht, als einen Monat später (seine Popularitätskurve fiel schon wieder) sein rechtes Auge tränte, eiterte und ihm schließlich den Dienst völlig versagte!

Garvey war fix und fertig!

Gleichzeitig aber – insgeheim – freute es ihn.

Das grinsende Kellerseptett drängte sich wie eine Versammlung skurriler Fabelwesen um ihn, als er den Poker-Chip und einen Scheck über fünfzig Dollar in einen Luftpostumschlag steckte und nach Frankreich schickte.

Der Scheck kam eine Woche später zurück, war nicht eingelöst worden.

Mit der nächsten Post traf der Poker-Chip ein.

H. Matisse hatte ein selten schönes blaues Auge mit feinen Wimpern und Brauen darauf gemalt. Er hatte den Chip in ein plüschgrünes Schmuckkästchen gesteckt; ganz offensichtlich war er von dem ganzen Unternehmen ebenso begeistert wie Garvey.

Die Zeitschrift ›*Harper's Bazaar*‹ veröffentlichte ein Foto von Garvey mit dem Poker-Chip-Auge von Matisse und ein anderes von Matisse selbst, wie er nach diversen Experimenten mit drei Dutzend Chips das Monokel malte!

H. Matisse hatte den genialen Einfall gehabt, einen Fotografen die Angelegenheit für die Nachwelt ablichten zu lassen. Er wurde mit den Worten zitiert: »Nachdem ich siebenundzwanzig Augen weggeworfen hatte, ist mir endlich eines wirklich so gelungen, wie ich's haben wollte. Es geht auf dem schnellsten Weg an Monsieur Garvey!«

Das Auge, das in sechs verschiedenen Farben nachgedruckt wurde, lag mit traurigem Blick in seinem plüschgrünen Schmuckkästchen. Die Duplikate wurden vom Museum of Modern Art verkauft. Die Freunde des Kelleseptetts benutzten beim Pokern rote Chips mit blauen Augen, weiße Chips mit roten Augen und blaue Chips mit weißen Augen.

Aber es gab nur *einen* in New York, der das Orginal-Matisse-Monokel trug, und das war Mr. Garvey.

»Ich bin *immer noch* ein nervtötender Langweiler«, sagte er zu seiner Frau, »aber jetzt werden sie nie rausfinden, was für ein furchtbarer Esel ich bin, hinter dem Monokel und dem Fingerschutz des Mandarins. Und sollte ihr Interesse wieder mal nachlassen, kann man immer noch irgendwie einen Arm oder ein Bein verlieren. Gar kein Problem. Ich habe mir eine wunderbare Fassade zugelegt; niemand kann den alten Tölpel dahinter noch sehen.«

Und wie seine Frau erst kürzlich meinte: »Wenn ich an ihn denke, dann eigentlich kaum mehr an den alten George Garvey. Er hat sich einen neuen Namen zugelegt, Giulio will er jetzt genannt werden. Manchmal schaue ich nachts zu ihm hinüber und rufe: ›George.‹ Aber ich kriege keine Antwort. Er liegt da, den Fingerhut des Mandarins auf seinem kleinen Finger, das weißblaue Poker-Chip-Monokel von Matisse im Auge. Oft wache ich auf und schaue ihn an. Und wissen Sie, was? Manchmal scheint mir dieser unglaubliche Poker-Chip von Matisse monströs zuzuzwinkern.«

Das Skelett

Es war höchste Zeit für ihn, mal wieder seinen Arzt aufzusuchen. Mr. Harris betrat bleich das Treppenhaus, und auf dem Weg nach oben sah er Dr. Burleighs Namen in goldenen Lettern über einem Pfeil, der die Richtung anzeigte. Würde Dr. Burleigh seufzen, wenn er eintrat? Immerhin war das wohl sein zehnter Besuch in diesem Jahr. Aber Burleigh sollte sich nicht beklagen; schließlich wurde er für die Untersuchungen bezahlt!

Die Schwester im Vorzimmer musterte Mr. Harris eingehend und lächelte ein bißchen amüsiert, als sie auf Zehenspitzen an die Milchglastür trat, sie öffnete und den Kopf ins Zimmer steckte. Harris meinte zu hören, wie sie sagte: »Raten Sie mal, wer hier ist, Doktor.« Und antwortete der Arzt nicht mit kaum hörbarer Stimme: »Mein Gott, *schon wieder?*« Harris schluckte beklommen.

Als er eintrat, schnaubte Dr. Burleigh. »Die Knochen tun Ihnen wieder weh! Ah!!« Er schaute ihn finster an und rückte seine Brille zurecht. »Mein lieber Harris, wir haben Sie mit den feinsten Kämmen und Bakterienbürsten, die die Wissenschaft kennt, durchkämmt und gestriegelt. Es sind einfach die Nerven. Zeigen Sie mir doch mal Ihre Finger. Sie rauchen zuviel. Hauchen Sie mich mal an. Zuviel Eiweiß. Und Ihre Augen. Zuwenig Schlaf. Was ich Ihnen rate? Legen Sie sich ins Bett, kein Eiweiß, keine Zigaretten mehr. Zehn Dollar, bitte.«

Harris blieb schmollend stehen.

Der Arzt sah von seinen Unterlagen auf. »Immer noch hier? Sie sind ein Hypochonder! Das macht dann elf Dollar.«

»Aber wieso tun mir denn die Knochen weh?« fragte Harris.

Dr. Burleigh sprach mit ihm wie mit einem Kind. »Hatten

Sie jemals einen entzündeten Muskel und haben ihn nicht in Ruhe gelassen, ihn gereizt, daran herumgerieben? Je mehr man sich damit beschäftigt, desto schlimmer wird es. Dann kümmert man sich eine Zeitlang nicht darum, und der Schmerz ist weg. Man merkt, an der Entzündung war man zum größten Teil selbst schuld. Ja, mein Lieber, und genau das haben wir bei Ihnen. Denken Sie einfach nicht mehr daran. Nehmen Sie ein bißchen Abführmittel. Dann mal weg von hier, wie wär's denn mit dem Ausflug nach Phoenix, den Sie schon seit Monaten vorhaben? Wird Ihnen gut tun, so 'ne Reise!«

Fünf Minuten später blätterte Mr. Harris in einem Drugstore um die Ecke das Branchenverzeichnis durch. Eine Menge Mitleid bekam man von solchen blinden Narren wie Burleigh! Er glitt mit dem Finger eine Liste von *Knochenspezialisten* entlang, fand einen M. Munigant. Vor Munigants Namen stand nicht die Abkürzung Dr., er führte überhaupt keinen akademischen Titel, aber seine Praxis war ganz in der Nähe. Drei Häuserblocks weiter, dann abbiegen und noch einen Block...

M. Munigant war wie seine Praxis, klein und düster. Wie diese roch er nach Jodoform, Jod und nach anderen eigenartigen Substanzen. Er konnte aber gut zuhören und lauschte mit erwartungsvoll glänzenden Augen, und wenn er etwas zu Harris sagte, begleitete ein leises Pfeifen jedes seiner Worte; zweifellos wegen seines schlechten künstlichen Gebisses.

Harris erzählte ihm alles.

M. Munigant nickte. Er habe schon mit ähnlichen Fällen zu tun gehabt. Die Knochen. Niemand sei sich seiner Knochen bewußt. Ja, ja, die Knochen. Das Skelett. Äußerst schwierig. Irgendeine Art von Ungleichgewicht, Unverträglichkeit zwischen Seele, Fleisch und Skelett. Höchst kompliziert, äußerte M. Munigant mit einem leisen Pfeifen. Harris hörte ihm fasziniert zu. *Endlich* ein Arzt, der seine Krankheit ernst nahm! Psychisch bedingt, meinte M. Munigant. Geschwind trat er an eine schmuddelige Wand, knallte ein halbes Dutzend Röntgenaufnahmen dagegen, die das Zimmer mit dem gespenstischen Anblick von Dingen, die in einer urweltlichen Flut schwammen, erfüllten. Da! Da hatten sie das Skelett! Da waren leuchtende Porträts der langen, der kurzen, der dicken, der dünnen Knochen. Mr. Harris müsse sich seiner Lage, seines Problems bewußt sein! M. Munigants Hand strich pochend, raunend, kratzend über schimmernde Fleischnebel, in denen Gespenster aus Kalzium und Knochenmark hingen – Rückenwirbel und Beckenknochen, Schlüsselbeine und Rippenbögen, hier und da, dies, das und jene dort! Sehen Sie nur!

Harris erschauderte. Die Röntgenaufnahmen und die Bilder an den Wänden bewegten sich in einem grünen, phosphoreszierenden Wind, der aus einem Land kam, in dem die Monster Dalis und Füßlis zu Hause waren.

M. Munigant stieß einen leisen Pfeifton aus. Wünschte Mr. Harris, daß er seine Knochen – behandelte?

»Ich weiß nicht recht«, entgegnete Harris.

Nun, M. Munigant konnte Harris nur dann helfen, wenn Harris das selbst wollte. Das sei ein psychologisches Problem, wenn jemand nicht das Gefühl hatte, Hilfe zu brauchen, war jeder Arzt machtlos. Aber, meinte M. Munigant (mit einem Achselzucken), er werde es mal ›versuchen‹.

Harris lag mit offenem Mund auf einem Tisch. Die Jalousien waren geschlossen, das Licht ausgeknipst. M. Munigant trat zu seinem Patienten.

Irgend etwas berührte Harris' Zunge.

Er hatte das Gefühl, der Unterkiefer werde ihm gewaltsam ausgerenkt. Ein Quietschen und leises Krachen kam aus seinen Kieferknochen. Eine der Abbildungen des Skeletts, die an der dunklen Wand hingen, schien sich zitternd und hüpfend zu bewegen. Ein heftiges Schaudern überfiel Harris. Ohne sein Zutun schnappte sein Mund zu.

M. Munigant schrie auf. Beinahe hätte er ihm die Nase

abgebissen! Es war zwecklos! Dann eben ein andermal! M. Munigant zog leise die Jalousien hoch, war schrecklich enttäuscht. Wenn Mr. Harris das Gefühl habe, er sei psychisch zur Zusammenarbeit in der Lage, wenn ihm selbst klar sei, daß er Hilfe brauche, und er wirklich überzeugt sei, daß M. Munigant ihm helfen könne, dann könne er vielleicht etwas für ihn tun. M. Munigant streckte seine kleine Hand aus. Jetzt bekomme er fürs erste zwei Dollar. Mr. Harris müsse zunächst über alles nachdenken. Hier habe er eine Skizze, die er mitnehmen und sich genau ansehen könne. Das würde ihn mit seinem Körper vertraut machen. Er müsse sich seiner selbst bebend bewußt werden. Er müsse auf der Hut sein. So ein Skelett sei eine merkwürdige, widerspenstige Sache. M. Munigants Augen glitzerten. Also, bis zum nächsten Mal dann. Ach ja, ob er ihm etwas zu knabbern anbieten könne? M. Munigant hielt Harris ein Glas voll langer, harter Salzstangen hin, nahm selbst eine, meinte, Salzstangen zu knabbern, halte ihn – äh – in Übung. »Nun denn, guten Tag, Mr. Harris!« Mr. Harris ging nach Hause.

Am nächsten Tag, einem Sonntag, stellte Mr. Harris an zahllosen Stellen seines Körpers bald ziehende, bald stechende Schmerzen fest. Er brachte den Vormittag damit zu, mit neuerwachtem Interesse den Blick in die kleine, anatomisch perfekte Darstellung eines Skeletts, die ihm M. Munigant mitgegeben hatte, zu vertiefen.

Seine Frau, Clarisse, erschreckte ihn beim Essen, als sie ihre vornehm schlanken Fingergelenke, eines nach dem anderen, knacken ließ, bis er sich mit den Händen die Ohren zuhielt und schrie: »Hör auf!«

Den Rest des Tages zog er sich in sein Zimmer zurück. Clarisse spielte mit drei anderen Damen im Wohnzimmer Bridge, sie lachten und plauderten, während Harris, ganz für sich allein, mit wachsender Neugier die Glieder seines Körpers betastete und abschätzend befühlte. Nach einer Stunde stand er plötzlich auf und rief: »Clarisse!«

Sie hatte eine Art heranzutänzeln, dabei mit dem Körper alle möglichen weichen, angenehm wirkenden Bewegungen zu vollführen, daß ihre Füße kaum den Flor des Teppichs berührten. Sie entschuldigte sich bei ihren Freundinnen und kam sofort freudestrahlend zu ihm. Als sie eintrat, saß er in der hintersten Ecke des Zimmers, und sie sah, daß er auf die anatomische Skizze starrte. »Bist du immer noch am Grübeln, Liebster?« fragte sie. »Hör doch auf damit.« Sie setzte sich auf seine Knie.

Ihre Schönheit konnte ihn nicht aus seiner Versunkenheit reißen. Er schaukelte ihren leichten Körper, berührte voller Mißtrauen ihre Kniescheibe. Sie schien sich unter der hellen, jugendlichen Haut zu bewegen. »Ist das normal?« fragte er und holte tief Luft.

»Was soll normal sein?« lachte sie. »Meinst du meine Kniescheibe?«

»Ist es normal, daß sie so auf dem Knie hin- und herrutscht?«

Sie versuchte es selbst. »Tatsächlich«, stellte sie erstaunt fest.

»Ich bin froh, daß deine sich auch verschieben läßt«, seufzte er. »Ich hatte mir schon Sorgen gemacht.«

»Worüber?«

Er klopfte sich gegen die Rippen. »Meine Rippen reichen nicht bis ganz nach unten, nur bis hierher. Und dann hab ich da noch ein paar ganz verflixte, die baumeln einfach in der Luft!«

Clarisse faltete unter der Wölbung ihres kleinen Busens die Hände.

»Natürlich, mein Dummerchen, bei jedem Menschen gehen die Rippen nur bis zu einem bestimmten Punkt. Und die ulkigen kurzen Dinger da sind die fliegenden Rippen.«

»Hoffentlich fliegen sie nicht allzu wild durch die Gegend.« Sein Scherz wirkte ziemlich gequält. Jetzt wollte er vor allem allein sein. Weitere Entdeckungen, weitere, noch merkwürdigere archäologische Funde lagen in Reichweite seiner zitternden Hände, und er wollte nicht, daß irgendwer über ihn lachte.

»Danke, daß du gleich gekommen bist, Liebling«, sagte er.

»Aber natürlich.« Sie rieb ihre kleine Nase zärtlich an seiner.

»Halt! Hier, eben…« Er berührte mit dem Finger zunächst seine Nase und dann ihre. »Hast du es bemerkt? Das Nasenbein reicht nur bis *hierher*. Der Rest ist knorpeliges Gewebe!«

Sie rümpfte die Nase. »Natürlich, Liebling!« und tänzelte aus dem Zimmer.

Jetzt, alleingelassen, spürte er, wie der Schweiß aus allen Höhlungen und Vertiefungen seines Gesichts drang, wie er als dünnes Rinnsal über seine Wangen lief. Er leckte sich die Lippen und schloß die Augen. Jetzt… nun… was stand als nächstes auf dem Programm? Die Wirbelsäule, natürlich. Da. Langsam fuhr er sein Rückgrat entlang, drückte prüfend auf die Wirbelfortsätze, genauso, wie er auf die vielen Knöpfe in seinem Büro drückte, um Sekretärinnen oder Boten zu rufen. Dieses Drücken auf die Wirbelsäule aber rief Ängste und Befürchtungen herbei, ließ sie durch unzählige Türen in seinen Verstand eindringen, ihn erschüttern, ihn ins Wanken bringen. Sein Rückgrat fühlte sich entsetzlich ungewohnt an. Wie die zerbrechlichen Reste eines eben gegessenen Fisches, dessen Gräten über einen kalten Porzellanteller verstreut sind. Er griff sich an die kleinen runden Erhebungen. »Oh, mein Gott!«

Seine Zähne begannen klappernd gegeneinander zu schlagen. Allmächtiger Gott! dachte er, warum habe ich das die ganzen Jahre über nicht bemerkt? All die Jahre hindurch bin ich damit herumgelaufen, mit einem – *Skelett* – in mir! Wieso nur nehmen wir alles in uns als selbstverständlich hin? Wieso stellen wir unseren Körper und unsere Existenz nie in Frage?

Ein Skelett. Eines dieser harten schneeweißen Dinger mit

den vielen Gelenken, eines dieser ekligen, vertrockneten, zerbrechlichen, klappernden Dinger mit leeren Augenhöhlen, fleischlosem Gesicht und klapprigen Fingern, die in schmuddeligen, von Spinnweben durchzogenen Schränken an Ketten baumeln, eines dieser Dinger, die man in der Wüste findet, längs des Weges hingestreut wie eine Handvoll Murmeln.

Er stand auf, reckte sich, er hielt es nicht mehr aus, einfach dazusitzen. In mir, er faßte sich an den Bauch, an den Kopf, in meinem Kopf ist ein – Schädel. So eine gewölbte Schale, die mein Gehirn hält wie ein Stück Grütze voll elektrischer Ströme, so ein rissiges Muschelgehäuse mit zwei Löchern darin, die aussehen, als seien sie mit einer doppelläufigen Flinte hineingeschossen worden! Mit all den Knochenhöhlen und -grotten, den Stützen und Nischen für mein Fleisch, meine Nase, meine Augen, meine Ohren, mein Gehirn! Ein Schädel, der mein Gehirn umschließt, ihm Ausgang gewährt durch die brüchigen Fenster, es hinaus in die Welt schauen läßt!

Er hatte Lust, mitten in die Bridge-Partie hineinzuplatzen, alles auffliegen zu lassen, ein Fuchs im Hühnerstall, so daß die Karten umherflatterten wie Hühnerfedern, und wie Wolken durcheinanderstoben! Er konnte sich nur mit einer gewaltigen Anstrengung, die ihn erzittern ließ, zurückhalten. Na komm, Mann, beherrsch dich. Das ist eine Offenbarung, mach das Beste draus, akzeptiere es, koste es aus. *Aber ein Skelett*! gellte sein Unterbewußtsein. Ich werde es nicht einfach hinnehmen. Es ist ordinär, ist furchtbar, ist beängstigend. Skelette sind etwas Grauenhaftes; sie scheppern, klappern und rasseln in alten Schlössern, wo sie von Eichenbalken herabhängen wie lange Pendel, die träge im Wind hin- und herschwingen...

»Schatz, kommst du bitte mal, ich möchte dich mit den Damen bekanntmachen?« Die klare, angenehme Stimme seiner Frau rief ihn von ferne.

Mr. Harris stand da. Sein *Skelett* hielt ihn aufrecht. Dieses Ding da drin, dieser Eindringling, dieses Grauen stützte seine Arme, seine Beine, seinen Kopf! Ihm war, als stünde jemand direkt hinter ihm, der da nicht sein sollte. Bei jedem Schritt merkte er, wie abhängig er von diesem ›anderen Ding‹ war.

»Ich komme sofort, Liebling«, rief er mit schwacher Stimme. Zu sich selbst sagte er: »Na los, reiß dich zusammen! Morgen mußt du wieder zur Arbeit. Am Freitag die Fahrt nach Phoenix. Ganz schön weit. Ein paar hundert Meilen. Mußt in Form sein für die Fahrt, sonst kriegst du Mr. Creldon nie dazu, Geld in dein Keramikgeschäft zu stecken. Laß dich jetzt nicht hängen!«

Einen Augenblick später war er bei den Damen, wurde Mrs. Withers, Mrs. Abblematt und Miss Kirthy vorgestellt, die alle ein Skelett in sich hatten, dies aber ganz ruhig hinnahmen, denn die Natur hatte die nüchterne Blöße ihrer Schlüsselbeine, Schienbeine und Oberschenkelknochen sorgfältig mit Brüsten, Schenkeln und Waden bedeckt, mit teuflischen Haaren und Augenbrauen, mit vollen Lippen, und – *mein Gott!* schrie Mr. Harris in sich hinein – wenn sie sprechen oder essen, sieht man einen Teil ihres Skeletts – die *Zähne!* Daran hab ich nie gedacht. »Entschuldigen Sie mich«, stieß er hervor und rannte aus dem Zimmer, gerade noch rechtzeitig, um sein Mittagessen erst im Garten wieder von sich zu geben, mitten in die Petunien.

An diesem Abend schnitt er sich, während seine Frau sich auszog und er auf dem Bett saß, mit größter Sorgfalt die Zehen- und Fingernägel. Das waren gleichfalls Stellen, an denen sein Skelett drängte, ungehalten nach außen vorstieß. Er mußte etwas von dieser Theorie vor sich hingemurmelt haben, denn, ehe er sich's versah, saß seine Frau, im Negligé, auf dem Bett, hatte die Arme um seinen Hals geschlungen, gähnte: »Oh, mein Schatz, die Fingernägel sind *keine* Knochen, sie sind nur verhärtete Haut!«

Er warf die Schere hin. »Bist du sicher? Hoffentlich stimmt

das. Dann ginge es mir besser.« Er betrachtete staunend ihren Körper. »Hoffentlich ist das bei allen Menschen so.«

»Wenn du nicht ein verflixter Hypochonder bist!« Sie hielt ihn auf Armeslänge von sich weg. »Na, was ist los? Erzähl's der Mama.«

»Irgendwas in mir«, sagte er. »Etwas, das ich – gegessen habe.«

Am nächsten Morgen und auch den ganzen Nachmittag über saß Mr. Harris in seinem Büro in der Stadt und machte sich mißmutig die Ausmaße, die Form und den Aufbau verschiedener Knochen in seinem Körper klar. Um zehn Uhr fragte er Mr. Smith, ob er einmal dessen Ellbogen anfassen dürfe. Mr. Smith gestattete es ihm, schaute aber mißtrauisch. Nach dem Mittagessen bat er dann Miss Laurel, ihr Schulterblatt berühren zu dürfen. Sie lehnte sich sofort zurück, drückte sich an ihn, schloß die Augen und fing an zu schnurren wie ein Kätzchen.

»Miss Laurel!« stieß er hervor. »Lassen Sie das!«

Als er wieder allein war, dachte er über seine Neurosen nach. Der Krieg war gerade zu Ende, die viele Arbeit, die ungewisse Zukunft, wahrscheinlich hatte das alles eine Menge mit seiner psychischen Verfassung zu tun. Er wollte aus diesem Büro weg, sich selbständig machen. Er hatte eine ganze Menge Talent, was Keramiken und Plastiken anging. So bald wie möglich würde er sich nach Arizona aufmachen, sich von Mr. Creldon das Geld borgen, einen Brennofen bauen und einen Laden eröffnen. Er machte sich Sorgen. Was für ein merkwürdiger Fall er doch war. Aber zum Glück war er zu M. Munigant gegangen, der ihn anscheinend wirklich verstehen und ihm helfen wollte. Er würde es mit sich selbst auskämpfen, zu M. Munigant oder zu Mr. Burleigh würde er nur dann noch einmal gehen, wenn es sich nicht vermeiden ließ. Das fremdartige Gefühl würde vergehen. Er saß da und starrte ins Leere.

Das fremdartige Gefühl verging nicht. Es wurde stärker.

Am Dienstag und am Mittwoch ließ es ihm keine Ruhe, daß seine Haut, sein Haar und andere Körperanhängsel in höchstem Maße ungeordnet waren, während sein umhülltes Skelett eine äußerst leistungsfähig aufgebaute glatte und saubere Struktur aufwies. Manchmal, bei entsprechender Beleuchtung, wenn er mit mißmutig herabgezogenen Mundwinkeln dasaß, wenn die Schwermut auf ihm lastete, bildete er sich ein, er sähe hinter dem Fleisch, wie sein eigener Schädel ihn angrinste.

Laß mich! schrie er. Laß mich in Frieden! Meine Lunge! Hör auf!

Er schnappte krampfhaft nach Luft, als drückten seine Rippen den Atem aus ihm heraus.

Mein Gehirn – hör auf, es zusammenzupressen!

Und schreckliche Kopfschmerzen brannten sein Gehirn zu blinder Asche.

Meine Eingeweide, laß sie um Gottes willen in Frieden! Weg von meinem Herzen!

Sein Herz schreckte vor seinen Rippen zurück, die sich auffächerten und wieder zusammenkauerten, wie Spinnen, die mit ihrer Beute spielten.

Schweißgebadet lag er eines Abends, als Clarisse bei einem Rot-Kreuz-Treffen war, auf dem Bett. Er versuchte seine Sinne zusammenzunehmen, aber er wurde sich lediglich des Konflikts zwischen seinem schmutzigen Äußeren und diesem herrlich kühlen und sauberen Ding aus Kalk darunter bewußter.

Seine Haut! War sie nicht schmierig und von Sorgenfalten durchzogen?

Schau dir das makellose Weiß, die perfekte Form des Schädels an.

Seine Nase: war sie nicht zu groß?

Schau dir doch die winzigen Nasenknochen am Schädel an, ehe dieser monströse Knorpel wie ein schiefer Rüssel dazukommt.

Sein Körper: war er nicht zu pummelig?

Na, und das Skelett: schlank, grazil, klare Linien und Konturen, eine hervorragende orientalische Elfenbeinschnitzerei! Perfekt, zart wie eine weiße Gottesanbeterin!

Seine Augen: traten sie nicht aus ihren Höhlen, wirkten sie nicht gewöhnlich und starr?

Richte deine Aufmerksamkeit doch einen Augenblick darauf, wie die Augenhöhlen im Schädel liegen; so tief und wohlgerundet, dunkle, stille Teiche, allwissend, ewig. Sieh tief hinein, du wirst nie den Boden ihres dunklen Verstehens erreichen. Alle Ironie, alles Leben, einfach alles liegt dort in dem hohlen Dunkel.

Vergleiche. Vergleiche nur.

Stundenlang tobte er. Und das Skelett, ganz zerbrechlicher und erhabener Philosoph, hing still in ihm, sagte kein Wort, hing wie ein feingliedriges Insekt in seinem Kokon und wartete.

Harris setzte sich langsam auf.

»Einen Augenblick. Warte!« rief er aus. »Auch du bist hilflos. Ich hab dich auch! Ich kann dich machen lassen, was ich will! Du kannst nichts dagegen tun! Ich sage dir, du sollst deine Handgelenke, deine Fingerknochen, ein Glied nach dem anderen bewegen, und – ssst – schon sausen sie nach oben, wenn ich jemandem zuwinke!« Er lachte. »Ich befehle dem Wadenbein, dem Oberschenkelknochen, sich in Bewegung zu setzen, und *links* zwei drei vier, *links* zwei drei vier – schon laufen wir ums Karree. Na bitte!«

Harris lächelte.

»Es steht unentschieden. Ein totes Rennen. Doch wir werden das auskämpfen, wir zwei. Immerhin bin ich der Teil von uns, der *denkt*! Ja, weiß Gott! Der bin ich. Auch wenn ich dich nicht hätte, könnte ich immer noch denken!«

Augenblicklich schnappte ein Raubtiergebiß zu, zerbiß sein Gehirn in zwei Hälften. Harris schrie auf. Die Knochen seines Schädels packten zu und verursachten ihm Alpträume.

Dann, während er einen schrillen Schrei ausstieß, schnüffelten sie umher und fraßen die Alpträume einen nach dem anderen auf, bis der letzte weg war und das Licht ausging.

Ende der Woche verschob er die Reise nach Phoenix wegen seines Gesundheitszustandes. Als er sich auf einer Münzwaage wog, schob sich der rote Pfeil träge auf hundertfünfundsechzig.

Er stöhnte auf. Wie, seit Jahren wiege ich hundertfünfundsiebzig. Ich kann nicht zehn Pfund abgenommen haben! Prüfend betrachtete er seine Wangen in dem mit Fliegendreck übersäten Spiegel. Kalte, dumpfe Angst durchströmte ihn in merkwürdigen kleinen Schauern. Du, du! Ich weiß, was du vorhast, *du*!

Er schüttelte die Faust gegen sein knochiges Gesicht, richtete seine Bemerkungen insbesondere an den Oberkiefer, den Unterkiefer, an seinen Schädel und an die Halswirbel.

»Du Miststück! Meinst, du könntest mich abmagern lassen, mich aushungern, was? Das Fleisch abziehen, nichts übriglassen außer Haut und Knochen. Würdest mich gern fertigmachen, damit du der Chef wärst, oder? Nicht mit mir!«

Er flüchtete sich in ein Lokal.

Truthahn, Soße, Kartoffelpüree, vier Gemüsesorten, drei Desserts, er brachte nichts davon runter, ihm war übel. Er zwang sich zum Essen. Die Zähne begannen, ihm wehzutun. Etwa schlechte Zähne? dachte er verärgert. Ich werde was essen, und wenn sämtliche Zähne klappern, scheppern und rasseln und mir in die Soße fallen.

Sein Kopf glühte, er sog die Atemluft ruckartig in seine eingeengte Brust, stieß sie ebenso ruckartig wieder aus, in seinen Zähnen rasender Schmerz, und doch errang er einen kleinen Sieg. Er wollte gerade ein Glas Milch zum Mund heben, hielt aber plötzlich inne und kippte den Inhalt in eine Vase mit Kapuzinerkresse. Kein Kalzium für dich, mein Junge, kein Kalzium mehr. Nie wieder werde ich etwas essen, was Kalzium enthält oder andere Mineralien, die die Knochen stärken. Ich esse für einen von uns, nicht für uns beide, mein Bester.

»Einhundertfünfzig Pfund«, sagte er eine Woche später zu seiner Frau. »*Siehst* du, wie ich mich verändert habe?«

»Positiv«, erwiderte Clarisse. »Du warst immer ein bißchen zu mollig für deine Größe, mein Schatz.« Sie streichelte sein Kinn. »Ich mag dein Gesicht. So ist es viel hübscher; deine Züge sind jetzt so klar und kräftig.«

»Das sind nicht *meine* Züge, es sind seine, verdammt noch mal! Du willst sagen, daß er dir besser gefällt als ich?«

»Er? Wer ist *er*?«

Aus dem großen Spiegel, der hinter Clarisse stand, lächelte ihn sein Schädel an, lächelte hinter einer fleischigen Grimasse voller Haß und Verzweiflung.

Er rauchte und steckte zugleich Malztabletten in den Mund. Das war eine Methode, auch dann Gewicht zuzulegen, wenn man die übrige Nahrung nicht bei sich behalten konnte. Clarisse bemerkte die Malzkügelchen.

»Aber Liebling, du brauchst wirklich nicht mir zuliebe wieder zuzunehmen.«

Oh, halt den Mund! hätte er am liebsten gesagt.

Sie ließ ihn seinen Kopf in ihren Schoß legen. »Liebling«, sagte sie, »ich hab dich in den letzten Tagen beobachtet. Dir geht's nicht gut. Du sagst nichts, aber du wirkst, als würdest du von jemandem gejagt. Du wälzt dich die ganze Nacht im Bett hin und her. Vielleicht solltest du zu einem Psychiater gehen. Aber ich glaube, ich kann dir ebensogut sagen, was er dir erzählen würde. Ich habe alles, was du dir hast entschlüpfen lassen, alle Hinweise zusammengesetzt. Ich versichere dir, daß ihr zusammengehört, du und dein Skelett, daß ihr eins seid, ein Ganzes, untrennbar, der eine dem anderen zum Nutzen. Nur gemeinsam seid ihr stark. Wenn ihr zwei in Zukunft nicht wie ein altes Ehepaar miteinander auskommt, geh noch einmal zu Dr. Burleigh. Aber jetzt ruh dich erst mal aus. Du steckst in einem Teufelskreis; je mehr Sorgen du dir machst, um so deutlicher treten deine Knochen hervor und um so mehr Sorgen machst du dir. Wer hat schließlich mit diesem Kampf angefangen, du oder dieses namenlose Wesen, das dir, wie du meinst, hinter deinem Verdauungstrakt auflauert?«

Er schloß die Augen. »Ja, ich, das war wohl ich. Nur zu, Clarisse. Sprich weiter.«

»Du ruhst dich jetzt aus«, sagte sie sanft. »Ruhst dich aus und vergißt.«

Einen halben Tag lang fühlte sich Mr. Harris munterer, dann ging es wieder bergab. Seiner Einbildungskraft die Schuld an allem geben, gut und schön, aber dieses Skelett, sein Skelett, bei Gott, es schlug zurück.

Es war bereits spät, als Harris sich zu M. Munigant aufmachte. Er brauchte eine halbe Stunde, bis er vor dem richtigen Haus angelangt war, bis er den Namen M. Munigant in stumpfen, abblätternden goldenen Lettern vor sich sah, auf einer Glasplatte, die außen an dem Gebäude angebracht war. Aber dann schienen seine Knochen ihre Verankerungen zu sprengen, schienen zu bersten in einer Explosion von Schmerz. Blind taumelte er weiter. Als er die Augen wieder aufmachte, war er um eine Ecke gebogen. M. Munigants Praxis war nicht mehr zu sehen.

Der Schmerz ließ nach.

M. Munigant war sein Mann, er würde ihm helfen. Wenn allein der Anblick seines Namens so eine gigantische Reaktion hervorrufen konnte, dann mußte M. Munigant ganz einfach der richtige Mann sein.

Aber nicht heute. Jedesmal, wenn er sich auf den Weg in die Praxis machen wollte, setzten die Schmerzen ein. Er mußte schwitzend aufgeben und schwankte in eine Cocktailbar.

Als er durch den schummrigen Raum ging, fragte er sich einen Moment lang, ob nicht ein Teil der Schuld M. Munigant zuzuweisen sei. Schließlich hatte er als erster besondere Aufmerksamkeit auf sein Skelett gelenkt und die psychologische Wucht der Sache ihn voll treffen lassen! Benutzte M. Munigant ihn am Ende für irgendwelche ruchlosen Zwecke? Aber was für Zwecke? Wie dumm, ihn zu verdächtigen. Nur ein kleiner Arzt. Bemühte sich zu helfen. Munigant und sein Glas mit den Salzstangen. Lächerlich. M. Munigant war in Ordnung, jawohl...

Dann sah er in der Bar etwas, was ihm Hoffnung machte. Ein großer, dicker Mann, rund wie ein Faß, stand an der Theke und trank ein Bier nach dem anderen. Ja, da hatte er einen erfolgreichen Menschen. Harris unterdrückte das Bedürfnis aufzustehen, dem Dicken auf die Schulter zu klopfen und ihn zu fragen, wie er es fertiggebracht habe, seine Knochen so einzusperren. Ja, das Skelett des Dicken war luxuriös umhüllt. Da gab es Fettpolster hier, schwabbelige Wülste dort, mehr als ein rundes Fettkissen unter dem Kinn. Das arme Skelett war verloren; es konnte sich niemals aus diesem Wabbelspeck herauskämpfen. Früher einmal hätte es einen Versuch machen können – jetzt, völlig überwältigt, nicht mehr, nicht ein einziges knochiges Echo seines Gerüsts war bei dem Dicken noch zu bemerken.

Neiderfüllt näherte sich Harris dem Mann, als wolle er den Kurs eines Ozeanriesen kreuzen. Harris bestellte einen Drink, leerte das Glas und wagte es dann, den Dicken anzusprechen:

»Die Drüsen?«

»Sprechen Sie mit mir?« fragte der Dicke.

»Oder ist es eine besondere Diät?« rätselte Harris weiter. »Entschuldigen Sie bitte, aber, wie Sie sehen, mir geht's nicht gut. Ich schaff's einfach nicht zuzunehmen. Ich hätte gern einen Bauch wie den Ihren. Haben Sie ihn sich zugelegt, weil Sie vor irgend etwas Angst hatten?«

»Du«, erklärte der Dicke, »bist betrunken. Aber – ich mag Säufer.« Er bestellte noch etwas zu trinken. »Hör gut zu, ich erzähl's dir. Schicht für Schicht«, sagte der Dicke, »in zwanzig Jahren, von Kindheit an, hab ich das aufgebaut.« Er hielt seinen riesigen Bauch wie einen Globus, als belehre er sein Publikum über dessen gastronomische Geographie. »Das ist kein Zirkuszelt, das man heute aufbaut und morgen wieder abreißt. Es hat seine Zeit gebraucht, bis all die Wunder da drin so gut bedeckt waren. Ich habe meine inneren Organe gepflegt, als wären es reinrassige Hunde, Katzen und andere Tiere. Mein Bauch ist ein dicker rosa Perserkater, der vor sich hindöst, sich nur hin und wieder erhebt, schnurrt, miaut, knurrt und um süße Schleckereien bettelt. Ich füttere ihn gut, und er macht schon fast Männchen für mich. Und meine Gedärme, guter Mann, sind die edelsten Pythons, die du je gesehen hast, so herrlich geschmeidig, geringelt, von gesundem Rot. Ich halt sie in Form, alle meine Lieblinge, und wie. Aus Angst vor irgendwas? Vielleicht.«

Das war ein Anlaß für ihn, noch eine Runde zu bestellen.

»Gewicht zulegen?« Der Dicke ließ die Worte auf der Zunge zergehen. »Da machst du folgendes: du legst dir ein zänkisches Weibsstück zu, ein gutes Dutzend Verwandte, die aus jeder Mücke 'n Elefanten machen. Dazu den einen oder anderen Geschäftspartner, der sich vor allem dafür interessiert, wie er an deine letzten Kröten kommt, und schon bist du auf dem besten Weg, dick zu werden. Wie das geht? In Null Komma nichts wirst du durch dein Unterbewußtsein eine Fettschicht zwischen dir und ihnen aufbauen. Einen Speckpuffer, eine Zellenwand. Bald wirst du erkennen, daß Essen das einzige Vergnügen auf Erden ist. Nur muß man ständig irgendwelchen Ärger mit seiner Umwelt haben. Zuviele Menschen auf dieser Welt haben einfach nicht genug Dinge, über die sie sich Sorgen machen können, also fangen sie an, auf sich selbst herumzuhacken und nehmen ab. Umgib dich mit so vielen widerlichen, schrecklichen Leuten wie irgend möglich, und schon bald wirst du eine schöne Fettschicht dein eigen nennen.«

Und mit diesem Rat dampfte der Dicke ab, mächtig schwankend und mit pfeifendem Atem, hinaus in den dunklen Strom der Nacht.

»Genau das hat Dr. Burleigh mir auch gesagt, vielleicht mit etwas anderen Worten«, murmelte Harris nachdenklich. »Vielleicht die Fahrt nach Phoenix, jetzt, gerade jetzt –«

Auf der Fahrt von Los Angeles nach Phoenix, die ihn an einem gelbglühenden Tag quer durch die Mojave-Wüste führte, meinte er, bald vor Hitze zu vergehen. Der Verkehr war dünn und ungleichmäßig, manchmal war über lange Strecken einige Meilen vor und hinter ihm kein Auto zu sehen. Harris trommelte mit den Fingern auf dem Lenkrad herum. Ob ihm Creldon in Phoenix nun das Geld lieh, das er brauchte, um sein Geschäft aufzumachen, oder nicht, es war auf jeden Fall gut, mal wegzukommen, Abstand zu gewinnen.

Der Wagen rollte im heißen Wüstenwind dahin. Der eine Mr. H. saß in dem anderen Mr. H. Vielleicht schwitzten beide. Vielleicht fühlten sich beide elend.

In einer Kurve drückte der innere Mr. H. das Fleisch außen plötzlich so zusammen, daß er mit einem Ruck nach vorne gegen das heiße Lenkrad fiel.

Der Wagen raste über die Böschung hinab in den heißen Sand und blieb auf dem Dach liegen.

Es wurde Abend, Wind kam auf, die Straße lag verlassen und still da. Die wenigen Autos, die vorbeikamen, fuhren flott dahin, die Blicke der Insassen reichten nicht über die Böschung hinab. Mr. Harris lag bewußtlos da, bis er, es war schon spät, hörte, wie der Wind aus der Wüste her zu wehen begann, bis er die Stiche kleiner Nadeln aus Sand auf seinen Wangen spürte und die Augen öffnete.

Als der Morgen anbrach, lief er, die Augen voll Sand, unüberlegt in sinnlosen Kreisen umher, hatte er sich in seinem kopflosen Zustand von der Straße entfernt. Am Mittag ließ er sich in den kargen Schatten eines Busches fallen.

Die Sonne traf ihn mit der scharfen Schneide eines Schwertes, drang in ihn ein bis auf die Knochen. Ein Geier kreiste über ihm.

Die ausgetrockneten Lippen sprangen ihm auf. »Das ist es also?« flüsterte Harris mit geröteten Augen und stoppeligem Kinn: »Irgendwie wirst du mich dazu bringen, weiter herumzulaufen, mich verhungern, verdursten lassen, mich so umbringen.« Er schluckte trockene Staubwölkchen. »Die Sonne wird mir das Fleisch wegbrennen, dann kannst du endlich rausgucken. Geier werden sich an mir laben, und du wirst daliegen und grinsen. Der lachende Sieger. Wie ein ausgeblichenes Xylophon, hingestreut und gespielt von den Geiern, die ein Ohr für merkwürdige Musik haben. Das würde dir gefallen. Die Freiheit.«

Er ging weiter durch eine Landschaft, die unter der im Zenit stehenden Sonne zitterte und brodelte; er stolperte, fiel hin, stopfte sich im Liegen den Mund voll mit diesem Feuer. Die Luft brannte blau wie Alkohol, die Geier dampften, glitzerten und brieten in der Sonne, während sie dahinglitten, ihre Kreise zogen. Phoenix. Die Straße. Das Auto. Wasser. Sicherheit.

»He!«

Irgend jemand rief in einiger Entfernung, in der blauen Alkoholflamme.

Mr. Harris stemmte sich hoch auf die Ellbogen.

Ein zweiter Ruf. Das Knirschen schneller Schritte.

Mit einem Aufschrei unglaublicher Erleichterung kam Harris auf die Beine, nur um wieder zusammenzubrechen, in die Arme eines Mannes zu fallen, der eine Uniform mit einem Abzeichen darauf trug.

Als der Wagen schließlich abgeschleppt und repariert und Phoenix erreicht war, befand sich Harris in solch übler Verfassung, daß der Geschäftsabschluß wie ein trübsinniges Schauspiel verlief. Als er dann den Kredit bekam und das Geld in den Händen hielt, bedeutete es ihm gar nichts. Dieses

Ding, das in ihm steckte wie ein starkes weißes Schwert in seiner Scheide, verdarb ihm die Freude an dem Geschäft, an den Mahlzeiten, trübte seine Liebe für Clarisse, ließ es zum Risiko werden, sich einem Auto anzuvertrauen; er mußte das ›Ding‹ endlich in seine Schranken weisen. Der Unfall in der Wüste war ihm doch ganz schön unter die Haut gegangen. Nah an die Knochen, könnte man sagen und dabei ironisch den Mund verziehen. Harris hörte, wie er sich bei Mr. Creldon mit schwacher Stimme für das Geld bedankte. Dann wendete er den Wagen und machte sich auf den so viele Meilen langen Rückweg, fuhr diesmal aber gleich hinüber nach San Diego, so konnte er den Wüstenabschnitt zwischen El Centro und Beaumont umgehen. Nach Norden hoch fuhr er die Küste entlang. Er traute dieser Wüste nicht. Aber – aufgepaßt! Bei Laguna brausten salzige Wellen zischend an den Strand. Sand, Fische und Krebse würden seine Knochen ebenso schnell blank putzen wie die Geier. Langsamer in den Kurven über der Brandung.

Verdammt, war ihm schlecht!

Wohin jetzt? Zu Clarisse? Burleigh? Munigant? Dem Knochenspezialisten. Munigant. Nun?

»Liebster!« Clarisse gab ihm einen Kuß. Er zuckte zusammen, als er die kräftigen Zähne und Kieferknochen hinter all der Leidenschaft spürte.

»Liebling«, sagte er langsam und wischte sich zitternd mit dem Handrücken die Lippen ab.

»Du bist dünner geworden; oh, Liebster, und das Geschäft –?«

»Hat geklappt. Doch, doch. Ist okay.«

Sie küßte ihn noch einmal. Sie setzten sich zum Abendessen, gespielt fröhlich, aßen langsam, Clarisse lachte, versuchte, ihn aufzumuntern. Er sah immer wieder zum Telefon; ein paarmal nahm er zögernd den Hörer ab, legte dann wieder auf.

Seine Frau kam herein und zog ihren Mantel an, setzte

einen Hut auf. »Du, es tut mir leid, aber ich muß weg.« Sie kniff ihn in die Wange. »Na komm, schau ein bißchen fröhlicher! Ich muß zu einer Versammlung vom Roten Kreuz. In drei Stunden bin ich wieder da. Leg dich hin und halt ein Nickerchen. Ich *muß* da einfach hin.«

Als Clarisse weg war, ging Harris zum Telefon.

»M. Munigant?«

Die Explosionen und die Übelkeit, die seinen Körper erfüllten, als er wieder aufgelegt hatte, waren unfaßbar. Durch seine Knochen zuckten alle Arten von Schmerzen, kalt und heiß, Schmerzen, wie er sie sich nie vorgestellt hatte. Er schluckte alles Aspirin, das er finden konnte, um den Angriff abzuschlagen; doch als es schließlich, eine Stunde später, an der Haustür klingelte, konnte er sich nicht mehr rühren; völlig entkräftet und erschöpft lag er da und schnappte nach Luft, über seine Wangen strömten Tränen.

»Herein! Um Gottes willen, nur zu!«

M. Munigant trat ein. Glücklicherweise hatte Clarisse nicht abgesperrt. Aber Mr. Harris bot einen schrecklichen Anblick. M. Munigant stand, klein und dunkel, mitten im Wohnzimmer. Harris nickte. Die Schmerzen durchzuckten ihn, trafen ihn mit schweren eisernen Hämmern und Haken. M. Munigants Augen glitzerten, als er die nach außen durchscheinenden Knochen von Harris sah. Ah, er sah, daß Mr. Harris jetzt in einem psychischen Zustand war, der Hilfe möglich machte. Das sei doch wirklich der Fall? Harris nickte ein zweites Mal, kaum merklich, schluchzte dabei. M. Munigant gab immer noch einen Pfeifton von sich, wenn er sprach; irgendwas stimmte nicht mit seiner Zunge und dem Pfeifen. Unwichtig. Durch seine schimmernden Augen kam es Harris vor, als sehe er M. Munigant schrumpfen, kleiner werden. Nur Einbildung, klar. Harris schluchzte die Geschichte seiner Fahrt nach Phoenix heraus. M. Munigant zeigte Verständnis. Dieses Skelett war ein – Verräter! Mit dem würden sie fertig werden, ein für allemal!

»Mr. Munigant«, seufzte Harris schwach, »mir – mir ist das bis jetzt nie aufgefallen. Ihre Zunge. Rund, wie eine Röhre. Hohl? Meine Augen. Alles dreht sich. Was soll ich nur machen?«

M. Munigant stieß ein sanftes, anerkennendes Pfeifen aus, kam näher. Würde Mr. Harris sich mal ganz entspannt hinsetzen und den Mund aufmachen? Die Beleuchtung wurde ausgeschaltet. M. Munigant blickte tief in Harris' aufgerissenen Mund. Noch etwas weiter, bitte! Als Harris damals zu ihm gekommen war, war es praktisch unmöglich gewesen, ihm zu helfen, da sowohl der Körper als auch die Knochen in Aufruhr waren. Jetzt unterstützte ihn wenigstens das Fleisch, wenn auch das Skelett sich widersetzte. Im Dunkeln wurde M. Munigants Stimme klein, ganz klein, ja winzig, winzig. Das Pfeifen wurde hoch und schrill. So, jetzt ganz entspannt, Mr. Harris. *Jetzt!*

Harris spürte, wie sein Kiefer in alle Richtungen gedrückt, seine Zunge wie mit einem Löffel nach unten gepreßt wurde, so daß seine Kehle wie abgeschnürt war. Er schnappte nach Luft. Pfeifen. Er bekam keine Luft. Etwas wand sich, bohrte sich wie ein Korkenzieher durch seine Wangen, sprengte seine Kiefer. Wie eine Dusche spritzte etwas heiß in seine Nasenhöhlen, seine Ohren! »Ahhh!« Harris würgte den Schrei heraus. Sein Kopf war zertrümmert, baumelte lose mit gespaltener Knochenschale. Der quälende Schmerz schoß Feuer durch seine Lungen.

Harris bekam einen Augenblick lang wieder Luft. Seine nassen Augen sprangen weit auf. Er schrie. Seine Rippen hingen, wie zusammengelesene und gebündelte Stöcke, lose in ihm. Schmerz! Er fiel zu Boden, stieß pfeifend seinen heißen Atem aus.

Lichter flackerten in seinen irr blickenden Augäpfeln, er spürte, wie seine Glieder sich von ihm lösten, sich befreiten. Aus tränenüberströmten Augen blickte er durchs Zimmer.

Es war leer.

»M. Munigant? Um Gottes willen, wo sind Sie, M. Munigant? Helfen Sie mir doch!«

M. Munigant war weg.

»Hilfe!«

Dann hörte er es.

Tief drinnen in den unterirdischen Klüften seines Körpers, kaum hörbare, unglaubliche Geräusche; etwas schmatzte leise, etwas schien sich zu drehen, irgendwo kleine Stücke abzuhacken, dann leises Knirschen und geschäftiges Schnuppern – als treibe sich eine winzige hungrige Maus dort drunten herum, in dem blutroten Dämmer, und nage furchtbar zielstrebig und geschickt an diesem Ding, das ein versunkener Balken hätte sein können...!

Clarisse ging den Gehsteig entlang, hielt den Kopf hoch erhoben, marschierte direkt auf ihr Haus am Saint James Place zu. Sie dachte gerade ans Rote Kreuz, als sie um eine Ecke bog und beinahe mit diesem kleinen dunklen Mann, der nach Jod roch, zusammengestoßen wäre.

Clarisse hätte ihn überhaupt nicht beachtet, hätte er nicht, als sie an ihm vorbeiging, etwas langes Weißes und ihr merkwürdig Vertrautes aus dem Mantel gezogen und darauf herumgekaut wie auf einer Pfefferminzstange. Als er das Ende verschlungen hatte, ließ er seine außergewöhnliche Zunge in das weiße Naschwerk hineingleiten, saugte die Füllung heraus und gab dabei zufriedene Geräusche von sich. Er mampfte immer noch seine Schleckerei, während sie sich bereits ihrem Haus näherte, die Türklinke drückte und hineinging.

»Liebling?« rief sie, blickte dabei lächelnd um sich. »Liebling, wo bist du?« Sie schloß die Tür und lief durch die Diele ins Wohnzimmer. »Liebling...«

Sie starrte zwanzig Sekunden lang auf den Fußboden, versuchte zu verstehen.

Sie schrie auf.

Draußen, im Dunkel der Platanen, bohrte der kleine Mann

eine Reihe von Löchern in einen langen weißen Stab; dann rundeten sich mit einem Seufzer seine Lippen, spielten eine kleine traurige Melodie auf dem improvisierten Instrument, begleiteten damit den schrillen, schrecklichen Gesang von Clarisse, die in ihrem Wohnzimmer stand.

Oft war Clarisse als kleines Mädchen einen Sandstrand entlang gerannt, auf eine Qualle getreten und hatte aufgeschrien. Es war nicht so schlimm, wenn eine unversehrte, gelatinehäutige Qualle im eigenen Wohnzimmer lag. Man brauchte ja nicht draufzutreten.

Nur, wenn einen die Qualle dann *beim Namen rief*...

Das Glas

Es war eines dieser Dinger, die manchmal in Rummelplatzzelten am Rand einer kleinen, verschlafenen Stadt in einem Glas ausgestellt werden. Eines dieser Dinger, die in Spiritus schwimmen, sich für ewig um sich selbst drehen und vor sich hin träumen, die mit weit offenen Augen zu einem herausschauen und einen doch nie sehen. Es paßte zur Stille am späten Nachmittag, zum Zirpen der Grillen und Schluchzen der Frösche weit weg im Naß des Sumpfes. Eines dieser Dinger in einem großen Glas, bei deren Anblick sich einem der Magen umdreht, wie wenn man einen konservierten Arm in einem Laborbottich betrachtet.

Charlie erwiderte eine ganze Weile seinen starren Blick. Eine ganze Weile, und seine großen, rauhen, behaarten Hände umklammerten das Seil, das die neugierigen Besucher zurückhielt. Er hatte seinen Zehner bezahlt und starrte es nun an.

Es wurde allmählich spät. Das Karussell döste langsam ein, gab nur noch ein träges, mechanisches Klingeln von sich. Hinter einer Zeltplane saßen Schausteller rauchend und fluchend beim Pokern. Lichter gingen aus, tauchten den Rummelplatz in schwüle Finsternis. Grüppchen und lange Schlangen von Menschen strömten nach Hause. Irgendwo dröhnte ein Radio los, wurde dann abgedreht, und es blieb nur der Himmel von Louisiana, weit und still, voller Sterne.

Für Charlie gab es nichts mehr auf der Welt außer diesem blassen Ding, das in seinem Spiritusuniversum eingeschlossen war. Charlies Unterlippe hing schlaff herab, so daß man die Zähne sah in seinem Mund, der ein rosa Streifen schien; seine Augen blickten verwirrt, bewundernd, fragend.

Jemand bewegte sich inmitten der Schatten hinter ihm, er war klein neben Charlies Länge. »Oh«, sagte der Schatten und trat ins helle Licht der Glühbirne. »Noch hier, Kumpel?«

»Ja«, antwortete Charlie wie im Schlaf.

Der Schausteller war von Charlies Interesse angetan. Er nickte hinüber zu seinem alten Bekannten in dem Glas. »Es gefällt allen. Irgendwie mag's jeder.«

Charlie rieb sich an seinem langen Unterkiefer. »Sie – hm – würden es nicht eventuell verkaufen?«

Die Augen des Mannes wurden groß, dann fielen sie zu. Er schnaubte. »Ne. Es bringt Kunden. Die Leute schauen solches Zeug gern an. Wirklich.«

Charlie gab ein enttäuschtes »Oh« von sich.

»Hm«, überlegte der Besitzer, »wenn natürlich einer käme, der Geld hat, vielleicht –«

»Wieviel Geld?«

»Wenn einer –«, der Mann überlegte hin und her, nahm seine Finger zu Hilfe, beobachtete Charlie, während er zählte, während er einen Finger nach dem anderen umbog. »Wenn einer drei, vier, hm, vielleicht sieben oder acht Dollar –«

Charlie nickte bei jeder Bewegung, voller Erwartung. Der andere sah das und erhöhte den Betrag: »– zehn Dollar vielleicht, oder eher fünfzehn –«

Charlie wurde unruhig, schaute ihn finster an. Der Besitzer trat den Rückzug an. »Sagen wir, wenn einer *zwölf* Dollar –«. Charlie grinste. »Dann könnte er das Ding im Glas natürlich haben«, schloß der Mann.

»Das trifft sich gut«, erwiderte Charlie, »ich hab grad zwölf Scheine einstecken. Und ich hab mir überlegt, wie man wohl zu mir aufsehen wird drunten in Wilder's Hollow, wenn ich so'n Ding nach Hause bringe und es in das Regal über dem Tisch stelle. Bestimmt würden die Jungs dann zu mir aufsehen, todsicher.«

»Na also, dann hör mal her –«, sagte der andere.

Das Geschäft wurde perfekt gemacht, und das Glas auf die

Rückbank von Charlies Pferdewagen gestellt. Das Pferd scharrte nervös mit den Hufen, als es das Gefäß sah, und wieherte leise.

Der Schausteller sah zu ihm hoch, schien beinahe erleichtert. »Ich hatte es sowieso satt, das blöde Ding ständig um mich zu haben. Brauchst dich nicht zu bedanken. In letzter Zeit sind mir wegen ihm Sachen durch den Kopf gegangen, komische Gedanken – aber, hol's der Teufel, bin ein alter Schwätzer. Dann mach's mal gut!«

Charlie fuhr los. Die nackten blauen Glühbirnen zogen sich zurück wie sterbende Sterne, die offene dunkle Nacht über den Weiten Louisianas umhüllte Pferd und Wagen. In ihr gab es nur Charlie, das Pferd mit seinem gleichmäßigen Hufschlag und die Grillen.

Und das Glas auf dem Rücksitz.

Es schwappte vor und zurück, vor und zurück. Schwappte hoch. Und das kalte graue Ding schlug dumpf gegen das Glas, schaute heraus, schaute, aber sah nichts, absolut nichts.

Charlie lehnte sich zurück und strich zärtlich über den Deckel. Als er die Hand zurückzog, hatte sie den scharfen Geruch einer merkwürdigen Flüssigkeit an sich, hatte sie sich verändert, war kalt und zitterte aufgeregt. *Das hätten wir!* dachte er bei sich. *Das wär geschafft!*

Platsch, platsch, platsch . . .

In Wilder's Hollow warfen zahllose grasgrüne und blutrote Lampen ihr staubiges Licht auf eine Gruppe von Männern, die dicht gedrängt vor dem Dorfladen saßen, auf den Boden spuckten und leise miteinander redeten.

Sie kannten das Quietschen und Knarren von Charlies Wagen und drehten nicht einmal die rohen Schädel mit den glanzlosen Haaren herum, als er vorsichtig anhielt. Ihre Zigarren waren Glühwürmchen, ihre Stimmen das Gemurmel von Fröschen in Sommernächten.

Charlie beugte sich voll gespannter Ungeduld hinab: »Hallo, Clem. Hallo, Milt!«

»Hallo, Charlie. Abend, Charlie«, murmelten sie. Der politische Streit ging weiter. Charlie unterbrach ihn abrupt:
»Ich hab was dabei, was euch vielleicht interessiert!«

Tom Carmodys Augen funkelten von der Veranda des Ladens herab, grün im Licht der Lampen. Es schien Charlie, als sei Tom Carmody für alle Zeiten fest installiert im Schatten auf einer Veranda, oder im Schatten eines Baumes, oder, wenn in einem Zimmer, dann in der hintersten Ecke, aus deren Dunkel er seine Augen auf einen herausleuchten ließ. Man wußte nie, was in seinem Gesicht gerade vorging, und seine Augen machten sich immer über einen lustig. Und jedesmal, wenn sie auf einen gerichtet waren, lachten sie irgendwie anders.

»Hast nix, was uns interessiert, Schätzchen.«

Charlie ballte eine Hand zur Faust und schaute darauf. »In 'nem Glas«, fuhr er fort. »'n bißchen wie 'n Gehirn, bißchen wie 'ne Qualle in Essig, bißchen wie – ach, guckt's euch selbst an!«

Einer schnippte von seiner Zigarette einen Regen von rosa Asche ab und trottete träge hinüber, um mal zu schauen. Charlie hob würdevoll den Deckel, und in dem schummrigen Licht der Lampen sah man die Farbe aus dem Gesicht des Mannes weichen. »He, also, was zum Teufel is' 'n das?«

Das war das erste Anzeichen von Tauwetter an diesem Abend. Die anderen richteten sich träge auf, beugten sich nach vorn; die Schwerkraft zog sie vorwärts. Sie machten keinerlei Anstrengung, setzten lediglich einen Fuß vor den anderen, um nicht auf ihre bemerkenswerten Gesichter zu fallen. Sie umkreisten das Glas und seinen Inhalt. Und zum ersten Mal in seinem Leben arbeitete Charlie mit einem Trick und knallte den Deckel wieder auf das Glas.

»Wenn ihr mehr sehen wollt, kommt mal bei mir zu Hause vorbei. Es wird da sein«, erklärte er großzügig.

Tom Carmody spuckte von seinem Adlerhorst auf der Veranda herab. »Ha!«

»Laß mich nochmal gucken!« schrie Gramps Medknowe. »Isses 'n Tintenfisch?«

Charlie ließ die Zügel auf den Pferderücken klatschen; das Pferd zog langsam an.

»Kommt ruhig mal vorbei! Seid jederzeit willkommen!«

»Und was sagt deine Frau dazu?«

»Die knallt uns die Tür auf die Fresse!«

Aber Charlie und der Wagen waren schon hinter dem Hügel verschwunden. Die Männer standen da, einer wie der andere, kauten auf ihren Zungen herum und schielten die Straße hoch ins Dunkel. Tom Carmody fluchte leise von der Veranda herab...

Charlie stieg die Stufen zu seiner Hütte hinauf und stellte das Glas im Wohnzimmer auf das Regal wie auf einen Thron, dachte, daß diese Bruchbude von jetzt an ein Palast sein würde, mit einem ›Herrscher‹ – das war das Wort! Herrscher – der kalt und weiß und ruhig in seinem privaten Teich schwamm, erhoben, erhaben auf dem Regalbrett über dem wackeligen Tisch.

Das Glas brannte, so schnell, daß man zusehen konnte, den kalten Nebel weg, der über diesem Ort am Rand des Sumpfes hing.

»Was hast du da?«

Thedys dünner Sopran riß ihn aus seiner ehrfürchtigen Versunkenheit. Sie stand in der Schlafzimmertür und starrte mißtrauisch herüber, ihr magerer Körper war von einem ausgeblichenen blauen Morgenrock umhüllt, das Haar hinter den roten Ohren nachlässig zu einem Knoten zusammengebunden. Die Farbe ihrer Augen war so verblichen wie die des Morgenrocks. »Nun«, fragte sie noch einmal. »Was ist es?«

»Für was würdest du es halten, Thedy?«

Sie machte einen staksigen Schritt nach vorn, wiegte sich dabei langsam, träge in den Hüften, hatte die Augen fest auf das Glas gerichtet, die Lippen auseinandergezogen, so daß man ihre katzenhaften milchigen Zähne sah.

Das tote blasse Ding hing in seiner Flüssigkeit.

Thedy warf Charlie zornig einen müden, trüben Blick zu, ließ die Augen dann zu dem Glas wandern, zurück zu Charlie, nochmal zu dem Glas, dann wirbelte sie schnell herum.

»Es – es sieht aus wie *du*, Charlie!« schrie sie.

Die Schlafzimmertür knallte zu.

Die Erschütterung machte dem Ding im Glas nichts aus. Doch Charlie stand da, hingezogen zu seiner Frau, mit wild klopfendem Herzen. Eine ganze Weile später, als sein Herz sich wieder beruhigt hatte, sagte er zu dem Ding im Glas:

»Ich rackere mich das ganze Jahr auf den Feldern drunten am Sumpf ab, und sie schnappt sich das Geld und haut ab nach Hause, besucht ihre Leute, neun Wochen an einem Stück. Ich kann sie nicht halten. Sie und die Männer vom Laden, alle machen sie sich lustig über mich. Ich kann's auch nicht ändern, ich weiß einfach nicht, wie ich sie festhalten soll! Verflucht, dabei *versuch* ich's doch!«

Philosophisch weise gab das Ding im Glas keine Antwort.

»Charlie?«

Jemand stand in der Haustür.

Charlie drehte sich erschreckt um, dann ging ein Grinsen über sein Gesicht.

Es waren ein paar von den Männern vom Laden.

»Nu – Charlie – wir – wir dachten – naja – wir sind hergekommen, um einen Blick auf das Zeug zu werfen, das du da in dem Glas hast –«

Der Juli mit seinen heißen Tagen ging vorüber, und es kam der August.

Zum ersten Mal seit Jahren ging es Charlie wirklich gut, fühlte er sich wie Weizen, der nach langer Dürre endlich Regen abbekommen hat. Es war schön, am Abend zu hören, wie Stiefel im hohen Gras raschelten, wie die Männer in den Graben spuckten, ehe sie auf die Veranda kamen, wie das Gewicht der Körper die Dielen der Veranda quietschen ließ, und wie das Haus ächzte, wenn sich noch eine Schulter gegen den Türrahmen lehnte, und wenn, nachdem ein behaarter Handrücken einen Mund abgewischt hatte, noch eine Stimme fragte:

»Kann ich reinkommen?«

Mit lange geübter Unbefangenheit bat Charlie die Ankömmlinge herein. Es gab Stühle und Seifenkisten für alle, oder wenigstens Teppiche, auf die man sich hocken konnte. Und wenn dann draußen die Grillen ihre Beine aneinanderrieben und ein sommerliches Zirpen erzeugten, und Frösche mit geschwollenen Hälsen wie alte Damen mit Kröpfen in die hohe Nacht quakten, war das Zimmer zum Bersten voll mit Leuten aus der ganzen Gegend.

Zunächst herrschte stets Schweigen. Die erste halbe Stunde, während die Leute hereinkamen und sich irgendwo niederließen, verbrachte man damit, sorgfältig Zigaretten zu drehen. Den Tabak fein säuberlich in braunes Papier zu packen, es aufzufüllen, vollzustopfen, so wie sie an diesen Abenden ihre Gedanken, ihre Ängste, ihr Staunen einpackten, feststopften und einrollten. Das gab ihnen Zeit zum Nachdenken. Man konnte ihre Gehirne hinter den Augen arbeiten sehen, während sie die Zigaretten zum Rauchen zurechtfingerten.

Es war die Atmosphäre eines primitiven Gottesdienstes. Sie saßen, hockten da, gegen die Gipswände gelehnt, und starrten, einer wie der andere, voll ehrfürchtiger Scheu auf das Glas im Regal.

Sie schauten niemals sofort hin. Nein, sie machten es irgendwie langsam, beiläufig, als würden sie einfach im Zimmer umhergucken – ihre Augen wahllos über *alle* Gegenstände hingleiten lassen, die in ihr Blickfeld gerieten.

Und – ganz zufällig, natürlich – verharrte ihr umherirrender Blick schließlich immer auf der gleichen Stelle. Nach einer Weile waren alle Augen im Raum darauf gerichtet, hingen daran wie Nadeln an einem unfaßbaren Nadelkissen. Und das einzige Geräusch war ein Saugen an einem Maiskolben. Oder das Trippeln nackter Kinderfüße draußen auf der Veranda. Dann konnte eine Frauenstimme rufen: »Verschwindet jetzt, ihr Gören! Weg da!« Und mit Gekicher, das wie schnell dahinplätscherndes Wasser klang, machten sich die nackten Füße davon, um Ochsenfrösche aufzuschrecken.

Charlie saß, natürlich, immer vor den anderen in seinem Schaukelstuhl, ein kariertes Kissen unter dem mageren Hinterteil, schaukelte langsam hin und her, genoß den Ruhm und das Zu-ihm-Aufschauen, das ihm als dem Besitzer des Glases zuteil wurde.

Thedy war stets im Hintergrund bei der Gruppe von Frauen zu finden, die alle trübsinnig und still dasaßen und auf ihre Männer warteten.

Thedy sah aus, als wäre sie drauf und dran, vor Eifersucht loszukreischen. Aber sie sagte nichts, sah nur zu, wie die Männer in ihr Wohnzimmer getrampelt kamen, sich zu Charlies Füßen niederließen und das Ding anstarrten wie den Heiligen Gral; ihre Lippen waren kalt und steif, und sie wechselte mit niemandem ein freundliches Wort.

Nach geraumer Zeit ehrfürchtigen Schweigens räusperte sich immer irgend jemand, zum Beispiel der alte Gramps Medknowe aus der Crick Road, räusperte den Schleim aus einer Höhle tief in seinem Inneren heraus, beugte sich vor, blinzelte, befeuchtete dann vielleicht mit der Zunge die Lippen, und seine schwieligen Finger zitterten vor Neugier.

Das war stets das Zeichen für die Anwesenden, daß jetzt gleich die Unterhaltung beginnen würde. Man spitzte die Ohren. Alle ließen sich nieder wie Schweine, die sich nach dem Regen im warmen Schlamm suhlen.

Der alte Gramps guckte eine ganze Weile vor sich hin, erkundete mit seiner Eidechsenzunge die Entfernung zwischen seinen Mundwinkeln, ehe er, wie immer, mit seinem hohen, dünnen Altmännertenor sagte:

»Was es wohl ist? Ob es ein Er ist oder eine Sie oder nur so ein ganz gewöhnliches Es? Manchmal wache ich nachts auf, drehe mich auf meiner Strohmatte hin und her, denke über das Glas nach, das hier in der langen Dunkelheit steht. Denke daran, wie es hier im Spiritus hängt, ruhig und bleich wie eine Auster in ihrer Schale. Manchmal wecke ich Maw auf, und wir denken beide darüber nach...«

Beim Sprechen vollführte Gramps mit den Fingern eine zittrige Pantomime. Alle sahen ihm zu, wie er seinen fleischigen Daumen kreisen ließ und die anderen Finger mit den dicken Nägeln wellenartig auf und ab bewegte.

»...liegen beide da und denken. Und zittern. Kann auch 'ne schwüle Nacht sein, die Bäume schwitzen, den Moskitos ist's zu heiß zum Fliegen, und trotzdem zittern wir, wälzen uns hin und her, versuchen einzuschlafen...«

Gramps verfiel wieder in Schweigen, so als ob er jetzt genug geredet hätte, als wolle er die Stimme eines anderen von dem Staunen, der Ehrfurcht und dem Befremden sprechen lassen.

Juke Marmer aus Willow Sump wischte den Schweiß auf seinen Handflächen an den Knien ab und sagte sanft:

»Ich weiß noch, als ich ein rotznäsiger Bengel war. Wir hatten eine Katze, die ständig Junge warf. Allmächtiger, sie brauchte nur ein bißchen herumzuhüpfen und über einen Zaun zu springen – schon war wieder ein Wurf da.« Juke sprach mit geradezu heiliger Sanftheit, voller Güte. »Na, wir haben die Kätzchen natürlich immer weggegeben, aber als dann dieser Wurf herausgeplatzt ist, hatten wir allen Leuten im Umkreis von ein paar Meilen schon ein, zwei Katzen geschenkt.

Da trug Ma ein großes Glas hinters Haus und machte es bis obenhin voll Wasser. Ma sagte: ›Juke, du ertränkst die Kätzchen.‹ Ich weiß noch, wie ich dastand; die Kätzchen miauten, rannten umher, blind, klein, hilflos und lustig – fingen gerade an, die Augen aufzumachen. Ich schaute Ma an, sagte: ›Nicht *ich*, Ma. Mach's *du*!‹ Aber Ma wurde blaß und sagte, daß es gemacht werden mußte, und außer mir war keiner da, der das konnte. Und dann ging sie weg, um Soße anzurühren und Hähnchen zu braten. Ich – ich hob eines hoch – eines von den Kätzchen. Ich hielt es im Arm. Es war warm. Es miaute leise, am liebsten wär ich weggerannt, niemals zurückgekommen.«

Juke nickte mit dem Kopf, seine Augen strahlten, er schien jung, jetzt, wo er den Blick in die Vergangenheit gerichtet hatte, sie herbeiholte, ihr mit Worten eine neue Form gab, sie mit der Zunge glättete.

»Ich hab das Kätzchen ins Wasser fallen lassen. Es hat die Augen geschlossen, den Mund aufgemacht, hat nach Luft geschnappt. Weiß noch, wie es die kleinen weißen Zähne gebleckt hat, wie die rosa Zunge herausgekommen ist, und gleichzeitig Bläschen, eine Kette von Luftbläschen, bis an die Wasseroberfläche!

Noch heute weiß ich, wie das Kätzchen im Wasser geschwommen ist, als alles vorbei war, wie es umhergetrieben ist, langsam und sorglos, wie es mich angeschaut hat; es hat mich nicht verflucht für das, was ich getan habe. Aber es hat mich auch nicht gemocht. Ohhh...«

Herzen klopften hektisch. Augen drehten sich von Juke zu dem hochgestellten Glas, wieder zurück und zaghaft wieder nach oben.

Eine Pause.

Jahdoo, der Schwarze aus Heron Swamp, ließ, ein dunkelhäutiger Jongleur, die Elfenbeinaugäpfel in seinem Kopf kreisen. Seine dunklen Fingerknöchel verknoteten und wanden sich – lebendige Grashüpfer.

»Ihr wißt, was das is'? Ihr wißt wirklich? Ich sag euch. Das is' Mitte von Leben, doch, bestimmt! Wirklich, is' so!«

Jahdoo schaukelte wie ein Baum hin und her, bewegt von einem Sumpfwind, den keiner sehen, hören oder spüren konnte, keiner außer ihm. Seine Augäpfel begannen wieder zu kreisen, als wären sie losgeschnitten und könnten frei

71

umherwandern. Seine Stimme stickte ein dunkles Muster, spießte die Rundumsitzenden an den Ohrläppchen auf und nähte sie in ein atemloses Gewebe:

»Von dem, wo damals in Middibamboo-Sumpf gelegen, alle möglichen Dinger rausgekrochen. Kommt Hand raus, kommt Fuß raus, kommt Zunge raus und Horn und wächst. Winzig klein Amöbe, vielleicht. Dann Frosch mit Beulenhals, fast zum Platzen! Ja!« Er ließ seine Fingergelenke knacken. »Sabbelt hoch auf klebrige Beine und – ist *Mensch!* Das ist Mitte von Schöpfung! Das – Middibamboo-Mama, wo wir alle von kommen vor zehntausend Jahre. Glaubt mir!«

»Vor zehntausend Jahren!« flüsterte Granny Carnation.

»Es sehr alt! Schaut an! Hat nicht mehr Sorgen. Zu schlau. Hängt wie Schweinefleisch in heißem Fett. Augen zum Gucken, aber zwinkert nicht, schaut nicht voll Sorge, oder? Ne, ne! Ich weiß Bescheid. Es weiß, wir *kommen* von ihm, und wir *gehen zurück* zu ihm.«

»Was für Augen hat es?«

»Graue.«

»Ne, *grüne*!«

»Was für Haare? Braune?«

»Schwarze!«

»Rote!«

»Nein, *graue*!«

Dann äußerte Charlie schleppend seine Meinung. An manchen Abenden wiederholte er nur, was er schon immer gesagt hatte, manchmal sagte er auch etwas anderes. Das blieb sich gleich. Im Hochsommer konnte man Abend für Abend dasselbe erzählen, und es klang doch jedesmal anders. Die Grillen veränderten es. Die Frösche veränderten es. Das Ding im Glas veränderte es. Charlie sagte:

»Was, wenn ein alter Mann zurück gehen würde in den Sumpf, oder vielleicht ein kleines Kind, und umherirren würde, Jahr um Jahr, verloren in dem Getröpfel, mit all den Fährten und Rinnsalen, in all den feuchten Schluchten in der

Nacht, und die Haut würde ganz bleich und kalt und runzlig. Würde keine Sonne mehr kriegen und immer mehr zusammenschrumpfen, schließlich in einem Dreckloch versinken und in so 'ner Art – Schleim – liegen, wie die Larven von den Moskitos, die im Sumpfwasser schlafen. Und dann – es kann wirklich sein, das könnte jemand sein, den wir *kennen*. Einer, mit dem wir uns irgendwann unterhalten haben. Kann wirklich sein –«

Ein Zischen aus der Ecke, ganz hinten, wo die Frauen saßen. Eine von ihnen stand da, ihre Augen glänzten schwarz, sie suchte nach Worten. Es war Mrs. Tridden, und sie murmelte:

»Viele kleine Kinder sind splitternackt in den Sumpf gerannt, jedes Jahr. Laufen drin rum, nie zurückgekommen. Ich auch – wäre fast nicht mehr rausgekommen. Ich – ich hab meinen kleinen Jungen so verloren, meinen Foley. Das – das *könnte doch sein*!!!«

Sie holte schnaubend Luft durch ihre engen, verkrampften Nasenlöcher. Ihre Mundwinkel wurden von harten Muskeln unnachgiebig nach unten gezogen. Köpfe drehten sich auf Selleriestangenhälsen herum, und Augen lasen ihr Entsetzen und ihre Hoffnung. Es war in Mrs. Triddens Körper, der, drahtig gespannt, mit steifen Fingern an der Wand hinter ihr klebte.

»Mein Baby«, flüsterte sie. Sie stieß es keuchend hervor. »Mein Baby. Mein Foley. Foley! Foley, bist du das? Foley! Foley, sag mir, Kind, bist du's?«

Alle hielten den Atem an, wandten sich um zu dem Glas.

Das Ding im Glas schwieg. Es starrte nur blaßblind heraus auf die Menge. Und tief in den Körpern mit den groben Knochen floß wie ein Tauwassergerinnsel im Frühling die Angst als geheimnisvoller Saft, und ihre Ruhe, ihr entschlossener Glaube, ihre natürliche Demut wurden von diesem Saft angeknabbert, angefressen und in einem Sturzbach weggeschwemmt. Jemand schrie auf.

»Es hat sich bewegt!«

»Nein, nein, es hat sich nicht bewegt. Deine Augen haben dir einen Streich gespielt!«

»Ich schwör's euch!« schrie Juke. »Es hat sich ganz langsam gedreht, wie ein totes Kätzchen!«

»Jetzt ist's aber gut. Das da ist schon sehr lange tot. War vielleicht schon tot, als du geboren wurdest!«

»Er hat ein Zeichen gegeben!« schrie Mrs. Tridden. »Das ist mein Foley! Mein Baby haben Sie da! Drei Jahre war er alt! Mein Baby, verschwunden im Sumpf und nie wieder aufgetaucht!«

Sie brach in Schluchzen aus.

»Na, Mrs. Tridden. Schon gut. Setzen Sie sich, Sie zittern ja am ganzen Körper. Das ist genausowenig Ihr Kind wie meines. Na, kommen Sie.«

Eine der Frauen kümmerte sich um sie, und ihr Schluchzen klang aus in heftigem, zuckendem Atem, nur ihre Lippen flatterten, während die Atemluft über sie hinwegstrich, wie der Flügelschlag eines Schmetterlings.

Als es wieder still war, saugte Granny Carnation, sie trug eine vertrocknete rosa Blüte in ihrem schulterlangen grauen Haar, ihre Pfeife hinein in den gierigen Mund und sprach um sie herum, schüttelte dabei den Kopf, um ihr Haar im Licht tanzen zu lassen:

»Dieses ganze Gequatsche und Hin-und-her-Geschubse von Wörtern. Wir werden's wahrscheinlich nie herausfinden, nie erfahren, was es ist. Und wenn wir's rauskriegen würden, wären wir wahrscheinlich enttäuscht. Das ist wie mit den Tricks, die Zauberer vorführen. Hat man den Schwindel mal durchschaut, dann ist der ganze Spaß zum Teufel. Wir kommen hier so ungefähr alle zehn Tage zusammen, sitzen beieinander, plaudern, haben immer was, irgendwas zu bereden. Ich glaube fast, wenn wir herauskriegen würden, was das verdammte Ding da ist, hätten wir nichts mehr zu bequatschen, damit ihr's wißt!«

»Ach, zum Teufel damit!« donnerte eine bullige Stimme. »Wenn ihr mich fragt, es ist nur Dreck!«

Tom Carmody.

Tom Carmody, der, wie immer, im Schatten stand. Draußen auf der Veranda, nur seine Augen starrten herein, ein müdes, spöttisches Lächeln umspielte seine Lippen. Sein Lachen drang in Charlie wie ein Hornissenstich. Thedy hatte ihn dazu angestiftet. Thedy versuchte, Charlies neues Leben zu zerstören, todsicher!

»Überhaupt nichts«, fuhr Carmody grob fort, »ist in dem Glas außer einer verrotteten, stinkenden alten Qualle vom Strand, grad recht, um sie den Hunden vorzuwerfen.«

»Du bist nicht etwa neidisch, mein lieber Carmody?« fragte Charlie ruhig.

»Ha!« schnaubte Carmody. »Hab nur mal vorbeigeschaut, wollte nur zugucken, wie ihr Hohlköpfe leeres Stroh drescht. Du siehst, ich hab keinen Fuß über die Türschwelle gesetzt oder mich eingemischt. Und jetzt geh ich nach Hause. Will irgendwer mitkommen?«

Niemand wollte ihn begleiten. Er lachte noch einmal, so als wäre es noch viel lächerlicher, daß so viele Leute so verrückt sein konnten, und Thedy, in der hintersten Ecke des Zimmers, fuhr sich mit den Fingernägeln über die Handflächen. Charlie sah, wie ihr Mund zuckte, ihm war kalt und er konnte nichts sagen.

Carmody, der immer noch lachte, klapperte mit seinen hochhackigen Stiefeln von der Veranda, und das Zirpen der Grillen trug ihn weg.

Granny Carnation kaute auf ihrer Pfeife. »Ich hab's ja schon vorhin gesagt, ehe es so stürmisch zuging: das Ding da auf dem Regal, warum sollte es nicht so was sein wie – alle Dinge? Viele Dinge. Alle Arten von Leben – Tod – ich weiß nicht. Ein Gemisch aus Regen und Sonne und Dreck und Grütze, alles zusammen. Gras und Schlangen und Kinder und Nebel, und all die Nächte und Tage in dem toten

Schilfdickicht. Warum muß es unbedingt eine einzige Sache sein? Vielleicht ist es *viele*.«

Und eine weitere Stunde lang plätscherte das Gespräch ruhig dahin, und Thedy schlich sich weg, hinaus ins Dunkel, folgte Tom Carmody, und Charlie begann zu schwitzen. Sie hatten etwas vor, die beiden. Sie planten irgendwas. Heiße Schweißtropfen liefen über Charlies Haut.

Die Versammlung löste sich spät auf, und Charlie ging mit gemischten Gefühlen zu Bett. Der Abend war gut verlaufen, aber was war mit Thedy und Tom?

Sehr spät, bestimmte Ketten von Sternen waren am Himmel hinabgerutscht, zeigten an, daß Mitternacht vorbei war, hörte Charlie das Rascheln des hohen Grases, das Thedy mit ihren wiegenden Hüften teilte. Ihre Absätze klapperten leise über die Veranda, ins Haus, ins Schlafzimmer.

Sie legte sich geräuschlos ins Bett, Katzenaugen starrten ihn an. Er konnte sie nicht sehen, aber er spürte, wie sie ihn anstarrten.

»Charlie?«

Er wartete.

Dann sagte er: »Ich bin wach.«

Nun wartete sie.

»Charlie?«

»Was ist?«

»Du kommst bestimmt nicht drauf, wo ich gewesen bin; das errätst du nie.« Es war ein leiser, spöttischer Singsang im Dunkel der Nacht.

Er wartete.

Auch sie wartete wieder. Aber sie hielt nicht lange durch und fuhr fort:

»War auf dem Rummelplatz drüben in Cape City. Tom Carmody hat mich mit dem Auto hingebracht. Wir – wir haben mit dem Kerl von der Bude gesprochen, Charlie, ja wirklich, wir haben mit ihm gesprochen, *ganz bestimmt!*« Und sie kicherte leise, wie in sich hinein.

Ihm war eiskalt. Er stützte sich hoch auf einen Ellbogen.

Sie sagte, bedeutungsschwanger: »Wir haben rausgekriegt, was das ist in deinem Glas, Charlie –«

Charlie preßte die Hände auf die Ohren und ließ sich auf die Seite fallen. »Ich will's nicht wissen!«

»Aber du mußt es dir anhören, Charlie. Es ist ein guter Witz. Einfach irre, Charlie«, zischte sie.

»Verschwinde«, sagte er.

»Aah! Nein, nein, mein lieber Charlie. Keinesfalls, Charlie – Süßer. Nicht eh ich dir's erzählt habe!«

»Hau ab!« sagte er.

»Laß mich erzählen! Wir haben mit dem Kerl am Rummelplatz gesprochen, und der – der schien sich totlachen zu wollen. Er sagte, daß er das Glas und was drin war irgendeinem – Bauerntrottel – für zwölf Dollar verkauft hat. Und daß es allerhöchstens zwei wert ist!«

Blühendes Gelächter ergoß sich aus ihrem Mund ins Dunkel, ein schreckliches Lachen.

Sie hörte sofort wieder auf damit.

»Es ist nur Müll, Charlie! Gummi, Pappmaché, Seide, Baumwolle, Borsäure! Weiter nichts! Innen drin 'n Metallgestell! Sonst nichts, Charlie. Absolut nichts!« kreischte sie.

»Nein, nein!«

Er setzte sich mit einem Ruck auf, warf brüllend die Bettdecke zurück.

»Ich will es nicht hören! Will nichts davon hören!« schrie er wieder und wieder.

Sie sagte: »Warte, bis alle wissen, was für ein Schwindel es ist! Die werden lachen! Halb totlachen werden die sich!«

Er packte sie an den Handgelenken. »Willst du es ihnen etwa erzählen?«

»Möchtest doch nicht, daß ich als Lügnerin dastehe, Charlie, oder?«

Er schleuderte sie weit von sich.

»Wieso läßt du mich nicht endlich in Ruhe? Du Miststück!

Du fieses Miststück, bist eifersüchtig auf alles, was ich tu. Hab dir die Schau gestohlen, als ich das Glas mitbrachte. Du konntest nicht mehr ruhig schlafen, bis du alles kaputt gemacht hast!«

Sie lachte. »Dann erzähl ich eben niemandem was.«

Er starrte sie an. »Du hast *mir* den Spaß verdorben. Das ist die Hauptsache. Ob du's den anderen erzählst, ist mir egal. *Ich* weiß es. Und ich werd nie mehr Spaß daran haben. Du und dieser Tom Carmody. Wie gern würd ich dafür sorgen, daß ihm das Lachen vergeht. Seit Jahren macht er sich über mich lustig! Na, geh nur und erzähl's den andern, allen Leuten, los – sollt auch euren Spaß haben –!«

Er marschierte wütend los, packte das Glas, so daß der Inhalt überschwappte, und hätte es beinahe zu Boden geschleudert, doch dann hielt er zitternd inne und stellte es vorsichtig auf den wackeligen Tisch. Schluchzend beugte er sich darüber. Wenn er das da verlor, gab es für ihn nichts mehr auf der Welt. Und Thedy verlor er auch. Mit jedem Monat, der verging, tänzelte sie weiter weg, verspottete ihn, machte sich lustig über ihn. Zu viele Jahre war es das Pendeln ihrer Hüften gewesen, das ihm den Ablauf seiner Zeit, seines Lebens anzeigte. Doch für andere Männer, Tom Carmody zum Beispiel, verlief die Zeit im Rhythmus derselben Bewegung.

Thedy stand da und wartete darauf, daß er das Glas zu Boden schleuderte. Aber nein, er streichelte es zärtlich und beruhigte sich darüber allmählich. Und während er durchs Zimmer ging, dachte er an all die langen, wohltuenden Abende im letzten Monat, diese Abende voller Freunde und Geplauder. Das war doch immerhin etwas Schönes gewesen.

Er drehte sich langsam zu Thedy herum. Er hatte sie für immer verloren.

»Thedy, du warst nicht auf dem Rummelplatz!«

»Doch, ich war da.«

»Du lügst«, entgegnete er ruhig.

»Nein, es ist wahr!«

»Das Glas, es – es *muß* irgendwas drin sein. Außer dem Dreck, den du aufgezählt hast. Zu viele Leute glauben daran, daß etwas drin ist, Thedy. Daran kannst du nichts ändern. Der Kerl vom Rummelplatz – wenn du wirklich mit ihm gesprochen hast, hat er gelogen.« Charlie holte tief Luft und sagte dann: »Komm mal her, Thedy.«

»Was ist?« fragte sie mürrisch.

»Komm mal rüber.«

Er machte einen Schritt auf sie zu. »Nun komm schon.«

»Bleib mir bloß vom Leib, Charlie.«

»Will dir nur was zeigen, Thedy.« Seine Stimme war leise, klang weich, aber nachdrücklich. »Hierher, miez. Hier, miez, miez, miez – hierher, *mein Kätzchen*!«

Es war wieder am Abend, etwa eine Woche später. Gramps Medknowe und Granny Carnation kamen, gefolgt von Mrs. Tridden, dem jungen Juke und Jahdoo, dem Farbigen. Und dann kamen alle anderen, junge und alte, nette und griesgrämige, ließen sich knarrend auf Stühlen nieder, jeder mit seinen eigenen Gedanken und Befürchtungen, seiner Hoffnung und seinem Staunen. Keiner sah hinauf zu dem Heiligtum, alle wandten sich Charlie zu und begrüßten ihn sanft.

Sie warteten, bis alle beisammen waren. Das Leuchten in den Augen verriet, daß jeder etwas anderes in dem Glas sah, ein Stück vom Leben und ein Stück von dem bleichen Leben nach diesem Leben, vom Leben im Tod und vom Tod im Leben, jeder mit seiner eigenen Geschichte, seinem Stichwort, seinem Text, vertraut, alt und doch neu.

Charlie saß allein da.

»Hallo, Charlie.« Jemand guckte ins leere Schlafzimmer. »Deine Frau ist wieder mal weg zu ihren Leuten?«

»Ja, ab nach Tennessee. Kommt in 'n paar Wochen wieder. Hält's hier einfach nicht aus, ständig unterwegs. Du kennst sie ja!«

»Immer auf Achse, die Frau.«

Weiche Stimmen redeten miteinander, wurden leiser, und dann, ganz unerwartet, kam die Veranda entlang, den funkelnden Blick nach drinnen auf die Leute gerichtet – Tom Carmody.

Tom Carmody stand mit weichen, zitternden Knien vor der Tür, seine herabhängenden Arme bebten; so starrte er ins Zimmer. Und wagte nicht einzutreten. Tom Carmody stand mit offenem Mund da, aber ohne zu lächeln. Die Lippen feucht und schlaff, nicht die Spur eines Lächelns auf ihnen. Das Gesicht kreidebleich, als wäre er lange Zeit krank gewesen.

Gramps sah hinauf zum Glas, räusperte sich und sagte: »Also, ich hab das noch nie so deutlich gesehen. Es hat *blaue* Augen.«

»Es hat schon immer blaue Augen gehabt«, erwiderte Granny Carnation.

»Nein«, jammerte Gramps. »Nein, ist nicht wahr. Letztes Mal waren sie braun.« Er sah blinzelnd hinauf. »Und noch was – es hat jetzt braune Haare. *Letzte Woche* hat es die noch nicht gehabt!«

»Doch«, seufzte Mrs. Tridden.

»Nein, keinesfalls!«

»Doch, ganz bestimmt!«

Tom Carmody stand zitternd in der Sommernacht und schaute hinein auf das Glas. Charlie blickte hinauf, drehte sich eine Zigarette, lässig, die Ruhe selbst, war sich seines Lebens und seiner Gedanken völlig sicher. Nur Tom Carmody sah Dinge in dem Glas, die er nie zuvor gesehen hatte. *Jeder* sah das, was *er selbst* sehen wollte, die Gedanken prasselten herab wie ein heftiger Sommerregen:

»Mein Baby. Mein kleines Baby«, dachte Mrs. Tridden.

»Ein Gehirn!« dachte Gramps.

Die Finger des Farbigen zuckten: »Middibamboo-Mama!«

Ein Fischer spannte die Lippen: »'ne Qualle!«

»Kätzchen! Hierher, miez, miez, miez!« Die Gedanken ertranken um sich krallend in Jukes Augen. »Kätzchen!«

»Alles und jedes!« kreischten Grannys verschrumpelte Gedanken. »Nacht, Sumpf, Tod, bleiche Dinge, nasse Dinge aus dem Meer!«

Schweigen. Und dann flüsterte Gramps: »Ich frage mich, ob es ein Er ist oder eine Sie oder nur so ein ganz gewöhnliches *Es*?«

Charlie blickte auf, befriedigt, drehte sich eine Zigarette, drückte sie zurecht. Dann schaute er hinüber zur Tür, auf Tom Carmody, der nie mehr lächeln würde. »Wir werden es wohl nie erfahren, ne, niemals, fürchte ich.« Charlie schüttelte langsam den Kopf, verstummte, wie alle seine Gäste, die nur noch schauten, starrten.

Es war nur eines dieser Dinger, die manchmal auf Rummelplätzen am Rand einer kleinen, verschlafenen Stadt in einem Glas ausgestellt werden. Eines dieser Dinger, die in Spiritus schwimmen, sich für ewig um sich selbst drehen und vor sich hin träumen, die mit weit offenen, toten Augen zu einem herausschauen und einen doch nie sehen...

Die Reisende

Kurz vor Morgengrauen schaute Vater in Cecys Zimmer. Sie lag auf dem Bett. Er schüttelte verständnislos den Kopf und deutete mit einer Handbewegung zu ihr hin.

»Also, wenn du mir sagen kannst, wozu sie gut ist, wenn sie da so rumliegt«, sagte er, »dann freß ich den Krepp auf meiner Mahagonikiste. Schläft die ganze Nacht, frühstückt und liegt dann den ganzen Tag auf dem Bett.«

»Aber sie ist doch so hilfsbereit«, wandte Mutter ein und führte ihn weg von Cecys blassem, schlummerndem Körper, den Flur entlang. »Sie ist wirklich eines der vielseitigsten Mitglieder unserer Familie. Wozu sind deine Brüder schon gut? Die meisten von ihnen schlafen den ganzen Tag und machen sonst überhaupt nichts. Cecy ist wenigstens *aktiv*.«

Sie gingen die Treppe hinab durch den Geruch schwarzer Kerzen; die schwarzen Kreppstreifen am Geländer, die seit dem Familientreffen vor einigen Monaten unberührt dahingen, raschelten, als sie vorbeigingen. Vater lockerte erschöpft seine Krawatte. »Na ja, wir arbeiten eben nachts. Was können wir dafür, wenn wir, wie du es nennst, altmodisch sind?«

»Natürlich nichts. Es kann ja nicht jeder in der Familie modern sein.« Sie öffnete die Kellertür; Arm in Arm gingen sie hinunter ins Dunkel. Lächelnd wandte sie sich seinem runden, weißen Gesicht zu. »Wir können von Glück sagen, daß ich *überhaupt nicht* zu schlafen brauche. Wenn du mit einer Nachtschläferin verheiratet wärst, überleg mal, was das für eine Ehe wäre. Jeder für sich allein, jeder irgendwie anders. Alles durcheinander. So ist das bei uns in der Familie. Mal ist da jemand wie Cecy, ganz Geist; und dann gibt's welche wie Onkel Einar, ganz Flügel; und dann wieder haben wir einen wie Timothy, ganz ausgeglichen, ruhig, normal. Dann du, der tagsüber schläft. Und ich, die ich mein ganzes Leben lang wach bin. Es sollte eigentlich gar nicht so schwer für dich sein, sie zu verstehen. Sie hilft mir jeden Tag auf tausenderlei Weise. Sie schickt ihren Geist für mich zum Gemüsehändler, nachsehen, was es gibt. Sie steckt ihn in den Metzger hinein. Das erspart mir einen langen Weg, wenn er gerade nichts Brauchbares mehr da hat. Sie warnt mich, wenn Klatschbasen im Anmarsch sind, die den ganzen Nachmittag bei mir vertratschen wollen. Und dann gibt's noch Hunderte von anderen Sachen –!«

Sie blieben im Keller vor einer großen, leeren Mahagonikiste stehen. Er ließ sich darin nieder, noch immer nicht überzeugt. »Wenn sie doch nur ein bißchen mehr mit anpakken würde«, sagte er. »Ich denke, ich muß sie mal bitten, sich irgendeine Arbeit zu suchen.«

»Schlaf erst mal drüber«, meinte sie zu ihm. »Denk noch mal drüber nach. Vielleicht änderst du deine Meinung bis heute abend.«

Sie ließ den Deckel auf ihn herab. »Ich weiß nicht«, sagte er nachdenklich. Der Deckel schloß sich.

»Guten Morgen, Schatz«, sagte sie.

»Guten Morgen«, antwortete eine gedämpfte Stimme aus der geschlossenen Kiste. Die Sonne ging auf. Sie eilte die Treppe hinauf und machte Frühstück.

Cecy Elliott war die ›Reisende‹. Sie schien ein ganz normales achtzehnjähriges Mädchen zu sein. Aber schließlich sah man keinem aus der Familie an, was er war. Sie hatten ganz normale Zähne, nichts Bösartiges, nichts, das an Drachen oder Hexen erinnerte, war an ihnen. Sie lebten über die ganze Welt verstreut in kleinen Städten und auf Bauernhöfen, waren bescheiden, paßten sich und ihre Fähigkeiten den Anforderungen und Gesetzen einer sich verändernden Welt sorgfältig an.

Cecy Elliott wachte auf. Sie glitt hinab durch das Haus, summte dabei. »Guten Morgen, Mutter!« Sie ging hinunter in den Keller, überprüfte nochmals jede einzelne der Mahagonikisten, staubte sie ab, vergewisserte sich bei jeder, daß sie dicht verschlossen war. »Vater«, sagte sie, als sie die eine Kiste blankputzte. »Kusine Esther« beim Überprüfen einer anderen. »Zu Besuch hier. Und –«, sie klopfte auf eine dritte, »Opa Elliott.« Drinnen erklang ein Rascheln, wie von einem Stück Papyrus. Was für eine seltsame, kunterbunte Familie, dachte sie, als sie wieder hoch in die Küche ging. Nachtsauger und wasserscheue Wesen, einige, wie Mutter, fünfundzwanzig Stunden am Tag wach, andere, wie ich, verschlafen von jeder Stunde neunundfünfzig Minuten. Verschiedene Arten von Schlaf.

Sie frühstückte. Als sie eben die Hälfte von ihrem Aprikosenmus gegessen hatte, bemerkte sie, wie die Mutter sie anstarrte. Sie legte den Löffel hin und sagte: »Vater wird es sich anders überlegen. Ich werde ihm zeigen, wie angenehm es sein kann, mich um sich zu haben. Ich bin die Lebensversicherung der Familie; er versteht mich nicht. Wart's ab!«

Mutter fragte: »Warst du vorhin in mir, als ich mich mit Vater gezankt habe?«

»Ja.«

»Mir war, als hättest du durch meine Augen gesehen«, sagte Mutter und nickte dabei.

Cecy frühstückte zu Ende und ging nach oben, ins Bett. Sie legte die Decken und die sauberen, kühlen Laken zurecht, streckte sich auf den Decken aus, schloß die Augen, legte ihre zarten, weißen Finger auf den kleinen Busen, drückte ihren zierlichen, wohlgeformten Kopf nach hinten auf ihr dichtes, kastanienbraunes Haar.

Sie ging auf die Reise.

Ihr Geist schlüpfte aus dem Zimmer, an den Blumen vorbei quer über den Hof, über die Felder, die grünen Hügel, durch die alten, verschlafenen Straßen von Mellin Town, hinauf in den Wind und die feuchte Tiefe der Schlucht entlang. Den ganzen Tag lang würde sie dahinfliegen, würde sie Schlangenlinien ziehen. Ihr Geist würde in Hunde hineinspringen, in ihnen sitzen, und sie würde borstige Hundegefühle empfinden, schmackhafte Knochen kosten, an Bäumen schnüffeln, die streng nach Urin rochen. Sie würde hören, wie ein Hund hört. Sie vergaß völlig ihre menschliche Natur. Ihr Gerippe würde das eines Hundes sein. Das war mehr als Telepathie, mehr als hinauf durch einen Kamin und durch einen anderen wieder hinab. Es bedeutete die völlige Loslösung von einem Körper, hinein in einen anderen. Es bedeutete das Eindringen in Hunde, die Bäume anpinkelten, in Männer, alte Jungfern, Kinder beim Himmel-und-Hölle-Spiel, in Liebende nach einer durchliebten Nacht, in schweißüberströmte Arbeiter und ungeborene Kinder, in rosa Gehirne, klein wie ein Traum.

Wohin sollte sie heute gehen? Sie faßte einen Entschluß und ging!

Als die Mutter einen Augenblick danach auf Zehenspitzen herankam und ins Zimmer schaute, sah sie Cecys Körper auf dem Bett liegen; ihr Brustkorb regte sich nicht, in ihrem Gesicht keine Bewegung. Cecy war schon weg. Mutter nickte lächelnd.

Der Morgen ging vorbei. Leonard, Bion und Sam gingen zur Arbeit, ebenso Laura und die Schwester, die Maniküre war; Timothy wurde in die Schule geschickt. Im Haus kehrte Ruhe ein. Gegen Mittag waren nur noch die Stimmen von Cecy Elliotts drei kleinen Kusinen zu hören, die im Hof spielten: »Ene, mene, muh, in den Sarg kommst du!« Es waren immer noch irgendwelche Vettern und Kusinen oder Onkel, Großneffen und Nachtnichten im Haus; sie kamen und gingen; Wasser, das aus dem Hahn fließt und durch das Abflußrohr verschwindet.

Die Kusinen unterbrachen ihr Spiel, als der große, ungestüme Mann an die Haustür pochte und sofort hineinstürmte, als Mutter öffnete.

85

»Das war Onkel Jonn!« sagte das kleinste Mädchen atemlos.

»Der, den wir nicht leiden können?« fragte das zweite.

»Was er wohl will?« rief das dritte. »Er sieht aus wie wahnsinnig vor Wut!«

»*Wir* sind wahnsinnig wütend auf ihn, das ist es«, erklärte das zweite voll Stolz. »Wegen dem, was er der Familie angetan hat, vor sechzig Jahren und vor siebzig Jahren und vor zwanzig Jahren.«

»Hört mal!« Sie lauschten. »Er ist nach oben gerannt!«

»Klingt, als ob er weinte.«

»Weinen Erwachsene?«

»Klar, Dummkopf!«

»Er ist in Cecys Zimmer! Schreit. Lacht. Fleht. Weint. Er klingt schrecklich wütend und gleichzeitig traurig.«

Die Kleinste fing selbst an zu weinen. Sie rannte zur Kellertür. »Aufwachen! He, ihr in den Kisten! Onkel Jonn ist da, und vielleicht hat er einen Zedernpfahl dabei! Ich will keinen Pfahl in die Brust kriegen! Wacht auf!«

»Psst«, zischte das größte Mädchen. »Er hat doch gar keinen Pfahl dabei! Und wenn die in der Kiste liegen, kann sie sowieso niemand aufwecken. Hör nur!«

Sie legten die Köpfe zurück und warteten, die glänzenden Augen nach oben gerichtet.

»Weg vom Bett!« befahl Mutter von der Tür aus.

Onkel Jonn beugte sich über Cecys schlafenden Körper. Seine Lippen waren mißgebildet. In seinen grünen Augen lag ein wilder, irrer, jenseitiger Blick.

»Komm ich zu spät?« fragte er schluchzend, mit heiserer Stimme. »Ist sie schon weg?«

»Seit Stunden!« entgegnete Mutter scharf. »Bist du blind? Es kann Tage dauern, bis sie zurückkommt. Manchmal liegt sie eine ganze Woche so da. Ich brauche ihrem Körper nichts zu essen zu geben, sie findet ihre Nahrung dort, wo sie sich gerade aufhält. Laß sie in Ruhe!«

Onkel Jonn verkrampfte sich, preßte ein Knie aufs Bett.

»Warum konnte sie nicht warten?« wollte er verzweifelt wissen, starrte sie an, versuchte immer wieder, ihren Puls zu fühlen.

»Hast du nicht verstanden?« Mutter machte einen Schritt auf ihn zu. »Laß die Finger von ihr! Sie muß genau so liegen bleiben, wie sie jetzt daliegt. Damit sie, wenn sie nach Hause kommt, wieder genau in ihren Körper hineinpaßt.«

Onkel Jonn drehte den Kopf herum. Sein langes rotes Gesicht mit den harten Zügen war pockennarbig und ausdruckslos, tiefe dunkle Furchen umgaben die müden Augen.

»Wohin ist sie gegangen? Ich *muß* sie finden.«

Mutter sprach mit schneidender Stimme. »Ich weiß nicht. Sie hat ihre Lieblingsplätze. Vielleicht kannst du sie in einem Kind finden, das einen Pfad entlang durch die Schlucht rennt. Oder beim Schaukeln an einem Weinstock. Oder in einem Flußkrebs, in einem Bach, unter einem Stein, von wo sie zu dir aufschaut. Vielleicht ist sie auch gerade am Marktplatz in einem alten Mann und spielt Schach. Du weißt genausogut wie ich, daß sie überall sein kann.« Mutter verzog spöttisch den Mund. »Vielleicht ist sie auch gerade hier in mir, schaut dich an, lacht und sagt's dir nicht. Vielleicht spricht in Wirklichkeit sie mit dir und amüsiert sich dabei. Ohne daß du es merkst.«

»Was –.« Er drehte sich wuchtig herum, wie ein riesiger Felsblock, der um eine Achse schwingt. Seine großen Hände faßten nach oben, als wollten sie nach etwas greifen. »Wenn ich *meinte* –«

Mutter sprach weiter, ruhig und ungerührt. »Natürlich ist sie jetzt *nicht* in mir. Und wenn sie's wäre, gäbe es keine Möglichkeit, das festzustellen.« In ihren Augen glühte feiner Hohn. Groß und anmutig stand sie da, schaute ihn furchtlos an, »überhaupt, du hast mir noch gar nicht gesagt, was du von ihr willst.«

Er schien dem Klang einer fernen Glocke zu lauschen.

87

Verärgert versuchte er, ihn aus seinem Kopf herauszuschütteln. Dann knurrte er. »Irgendwas... in mir...« Er brach ab. Er beugte sich über den kalten, schlafenden Körper. »Cecy! Komm zurück, hörst du! Wenn du willst, kannst du zurückkommen!«

Der Wind strich sanft durch die hohen Weiden draußen vor den sonnenüberfluteten Fenstern. Das Bett knarrte, als er sich herumwuchtete. Wieder läutete die ferne Glocke, und er lauschte ihr, Mutter aber konnte sie nicht hören. Nur er vernahm ihren trägen, sommerlichen Klang, weit weit weg. Sein Mund ging auf, und er begann geistesabwesend:

»Sie könnte was für mich tun. Seit einem Monat hab ich irgendwie das Gefühl, daß ich – verrückt werde. Komische Gedanken schwirren mir im Kopf rum. Ich wollte mich schon in den Zug setzen, in die Stadt fahren und zu einem Psychiater gehen, aber der könnte mir auch nicht helfen. Ich weiß, daß Cecy in meinen Kopf schlüpfen und meine Ängste austreiben kann. Sie kann sie herausholen wie ein Staubsauger, wenn sie mir helfen will. Sie ist die einzige, die den Dreck und die Spinnweben wegkriegt, mich wieder in Ordnung bringen kann. Deshalb brauch ich sie, verstehst du?« sagte er erwartungsvoll, mit gepreßter Stimme. Er befeuchtete sich die Lippen. »Sie *muß* mir einfach helfen!«

»Nach allem, was du der Familie angetan hast?« fragte Mutter.

»Ich hab der Familie nichts angetan!«

»Es heißt«, erwiderte Mutter, »daß du in schlechten Zeiten, als du Geld brauchtest, einige von uns an die Polizei verraten hast, so daß ihnen Pfähle durchs Herz getrieben wurden, und daß du für jeden hundert Dollar kassiert hast.«

»Das ist unfair!« Er wirkte wie jemand, den man in den Magen getreten hat. »Das kannst du nicht beweisen. Du lügst!«

»Trotzdem, ich glaube nicht, daß Cecy dir helfen würde. Die Familie wäre dagegen.«

»Immer diese Familie!« Er stampfte auf wie ein großes, gewalttätiges Kind. »Zum Teufel mit der Familie! Ich will nicht wegen euch verrückt werden! Ich brauche Hilfe, verdammt noch mal, und ich werde sie kriegen!«

Mutter schaute ihn fest an, ihr Gesicht war kalt, sie hatte die Arme vor der Brust verschränkt.

Er senkte die Stimme, schaute mit einer Art heimtückischer Scheu auf sie, wich ihrem Blick aus. »Jetzt hören Sie mir mal zu, Mrs. Elliott; und du auch, Cecy«, sagte er zu der Schlafenden. »Wenn du da bist«, fügte er hinzu. »Hör zu.« Er sah auf die Wanduhr, die an der sonnenüberfluteten Wand tickte. »Wenn Cecy nicht bis heute abend um sechs zurück ist und mir dabei hilft, wieder zu klarem Verstand zu kommen, dann – dann geh ich zur Polizei.« Er richtete sich zu voller Größe auf. »Ich habe eine Liste aller Elliotts, die in und um Mellin Town wohnen. Die Polizei kann in einer Stunde so viele Zedernpfähle schnitzen, daß es für ein Dutzend Elliotts reicht.« Er brach ab, wischte sich den Schweiß von der Stirn. Er stand da und lauschte.

Ganz fern begann wieder die Glocke zu läuten.

Er hörte sie schon seit Tagen. Es war überhaupt keine Glocke da, und dennoch konnte er sie läuten hören. Sie läutete eben jetzt, ganz nah, weit weg, dicht beim Haus, in weiter Ferne. Niemand konnte sie hören außer ihm.

Er schüttelte den Kopf. Er schrie, um die Glocken zu übertönen, schrie Mrs. Elliott zu: »Hast du mich verstanden?«

Er zog sich die Hose hoch, schnallte mit einem Ruck den Gürtel enger, ging an Mutter vorbei zur Tür.

»Ja«, sagte sie. »Ich hab's gehört. Aber nicht einmal ich kann Cecy zurückrufen, wenn sie nicht kommen will. Irgendwann wird sie schon kommen. Hab Geduld. Renn nicht gleich zur Polizei –«

Er unterbrach sie. »Ich kann nicht warten. Dieses... dieser Lärm in meinem Kopf, das geht jetzt schon acht

Wochen so! Ich halt das nicht mehr lange aus!« Er blickte finster auf die Uhr. »Ich geh jetzt. Ich versuche, Cecy in der Stadt zu finden. Wenn ich sie bis sechs nicht habe, na, ihr könnt euch ja vorstellen, wie sich so ein Zedernpfahl anfühlt...«

Das Stampfen seiner schweren Schuhe entfernte sich durch den Korridor, wurde die Treppe hinab schwächer und verhallte vor dem Haus. Als wieder völlige Stille herrschte, drehte sich die Mutter um und blickte, ernst und voll Schmerz, hinunter auf die Schlafende.

»Cecy«, rief sie, sanft, mit Nachdruck. »Cecy, komm nach Haus!«

Der Körper gab keine Antwort. Cecy lag da und rührte sich nicht, während ihre Mutter wartete.

Onkel Jonn stapfte durch das offene Land vor der Stadt und hinein nach Mellin Town, suchte Cecy in jedem Kind, das ein Eis am Stiel schleckte, und in jedem kleinen weißen Hund, der an ihm vorbeitrottete, voll ungeduldiger Erwartung unterwegs nach nirgendwo.

Die Stadt zog sich hin wie ein gepflegter Friedhof. Mit ihren paar Denkmälern – Bauwerken, die an verlorene Künste und Zeitvertreibe erinnerten –, war sie nichts als eine große Wiese voller Ulmen, Zedern, Lärchen, durchzogen von hölzernen Gehsteigen, die man nachts einziehen konnte, wenn einem der hohle Klang vorbeilaufender Menschen lästig war. Es gab hohe altjüngferliche Häuser, mager und schmal, von weiser Blässe, in ihnen Brillen aus farbigem Glas, auf ihnen sprießte das ausgedünnte Haar uralter Vogelnester. Es gab einen Drugstore voller altertümlicher Drahtgestellhocker mit Sperrholzsitzflächen, der erfüllt war von dem unvergeßlichen, reinen und strengen Duft, den man früher in Drugstores immer antraf, den man aber heute dort nicht mehr findet. Und es gab einen altertümlichen Friseurladen, vor dem sich in einem gläsernen Kokon eine rotweiß gestreifte Säule drehte. Und es gab einen Gemüseladen, der voll war von fruchtigem

Schatten und staubigen Kisten und dem Geruch einer alten Armenierin, der dem eines rostigen Pennys ähnelte. Die Stadt lag geruhsam unter Zedern und Ulmen, und irgendwo in ihr war Cecy, die Reisende.

Onkel Jonn hielt an, kaufte sich eine Flasche Orangenlimonade, trank sie aus und wischte sich mit einem Taschentuch das Gesicht ab. Seine Augen sprangen dabei hoch und nieder wie kleine Kinder beim Seilhüpfen. Ich habe Angst, dachte er. Solche Angst.

Droben auf den Telefondrähten sah er, nebeneinander aufgereiht wie Morsezeichen, kurz, lang, kurz, einen Schwarm Vögel sitzen. War Cecy dort droben und lachte ihn mit scharfen Vogelaugen aus, zupfte sie sich das Gefieder und lachte dabei auf ihn herab? Er hatte den Indianer vor dem Tabakladen im Verdacht. Aber in dem kalten, gemeißelten, tabakbraunen Bild war keinerlei Bewegung.

Weit entfernt hörte er die Glocken läuten, wie an einem verschlafenen Sonntagmorgen, in einem Tal irgendwo in seinem Kopf. Er war blind wie ein Stein. Er stand in völliger Dunkelheit. Weiße, gequälte Gesichter trieben vor seinem nach innen gewandten Auge vorbei.

»Cecy!« rief er, immer wieder, in alle Richtungen. »Ich weiß, du kannst mir helfen! Schüttle mich wie einen Baum! Cecy!«

Seine Sehkraft kehrte zurück. Er war in kalten Schweiß gebadet, der ohne Unterlaß wie Sirup an ihm herablief.

»Ich weiß, daß du helfen kannst«, sagte er. »Ich habe gesehen, wie du vor ein paar Jahren Kusine Marianne geholfen hast. Zehn Jahre wird es her sein.« Er stand da und konzentrierte sich.

Marianne war als kleines Mädchen scheu und verschlossen gewesen, hatte das Haar auf dem kugelrunden Kopf wie zu Wurzeln gezwirbelt getragen. Marianne hatte in ihrem Kleid gehangen wie ein Klöppel in einer Glocke, ohne beim Laufen jemals zu bimmeln, sie setzte stets unsicher einen Fuß vor den anderen. Sie starrte auf das Unkraut und den Gehsteig unter ihren Füßen, schaute einem, wenn sie einen überhaupt bemerkte, aufs Kinn – bis zu den Augen gelangte sie nie. Ihre Mutter glaubte nicht mehr daran, daß Marianne einmal heiraten oder Erfolg im Leben haben würde.

Das war eine Aufgabe für Cecy. Sie schlüpfte in Marianne wie eine Faust in einen Handschuh.

Marianne hüpfte und rannte umher, schrie, ließ ihre gelben Augen funkeln. Sie bewegte kokett ihre Röcke, löste ihr Haar und ließ es als schimmernden Schleier auf ihre halbentblößten Schultern herabhängen. Sie kicherte fröhlich und bimmelte wie ein lustiger Klöppel in der hin- und herschwingenden Glocke ihres Kleides. Sie veränderte ihr Gesicht, ließ es Koketterie, Heiterkeit, Klugheit, Mutterglück und Liebe ausdrücken.

Die Jungen rissen sich um Marianne. Marianne heiratete.

Cecy zog sich zurück.

Marianne bekam hysterische Anfälle: ihr *Rückgrat* war weg!

Einen ganzen Tag lang lag sie wie ein schlaffes Korsett da. Aber die Gewohnheit war schon in ihr. Etwas von Cecy war zurückgeblieben, so wie ein Fossilabdruck im weichen Schiefergestein; und Marianne begann ihren Gewohnheiten nachzuspüren, über sie nachzudenken und sich daran zu erinnern, was für ein Gefühl es gewesen war, als Cecy in ihr steckte, und schon bald rannte und schrie und kicherte sie ganz von selbst. Ein belebtes Korsett, wie von einer Erinnerung zum Leben erweckt!

Von da an führte Marianne ein Leben voller Freude.

Onkel Jonn stand da, in Gesellschaft des Indianers vor dem Tabakladen, und schüttelte jetzt heftig den Kopf. Dutzende heller Blasen trieben in seinen Augäpfeln umher, aus jeder starrte ein winziges, schräges Auge in ihn hinein, hinein auf sein Gehirn.

Und wenn er Cecy nicht fand? Und wenn die Winde der

Ebene sie bis hin nach Elgin getragen hatten? War das nicht der Ort, an dem sie so gerne ihre Zeit verbrachte, in der Anstalt für die Geisteskranken, deren Geist sie berührte, deren Gedankenschnipsel sie ergriff, sie hin- und herdrehte.

In weiter nachmittäglicher Ferne seufzte eine große metallene Pfeife, hallte wieder, und Dampf puffte empor, als ein Zug herankam, über Talbrücken hinweg, unter den Bögen schimmernder Walnußbäume hindurch, über kühle Flüsse und durch reife Getreidefelder, als er in Tunnels hineinstieß wie ein Finger in einen Fingerhut. Jonn stand da, und Angst erfüllte ihn. Wenn nun Cecy dort im Führerhaus, im Kopf des Lokomotivführers saß? Sie fuhr schrecklich gern auf gigantischen Lokomotiven übers Land, so weit, wie sie Kontakt halten konnte. Ein kräftiger Ruck am Strick der Pfeife, so daß sie dahingellte über die schlummernde Gegend des Nachts oder das verschlafene Land am Tag.

Er ging eine schattige Straße entlang. Aus den Augenwinkeln meinte er eine alte Frau zu sehen, die, splitternackt und runzlig wie eine vertrocknete Feige, durch das Geäst eines Weißdornbaumes schwebte; in ihrer Brust steckte ein Zedernpfahl.

Ein Schrei ertönte!

Irgend etwas knallte gegen seinen Kopf. Eine Amsel schwang sich gen Himmel, trug eine Locke von ihm davon!

Er drohte dem Vogel mit der geballten Faust, hob einen Stein auf. »Aha, einen Schreck willst du mir einjagen!« schrie er. Er keuchte rasselnd, sah, wie der Vogel einen Kreis zog und sich hinter ihm auf einem Ast niederließ, um abzuwarten, bis sich eine neue Gelegenheit bot, nach Haar zu tauchen.

Gerissen kehrte er dem Vogel den Rücken.

Hörte das surrende Geräusch.

Sprang herum, griff zu. »Cecy!«

Er hatte den Vogel! Der flatterte und schrie in seinen Händen.

»Cecy!« rief er, sah dabei auf das rasende, schwarze Tier im Käfig seiner Hände. Der Vogel hackte ihn mit dem Schnabel blutig.

»Cecy, ich zerquetsche dich, wenn du mir nicht hilfst!«

Der Vogel kreischte und hackte auf ihn ein.

Er drückte die Finger zusammen, fester und fester.

Er ging weg von dem Ort, wo er schließlich den toten Vogel hatte zu Boden fallen lassen, und blickte nicht mehr zurück, nicht ein einziges Mal.

Er ging hinunter in die Schlucht, die mitten durch Mellin Town verlief. Was passiert jetzt, fragte er sich. Ob Cecys Mutter die anderen angerufen hat? Haben die Elliotts jetzt Angst? Er schwankte wie ein Betrunkener, aus seinen Achselhöhlen ergossen sich Bäche von Schweiß. Sollten *sie* mal eine Zeitlang Angst haben. Er hatte lange genug Angst gehabt. Er würde noch ein wenig nach Cecy suchen und dann zur Polizei gehen!

Als er am Ufer des Baches stand, lachte er bei dem Gedanken, daß die Elliotts jetzt wohl wie verrückt herumrasten und nach einem Ausweg suchten. Es gab keinen. Sie mußten dafür sorgen, daß Cecy ihm half. Sie konnten es sich nicht erlauben, den guten alten Onkel Jonn als Verrückten sterben zu lassen, nein, nein.

Tief drunten im Wasser lagen wie Schrotkörner zwei Augen und starrten ihn unverwandt an.

An glühend heißen Sommertagen hatte sich Cecy oft in das weichgepanzerte Grau von Flußkrebsköpfen versetzt. Oft hatte sie aus den eiförmigen schwarzen Augen auf ihre empfindlichen fadenförmigen Stiele geschaut und den Bach gleichmäßig an sich vorbeiströmen fühlen, in flüssigen Schleiern voller Kühle und gefangenem Licht. Sie sog all die winzigen Partikel, die im Wasser umherschwammen, ein, stieß sie wieder aus, hielt die hornigen, flechtenbedeckten Scheren wie ein aufgequollenes, elegantes und messerscharfes Salatbesteck vor sich. Sie sah Kinderfüße mit Riesenschritten über das Flußbett auf sich zukommen, hörte die schwachen, wassergedämpften Schreie der Jungen, die nach Krebsen suchten, mit ihren bleichen Fingern hinabgriffen, Steine beiseite stießen, die verzweifelt zappelnden Tiere packten und in offene Metallkannen warfen, wo bereits Dutzende von ihnen umherwimmelten, so als sei ein gefüllter Papierkorb zum Leben erwacht.

Sie sah, wie die bleichen Stecken, die Kinderbeine, über ihren Stein hinwegstelzten, sah die Schatten, die die nackten Lenden der Jungen unten auf den schmutzigen Sand des Flußbettes warfen, sah eine gespannt verharrende Hand, hörte das vielverheißende Flüstern des Jungen, der die Beute unter dem Stein erspäht hatte. Dann, als die Hand zupackte, der Stein zur Seite rollte, ließ Cecy den geborgten Fächer wirbeln, der zu dem Körper, den sie bewohnte, gehörte, schoß mit einer kleinen Sandexplosion nach hinten los und verschwand flußabwärts.

Ging zu einem anderen Stein, um sich dort niederzulassen und den Sand zu fächern, streckte stolz ihre Scheren vor sich aus, und die winzigen, knolligen Glasaugen glühten schwarz, als das Wasser des Baches ihren blubbernden Mund fühlte, kühl, so kühl...

Die Erkenntnis, daß Cecy ganz in der Nähe sein konnte, in jedem beliebigen Lebewesen, ließ Onkel Jonn rasend werden vor Wut. In jedem Eichhörnchen, jeder Maus, selbst in jedem Krankheitserreger auf seinem schmerzenden Körper konnte Cecy sich aufhalten. Sie konnte sich sogar in Amöben einnisten...

An manchem glühendheißen Sommertag lebte Cecy in einer Amöbe, flitzte tief drunten, im alten, müden, philosophisch dunklen Wasser eines Hausbrunnens unschlüssig hin und her. An Tagen, an denen die Welt über ihr, hoch über der glatten Wasseroberfläche, ein Alptraum von Hitze war, lag sie schläfrig bebend, kühl und fern tief drunten im Brunnenschacht.

Über ihr waren die Bäume wie aus grünem Feuer gebrannte Bilder, die Vögel wie bronzene Stempel, die man mit Tinte einfärbte und aufs eigene Gehirn drückte. Die Häuser dampften wie Misthaufen. Wenn eine Tür zuknallte, klang das wie ein Schuß. Das einzige gute Geräusch an so einem glühendheißen Tag war das asthmatische Schlürfen, wenn Brunnenwasser hochgezogen wurde in eine Porzellantasse, wenn es durch die Porzellanzähne einer knochigen alten Frau hindurchgesogen wurde. Über sich hörte Cecy dann die Alte umherlaufen, hörte das zerbrechliche Klappern der Schuhe, die seufzende Stimme der alten Frau in der brennenden Augustsonne. Und Cecy lag ganz unten im Brunnen, schaute hinauf durch den schummrigen, hallenden Schacht, hörte das metallische Saugen des Pumpenschwengels, den die schwitzende alte Dame energisch herabdrückte; und Wasser, Amöben, Cecy, all das stieg durch den Brunnenschacht hinauf, ergoß sich als kühler Strahl in die Tasse, über der Lippen warteten, ausgedörrt von der Sonne. Dann, keine Sekunde früher, zog sich Cecy zurück, gerade als die Lippen näherkamen und schlürfen wollten, als sich die Tasse neigte und Porzellan auf Porzellan traf...

Jonn stolperte, fiel mitten in den Bach!

Er stand nicht auf, sondern blieb im Wasser sitzen, tropfte blöde vor sich hin.

Dann fing er wie rasend an, Steine umzudrehen, brüllte herum, packte Krebse, verlor sie wieder, fluchte. Das Glockenläuten in seinen Ohren wurde lauter. Und jetzt trieben, einer hinter dem anderen, wie eine Prozession, rücklings im Wasser liegende Körper an ihm vorbei, Körper, die es nicht geben konnte, und die doch wirklich schienen. Leichenblasse Körper, deren Gliedmaßen lose, als gehörten sie zu Marionetten, im Wasser schaukelten. Als sie an ihm vorbeischwammen, drehte eine Welle ihre Köpfe, so daß sich die Gesichter ihm zuwandten und er in ihnen die typischen Züge der Elliotts erkennen konnte.

Er saß noch immer im Wasser, fing nun an zu weinen. Er wollte Cecys Hilfe, aber wie konnte er jetzt noch darauf hoffen, wo er sich wie ein Narr verhielt, sie verfluchte und haßte, sie und die ganze Familie bedrohte?

Er stand auf und schüttelte sich. Er watete aus dem Bach und ging den Hügel hinauf. Jetzt gab es nur noch eine Möglichkeit. Er mußte sich an einzelne Familienmitglieder wenden, sie bitten, sich für ihn einzusetzen. Cecy ausrichten lassen, sie solle schnell zurückkommen.

In dem Bestattungsinstitut in der Court Street ging die Tür auf. Der Bestatter, ein kleiner Mann mit gepflegtem Haarschnitt, einem Schnurrbart und feingliedrigen Händen, blickte auf. Sein Unterkiefer fiel herab.

»Oh, *du* bist's, Onkel Jonn«, sagte er.

»Neffe Bion.« Jonn war immer noch naß. »Ich brauche deine Hilfe. Hast du Cecy gesehen?«

»Ob ich sie gesehen habe?« erwiderte Bion Elliott. Er lehnte sich gegen den Marmortisch, wo er mit einer Leiche beschäftigt war. Er lachte. »Meine Güte, die Frage ist falsch gestellt!« prustete er. »Schau mich doch mal genau an. Erkennst du mich?«

Jonn stutzte. »Natürlich, du bist Bion Elliott, Cecys Bruder!«

»Falsch.« Der Bestatter schüttelte den Kopf. »Ich bin Vetter Ralph, der Metzger! Ja, *der Metzger.*« Er klopfte sich an den Kopf. »Hier drinnen, und darauf kommt's an, bin ich Ralph. Ich habe eben noch drüben in meiner Metzgerei im Kühlraum gearbeitet, als Cecy plötzlich in mir war. Sie borgte sich meinen Geist, so wie man sich eine Tasse Zucker borgt. Und gerade eben hat sie mich hier herüber gebracht und mich in Bions Körper geschleust. Der arme Bion! Was für ein Scherz!«

»Du bist – du bist *nicht* Bion?«

»Nein, lieber Onkel Jonn, o nein. Cecy hat wahrscheinlich Bion in *meinen* Körper gesteckt! Ist das nicht komisch? Einen

Fleischschnipsler gegen den anderen ausgewechselt! Einen, der mit Aufschnitt handelt, ausgetauscht gegen einen anderen, der dem gleichen Geschäft nachgeht.« Er lachte brüllend. »Diese Cecy, ein richtiger Kindskopf!« Er wischte sich die Tränen aus dem Gesicht. »Fünf Minuten hab ich hier gestanden und wußte nicht, was ich machen sollte. Weißt du, die Arbeit hier ist nicht schwer. Auch nicht schwerer, als einen Schmorbraten zu machen. Oh, Bion wird wütend sein. Seine Berufsehre. Cecy wird uns wohl später wieder zurücktauschen. Bion hat es noch nie gemocht, wenn man ihm einen Streich gespielt hat!«

Jonn schaute verwirrt drein. »Nicht mal *du* hast Cecy im Griff?«

»Von wegen. Sie macht, was sie will. Wir sind hilflos.«

Jonn ging langsam zur Tür. »Ich muß sie irgendwie finden«, murmelte er. »Wenn sie sowas mit dir machen kann, wie könnte sie dann erst mir helfen, wenn sie wollte...« Die Glocken in seinen Ohren tönten lauter. Aus den Augenwinkeln sah er eine Bewegung. Er wirbelte herum und schnappte nach Luft.

In der Leiche auf dem Tisch steckte ein Zedernpfahl.

»Tschüs«, sagte der Bestatter zu der zugeschlagenen Tür.

Er lauschte dem leiser werdenden Geräusch von Jonns hastigen Schritten.

Der Mann, der am Nachmittag um fünf in die Polizeistation taumelte, konnte sich kaum noch aufrecht halten. Er flüsterte kaum hörbar und würgte, als hätte er Gift genommen. Er sah überhaupt nicht mehr aus wie Onkel Jonn. Die Glocken läuteten die ganze Zeit, ununterbrochen, und er sah hinter sich Leute gehen, Leute mit Pfählen in der Brust, die verschwanden, sobald er sich umdrehte.

Der Sheriff sah von seiner Zeitschrift auf, wischte sich mit dem behaarten Handrücken über den braunen Schnurrbart, nahm die Füße von seinem schäbigen Schreibtisch und wartete, bis Onkel Jonn zu sprechen begann.

»Ich möchte eine Familie anzeigen, eine Familie, die hier wohnt«, flüsterte Onkel Jonn mit halb geschlossenen Augen. »Eine üble Familie, die hier ihr Unwesen treibt.«

Der Sheriff räusperte sich. »Wie heißt diese Familie?«

Onkel Jonn hielt inne. »Was?«

Der Sheriff wiederholte: »Wie heißt die Familie?«

»Ihre Stimme«, sagte Jonn.

»Was ist mit meiner Stimme?«

»Kommt mir bekannt vor«, sagte Jonn. »Klingt wie –«

»Wer?« fragte der Sheriff.

»Wie Cecys Mutter! Genauso klingen Sie!«

»Tatsächlich?«

»Die sind Sie also in Wirklichkeit? Cecy hat euch ausgetauscht, genauso wie Ralph und Bion! Dann kann ich die Familie jetzt natürlich nicht bei Ihnen anzeigen. Es würde nichts nützen!«

»Wahrscheinlich nicht«, bemerkte der Sheriff ungerührt.

»Die Familie hat mich umzingelt!« heulte Onkel Jonn auf.

»Sieht fast so aus«, erwiderte der Sheriff, befeuchtete mit der Zunge seinen Bleistift und fing ein neues Kreuzworträtsel an. »Na, dann guten Tag, Jonn Elliott.«

»Wie?«

»Guten Tag hab ich gesagt.«

»Guten Tag«. Jonn stand vor dem Schreibtisch und lauschte.

»Sagen Sie mal, *hören* Sie nichts?«

Der Sheriff lauschte. »Grillen?«

»Nein.«

»Frösche?«

»Nein«, sagte Onkel Jonn. »Glocken. Nur Glocken. Heilige Kirchenglocken. Die Art von Glocken, die jemand wie ich nicht ertragen kann. Heilige Kirchenglocken.«

Der Sheriff lauschte. »Ne. Könnt nicht sagen, daß ich sie höre. Übrigens, passen Sie mit der Tür auf, sie knallt leicht zu.«

Die Tür zu Cecys Zimmer wurde aufgestoßen. Einen Augenblick später war Jonn im Raum und ging auf Cecy zu. Ihr Körper lag leblos auf dem Bett. Als Jonn nach Cecys Hand griff, erschien ihre Mutter hinter ihm.

Sie stürzte zu ihm hin, schlug ihn auf den Kopf und die Schultern, bis er von Cecy abließ. Die Welt erbebte von Glockengeläut. Ihm wurde schwarz vor Augen. Er tastete nach der Mutter, biß sich auf die Lippen, keuchte heftig, hatte die Augen voller Tränen.

»Bitte, bitte sag ihr, daß sie zurückkommen soll«, flehte er. »Mir tut alles leid. Ich will auch in meinem ganzen Leben niemandem mehr etwas Böses tun.«

Die Mutter rief ihm durch das Dröhnen der Glocken zu: »Geh nach unten und warte da auf sie!«

»Ich versteh kein Wort«, schrie er, noch lauter. »Mein Kopf.« Er hielt sich mit den Händen die Ohren zu. »Es ist so laut. So laut, ich halt's nicht aus.« Er schwankte. »Wenn ich nur wüßte, wo Cecy –«

Und dann zog er ein Taschenmesser heraus und klappte es auf. »Ich kann nicht mehr –« sagte er. Und ehe die Mutter eine Bewegung machen konnte, fiel er zu Boden, das Messer im Herzen; Blut strömte ihm aus dem Mund, seine Schuhe lagen sinnlos einer auf dem anderen, ein Auge war geschlossen, das andere aufgerissen, weit und weiß.

Die Mutter beugte sich zu ihm hinab. »Tot«, flüsterte sie schließlich. »So«, murmelte sie ungläubig, erhob sich, trat einen Schritt von der Blutlache zurück. »Hat's ihn schließlich erwischt.« Sie blickte ängstlich um sich, rief laut:

»Cecy, Cecy, komm nach Hause, Kind, ich brauche dich!« Stille, das Sonnenlicht stahl sich aus dem Zimmer.

»Cecy, komm nach Haus, Kind!«

Die Lippen des Toten bewegten sich. Eine helle, klare Stimme löste sich von ihnen.

»Hier! Ich bin schon seit Tagen hier! Ich bin die Angst, die er in sich hatte; und er hat es nicht mal geahnt. Sag Vater, was ich getan habe. Vielleicht glaubt er nun, daß ich zu etwas nütze bin...«

Die Lippen des Toten wurden steif. Einen Augenblick später streckte sich Cecys Körper auf dem Bett, wie ein Strumpf, wenn ein Bein rasch in ihn hineinschlüpft, war wieder bewohnt.

»Laß uns zu Abend essen, Mutter«, sagte Cecy und stand auf.

Der Bote

Martin wußte, es war wieder Herbst, denn Dog brachte, wenn er ins Haus gerannt kam, Wind mit und Rauhreif und den Geruch von überreifen Äpfeln, die unter den Bäumen lagen. In seinem dunklen, drahtig gekräuselten Fell trug er Goldrutenblüten herbei, Blütenstaub von Astern, Eichelschalen, Eichhörnchenhaare, Federn von nach Süden geflogenen Rotkehlchen, Sägemehl von frisch geschnittenem Klafterholz und rotglühende Blätter, die aus den feurigen Ahornbäumen herabgefallen waren. Dog sprang hoch. Schauer von vertrocknetem Farn, Brombeerblättern, Sumpfgras rieselten über das Bett, in dem Martin saß und rief. Keine Frage, es bestand absolut kein Zweifel, dieses unglaubliche Tier war der Oktober!

»Hierher Junge, hierher!«

Und Dog schmiegte sich an Martins warmen Körper, und mit ihm all die Feuer und zarten Brandgerüche dieser Jahreszeit, und das Zimmer füllte sich mit den leichten oder schweren, feuchten oder trockenen Düften einer weiten Reise. Im Frühling brachte er den Duft von Flieder, Iris, frisch gemähtem Rasen; im Sommer kam er mit einem Schnurrbart aus Eiscreme, trug am Unabhängigkeitstag den beißenden Geruch von Knallkörpern, Wunderkerzen, Windrädchen herein, war von der Sonne ausgedörrt. Aber der Herbst! Der Herbst!

»Dog, wie ist es draußen?«

Und Dog lag da und erzählte ihm alles, so wie er es immer tat. Martin lag da und erlebte den Herbst wie in den alten Zeiten, ehe die Krankheit ihn kalkweiß ans Bett gefesselt hatte. Hier war sein Kontaktmann, sein Zuträger, ein flinker

Teil von ihm selbst, der sich mit einem Ruf losschicken ließ, um für ihn umherzuschnüffeln, ihm Zeit und Struktur anderer Welten zu übermitteln, von Welten drunten in der Stadt, draußen am Land, an Bächen, Flüssen, Seen, unten im Keller, oben am Dachboden, in einem Schrank oder im Kohlenkasten. Dutzende von Geschenken erhielt er jeden Tag, Sonnenblumenkerne, Schmutz von einer Aschenbahn, Löwenzahnmilch, oder den vollen feurigen Geruch der Kürbisse. Dog jagte hin und her durch die Weiten des Universums; ein Stück davon war in seinem Fell versteckt. Streck die Hand aus, schon hast du es...

»Und wo warst du heute morgen?«

Doch er wußte, auch ohne es zu hören, welche Abhänge Dog hinabgestürmt war, wo der Herbst in der Reife der Getreidefelder dalag, wo Kinder in Scheiterhaufen lagen als Tote im raschelnden Blättergrab, aber wachsam, als Dog und die Welt vorbeisausten. Martin suchte mit zitternden Fingern das dichte Fell ab, las die lange Reise. Durch Stoppelfelder, über das Glitzern der Bäche in tiefen Schluchten hinweg, die marmorne Weite von Friedhöfen hinab, hinein in Wälder. In der Hauptsaison der würzigen Gerüche und der seltenen Düfte rannte Martin herum, rannte er jetzt durch seinen Boten, hin und her und wieder nach Hause!

Die Zimmertür ging auf.

»Es hat wieder Ärger mit deinem Hund gegeben.«

Mutter kam mit einem Tablett, auf dem Fruchtsalat, Kakao und Toast standen, ihre blauen Augen blitzten verärgert.

»Mutter...«

»Ständig buddelt er irgendwo rum. Heute früh hat er in Miss Tarkins Garten ein Loch gegraben. Sie ist fuchsteufelswild. Das ist in dieser Woche schon das vierte Loch, das er in ihrem Garten gegraben hat.«

»Vielleicht sucht er irgendwas.«

»Unsinn, er ist einfach so verflixt neugierig. Wenn er sich nicht anständig benimmt, wird er eingesperrt.«

Martin sah die Frau an, als wäre sie eine Fremde.

»Nein, das würdest du nicht machen! Wie soll ich noch irgendwas mitkriegen? Wie soll ich Sachen kennenlernen, wenn Dog mir nicht davon erzählt?«

Mamas Stimme war ruhiger. »Macht er das wirklich – erzählt er dir von draußen?«

»Es gibt nichts, was ich nicht erfahre, wenn er weggeht und draußen herumläuft und zurückkommt, ich kann *alles* aus ihm herauskriegen!«

Sie saßen beide da und blickten auf Dog und die auf der Bettdecke verstreuten Samen und trockenen Krümel Erde.

»Na gut, wenn er nur nicht mehr an Stellen Löcher gräbt, wo er nicht soll, dann kann er herumrennen, wo und wieviel er will«, sagte Mutter.

»Hierher, mein Junge, hierher!«

Und Martin befestigte ein Stück Blech mit einer Nachricht an Dogs Halsband:

»Ich gehöre Martin Smith · Er ist zehn Jahre alt · Krank im Bett · Froh über Besuch.«

Dog bellte. Mutter öffnete die Haustür und ließ ihn hinaus. Martin saß da und lauschte.

Ganz weit weg war Dog zu hören, durch den gleichmäßigen Herbstregen, der eingesetzt hatte, hindurch. Sein helles Bellen wurde leiser, dann deutlicher vernehmbar, schließlich wieder schwächer, als er einen Weg hinabsauste, über Rasen hinweg, um Mr. Holloway herbeizuholen, und mit ihm den ölig-metallischen Geruch der zerbrechlichen Uhren mit dem kristallenen Inneren, die er bei sich zu Hause reparierte. Vielleicht würde er auch Mr. Jacobs, den Gemüsehändler anbringen, in dessen Kleidern Salat, Sellerie, Tomaten steckten und der geheimnisvoll im Blech verborgene Geruch der rosa Teufelchen, die auf die Büchsen mit dem höllisch scharfen, gegrillten Schinken aufgedruckt waren. Mr. Jacobs und seine unsichtbaren rosa Fleischteufelchen winkten oft vom Hof herauf. Oder Dog brachte Mr. Jackson, Mrs.

Gillespie, Mr. Smith oder Mrs. Holmes an, irgendeinen Freund oder guten Bekannten, dem er begegnete, den Weg abschnitt, ihn anbettelte, in Unruhe versetzte und schließlich wie ein Hirtenhund zum Essen oder auf eine Tasse Tee mit Keksen herbegleitete.

Jetzt, Martin lauschte noch immer, hörte er Dog kommen und hinter ihm im Nieselregen Schritte. Es klingelte. Mama machte auf, das Gemurmel heller Stimmen drang herauf. Martin setzte sich auf, sein Gesicht strahlte. Die Treppe krachte. Eine junge Frau lachte leise. Natürlich, Miss Haight, seine Lehrerin!

Die Zimmertür flog auf.

Martin hatte Gesellschaft.

Morgen, Nachmittag, Abend, Sonnenaufgang und Sonnenuntergang, all das zog seine Kreise mit Dog, der ihm getreulich über die Luft- und Bodentemperatur, die Färbung der Erde und der Bäume, die Dichte des Nebels oder Regens berichtete, und der – und das war am wichtigsten – immer wieder – Miss Haight mitbrachte.

Am Samstag, Sonntag und Montag backte sie für Martin kleine Törtchen mit Orangeneis drauf, brachte ihm aus der Bibliothek Bücher über Dinosaurier und Höhlenmenschen mit. Am Dienstag, Mittwoch und Donnerstag schlug er sie irgendwie beim Domino, irgendwie verlor sie auch beim Damespielen und bald, rief sie, würde er sie mühelos auch beim Schach schlagen. Am Freitag, Samstag und Sonntag redeten und redeten sie, und sie war so jung und hübsch und fröhlich, und ihr Haar war so weich und leuchtete braun wie die Jahreszeit draußen vor dem Fenster, und sie ging mit leichten schnellen Schritten, die ein warmer Herzschlag waren, wenn er sie an kalten Nachmittagen hörte. Vor allem aber wußte sie um das Geheimnis der Zeichen und konnte Dog und das, was sie mit ihren wunderbaren Fingern aus seinem Fell heraussuchte und -zupfte, lesen und deuten. Die Augen geschlossen, ein leises Lachen auf den Lippen, deutete sie mit der Stimme einer Zigeunerin aus den Schätzen, die sie in Händen hielt, die Welt.

Und am Montag nachmittag war Miss Haight tot.

Martin richtete sich, langsam, im Bett auf.

»Tot?« flüsterte er.

Tot, sagte seine Mutter, ja, tot, bei einem Verkehrsunfall umgekommen, eine Meile vor der Stadt. Tot, ja, tot, das bedeutete für Martin kalt, das bedeutete Schweigen und Blässe und Winter lange vor der Zeit. Tot, still, kalt, blaß. Seine Gedanken kreisten umher, wehten herab und ließen sich in Flüstern nieder.

Martin hielt Dog in den Armen, dachte nach; drehte sich zur Wand. Die Frau mit dem herbstfarbenen Haar. Die Frau mit dem Lachen, das so sanft war und sich nie über jemanden lustig machte, und den Augen, die einem auf den Mund schauten, als wollten sie alles sehen, was man jemals sagte. Die Frau, die die andere Hälfte des Herbstes war, die ihm das von der Welt erzählte, was er von Dog nicht erfuhr. Der Herzschlag inmitten der grauen Stille des Nachmittags. Der schwindende Herzschlag...

»Mama? Was machen sie auf dem Friedhof, Mama, unter der Erde?«

»Sie liegen da.«

»Liegen nur da? Sonst tun sie *nichts*? Das klingt nicht sehr lustig.«

»Meine Güte, sie liegen ja nicht zum Spaß da.«

»Warum stehen sie nicht ab und zu auf und rennen ein bißchen herum, wenn sie keine Lust mehr haben, einfach nur dazuliegen? Der liebe Gott ist ganz schön dumm...«

»Martin!«

»Also, ich dachte, daß Er die Menschen besser behandelt, als sie für immer und ewig still daliegen zu lassen. Das geht doch nicht. Das hält doch keiner aus! Ich hab das mal versucht. Dog versucht es immer wieder. Ich sage zu ihm: ›Tot, Dog!‹ Er spielt eine Weile tot, dann reicht es ihm, und er wedelt mit dem Schwanz oder macht ein Auge auf und guckt mich gelangweilt an. Ich wette, die Leute am Friedhof machen es manchmal genauso, was, Dog?«

Dog bellte.

»Hör auf mit diesem Gerede!« sagte Mutter.

Martin wandte sich ab und blickte ins Leere.

»Bestimmt machen sie's genauso«, sagte er.

Der Herbst brannte die Bäume kahl und ließ Dog noch weitere Kreise ziehen, Bäche durchqueren, Friedhöfe durchstreifen, wie er es so gerne tat, und in der Abenddämmerung zurückkehren und Salven seines Gebells abfeuern, die die Fensterscheiben zum Klirren brachten, wo immer er auftauchte.

In den allerletzten Oktobertagen begann Dog sich zu benehmen, als habe der Wind die Richtung gewechselt und blase jetzt von einem merkwürdigen Land her. Er stand zitternd drunten auf der Veranda. Er jaulte und starrte hinaus auf das offene Land draußen vor der Stadt. Er brachte keinen Besuch für Martin mit. Er stand jeden Tag stundenlang da, als sei er angeleint, zitternd, schoß dann geradewegs los, als habe ihn jemand gerufen. Jeden Abend kehrte er später zurück, und niemand folgte ihm. Jeden Abend sank Martin tiefer in seine Kissen.

»Na, die Leute haben halt zu tun«, meinte Mutter. »Sie haben keine Zeit, sie bemerken das Schild an Dogs Hals nicht. Oder sie nehmen sich vor, zu kommen, vergessen es aber.«

Doch das allein war es nicht. Da war der fiebrige Glanz in Dogs Augen, sein Winseln und Zucken in der Nacht, wenn er träumte. Wie er im Dunkel unter dem Bett zitterte. Wie er manchmal die halbe Nacht lang dastand und Martin ansah, als habe er irgendein großes, unglaubliches Geheimnis und wisse nicht, wie er es ihm mitteilen sollte, außer durch sein wildes Klopfen mit dem Schwanz, dadurch, daß er endlose Kreise zog, sich nie hinlegte, sich drehte und drehte.

Am 30. Oktober lief Dog weg und kam überhaupt nicht

mehr zurück, auch nicht nach dem Abendessen, als Martin seine Eltern lange nach ihm rufen hörte. Es wurde immer später, Straßen und Gehsteige lagen wie ausgestorben, ein kalter Wind strich ums Haus, und kein Geräusch war zu hören, nichts.

Noch lange nach Mitternacht lag Martin da und schaute hinaus auf die Welt draußen vor den kühlen, klaren Fensterscheiben. Jetzt war nicht einmal mehr Herbst, denn es war kein Dog da, um ihn ins Zimmer zu holen. Es würde keinen Winter geben, denn wer könnte den Schnee anbringen, der dann in seinen Händen schmolz? Vater, Mutter? Nein, das war nicht dasselbe. Sie konnten es nicht mitspielen, dieses Spiel mit den besonderen Regeln und Geheimnissen, mit seinen Geräuschen und Gesten. Keine Jahreszeiten mehr. Die Zeit würde stehenbleiben. Der Vermittler, der Bote war im wilden Gedränge der Zivilisation verlorengegangen, vergiftet, gestohlen, unter ein Auto geraten, verendet in einem Kanalisationsschacht...

Schluchzend drückte Martin das Gesicht ins Kissen. Die Welt war ein Bild unter Glas, unberührbar. Die Welt war tot. Martin wälzte sich im Bett hin und her, und drei Tage später verrotteten die letzten Halloween-Kürbisse in den Mülltonnen, Totenköpfe und Hexen aus Pappmaché wurden verbrannt und Gespenster bis zum nächsten Jahr zusammen mit der Bettwäsche in Regalen verstaut.

Für Martin war Halloween nichts weiter gewesen als ein Abend, an dem Blechtrompeten in den kalten Herbsthimmel hinauftönten, an dem Kinder wie Blätterkobolde Kieswege entlangwirbelten, ihre Kürbis- oder Kohlköpfe auf Veranden warfen, mit Seife Namen oder andere magische Symbole auf eisbedeckte Fensterscheiben kritzelten. All das so weit weg, so unergründlich und alptraumhaft wie ein Puppentheater, dem man aus vielen Meilen Entfernung zusieht, so daß kein Ton mehr zu hören, kein Sinn mehr zu erkennen ist.

Drei Novembertage lang sah Martin zu, wie sich Licht und

Schatten an der Zimmerdecke abwechselten. Das Treiben der Feuer war endgültig vorüber, der Herbst lag in kalter Asche. Martin sank tiefer, immer tiefer in die marmorweißen Schichten seines Bettes, bewegte sich nicht, lauschte nur, lauschte ohne Pause...

Am Freitagabend gaben ihm seine Eltern einen Gute-Nacht-Kuß und gingen weg, ins Kino, hinaus in das beklemmend trübe Novemberwetter. Miss Tarkin von nebenan blieb drunten im Wohnzimmer, bis Martin hinabrief, er würde jetzt gleich schlafen, und ging dann mit ihrem Strickzeug nach Hause.

Martin lag still da, folgte der großen Bewegung der Sterne über den klaren, von Mondlicht erhellten Himmel, dachte zurück an Nächte wie diese, als er die ganze Stadt erkundet hatte, mit Dog vorne, hinten, mal hier, mal da, durch die plüschgrüne Schlucht, an leise dahinfließenden Bächen entlang, auf denen milchig das Licht des Vollmonds lag, auf Friedhöfen über Gräber hinweg, die marmornen Namen auf den Lippen; und weiter, weiter im Flug, über gemähte Wiesen hin, wo die einzige Bewegung das Flackern der Sterne war, auf Straßen, wo die Schatten nicht Platz machten, sondern Meile für Meile dicht gedrängt auf den Gehsteigen standen. Und weiter, weiter im Flug! In wilder Jagd, gehetzt von beißendem Rauch, Dunst, Nebel, Wind, von den Gespenstern in seinem Kopf, der Angst vor der Erinnerung; nach Hause, zu Sicherheit, Wärme, Behaglichkeit, Schlaf...

Neun Uhr.

Läuten. Die müde Uhr tief drunten im Treppenhaus. Läuten.

Dog, komm zurück und bring die Welt mit. Dog, bring eine Distel voller Rauhreif, oder bring einfach nur den Wind. Dog, wo *bist* du? Hör doch, ich rufe.

Martin hielt den Atem an.

Irgendwo in der Ferne – ein Ton.

Martin richtete sich auf, zitterte.

Da wieder – der Ton.

Kaum hörbar, als würde viele Meilen weit weg eine scharfe Nadelspitze am Himmel entlangstreichen.

Das verträumte Echo von Hundegebell.

Das Geräusch eines Hundes, der quer über Höfe, Felder, Schotterwege und Kaninchenpfade dahinfegte, rannte und rannte, mächtiges dampfendes Gebell ausstieß, das die Nacht zerriß. Das Geräusch eines umherstreunenden Hundes, bald näher, bald ferner, erst lauter, dann wieder leiser, bald heftiger, bald gedämpft, das kam und ging, als liege das Tier an einer unvorstellbar langen Kette. Als ob der Hund davonsause und unter den Kastanienbäumen jemand pfeife, jemand, der dahinging auf schattigem Boden, im Asphaltschatten, im Schatten des Mondlichts, und als kehre der Hund im Bogen zu ihm zurück und springe dann wieder los, nach Hause.

Dog! dachte Martin, o Dog, komm doch zurück, mein Junge! Hör doch, hör mich, wo bist du denn gewesen? Komm, alter Junge, mach dich auf den Weg!

Fünf, zehn, fünfzehn Minuten; nah, ganz nah, das Geräusch, das Bellen. Martin schrie auf, stieß die Beine aus dem Bett, neigte sich zum Fenster. Dog! Hör doch, mein Junge! Dog! Dog! Er sagte es wieder und wieder. Dog! Dog! Verflixter Dog, einfach weggerannt die ganzen Tage! Böser Dog, braver Dog, komm nach Hause, alter Junge, mach schnell und bring mit, was du kannst!

Nah jetzt, immer näher kam das Bellen auf der Straße heran, schlug das Geräusch gegen die langen schmalen Bretter der Hauswände, ließ die eisernen Wetterhähne im Mondlicht wirbeln, brach in Salven aus – Dog! jetzt war er unten an der Tür...

Martin zitterte.

Sollte er hinunterrennen – Dog hereinlassen, oder auf Mama und Papa warten? Warten? Mein Gott, warten? Und wenn Dog wieder weglief? Nein, er würde hinuntergehen, die Tür weit aufreißen, einen Schrei ausstoßen, Dog herein-ziehen, und wieder die Treppe hochrennen, ganz schnell, lachen würde er, weinen würde er, ihn festhalten, ganz fest, so daß...

Dog hörte auf zu bellen.

He! Martin hätte beinahe die Scheibe zerbrochen, als er mit dem Kopf dicht ans Fenster heranruckte.

Stille. Als hätte irgend jemand zu Dog gesagt, er solle jetzt leise sein, pst, ganz still.

Eine ganze Minute verstrich. Martin ballte die Fäuste.

Drunten ein schwaches Winseln.

Dann ging langsam die Haustür auf. Jemand hatte sie freundlicherweise für Dog aufgemacht. Klar! Dog brachte Mr. Jacobs, oder Mr. Gillespie, oder Miss Tarkin oder...

Die Haustür fiel zu.

Dog kam winselnd die Treppe hochgerannt, stürzte aufs Bett.

»Dog, Dog, wo bist du gewesen, was hast du gemacht! Dog, Dog!«

Und er drückte Dog fest und lange an sich und weinte. Dog, Dog. Er lachte und rief. Dog! Doch einen Augenblick später hörte er auf zu lachen und zu weinen, ganz plötzlich.

Er hielt das Tier etwas von sich weg und schaute es an, seine Augen wurden immer größer.

Der Geruch, den Dog ausströmte, war anders als sonst. Es war der Geruch fremdartiger Erde. Er roch nach endloser Nacht, als habe er tief hinabgegraben in die Erde, im Schat-ten, dicht neben Dingen, die schon lange dort verborgen waren und vermoderten. Ranzig stinkende Erdklumpen bröckelten von Dogs Schnauze und von seinen Pfoten. Er hatte tief gegraben. Er hatte wirklich sehr tief gegraben. Das *war's*, oder? Oder nicht? Oder *doch*?

Was für eine Botschaft war es, die Dog diesmal mitbrachte? Was konnte so eine Botschaft bedeuten? Der Gestank – die schwere und schreckliche Friedhofserde.

Dog war ein böser Hund, er grub Löcher, wo er es nicht sollte. Dog war ein braver Hund, fand immer Freunde. Dog liebte die Menschen. Dog brachte sie nach Hause.

Und jetzt kam, die dunkle Treppe herauf, mit großen Pausen, das Geräusch von Schritten, ein Fuß hinter dem anderen nachgezogen, qualvoll, langsam, ganz, ganz langsam.

Dog zitterte. Unheimlich nächtliche Erde regnete auf das Bett herunter.

Dog drehte sich herum.

Die Zimmertür ging mit einem Raunen auf.

Martin hatte Gesellschaft.

Von der Hitze gepackt

Sie standen eine ganze Weile im gleißenden Sonnenlicht und schauten auf die glänzenden Zifferblätter ihrer altmodischen Eisenbahneruhren, während ihre schrägen Schatten sich neben ihnen am Boden hin- und herbewegten und ihnen der Schweiß unter den luftigen Sommerhüten hervorlief. Als sie sie abnahmen und sich die faltige, rosige Stirn abwischten, sah man ihr weißes, völlig durchnäßtes Haar, das wirkte, als wäre seit Jahren kein Licht mehr darauf gefallen. Einer der beiden stellte fest, daß sich seine Schuhe anfühlten wie zwei gebackene Brotlaibe und fügte dann, nach einem tiefen Seufzer, hinzu:

»Ist das auch das richtige Haus?«

Der andere alte Mann, er hieß Foxe, nickte, so als ob jede schnelle Bewegung ihn allein aufgrund der Reibung in Brand setzen könnte. »Ich habe diese Frau jetzt drei Tage nacheinander gesehen. Sie kommt schon. Das heißt, wenn sie noch lebt. Warten Sie nur, bis Sie sie gesehen haben, Shaw. Mein Gott! Was für ein Fall.«

»Merkwürdige Angelegenheit«, meinte Shaw. »Wenn die Leute wüßten, würden sie uns für Spanner halten, für vertrottelte alte Opas. Wirklich, ich komme mir reichlich komisch vor, wenn ich hier so rumstehe.«

Foxe stützte sich auf seinen Rohrstock. »Überlassen Sie das Reden mir, wenn – Moment! Da kommt sie!« Er senkte die Stimme. »Schauen Sie sie genau an, wenn sie herauskommt.«

Die Tür des Mietshauses knallte laut zu. Eine pummelige Frau stand auf der obersten der dreizehn Stufen und blickte mit zornig flackernden Augen bald hierhin, bald dorthin. Sie zwängte ihre fleischige Hand in die Geldbörse und zog ein paar zerknautschte Dollarscheine heraus, stürmte die Treppe hinab und stürzte los, die Straße entlang. Hinter ihr, droben an den Fenstern des Mietshauses, tauchten Köpfe auf, schielten Augen herunter, herbeigerufen von dem Knallen der Tür.

»Kommen Sie«, flüsterte Foxe. »Jetzt geht's zum Metzger.«

Die Frau riß die Tür der Metzgerei weit auf und hastete hinein.

Die beiden Alten konnten einen Blick auf einen mit klebrigem Lippenstift beschmierten Mund werfen. Die Augenbrauen waren wie ein Schnurrbart über ihren stets mißtrauisch schielenden Augen. Bei der Metzgerei angekommen, hörten sie schon, wie sie drinnen herumschrie.

»Ich will ein anständiges Stück Fleisch. Zeigen Sie mir mal, was Sie für sich selbst versteckt haben!«

Der Metzger stand in seiner mit blutigen Fingerabdrücken bedeckten Schürze stumm da, seine Hände waren leer. Die zwei Alten traten hinter der Frau in den Laden und taten, als bewunderten sie einen rosigen Laib frischen Hackfleisches.

»Die Lammkoteletts sehen widerlich aus!« schrie die Frau. »Was kostet Hirn?«

Der Metzger sagte es ihr, leise und sachlich.

»Gut, geben Sie mir ein Pfund Leber!« sagte die Frau. »Wiegen Sie Ihren Daumen nicht mit!«

Der Metzger wog es, gemächlich, ab.

»'n bißchen schneller!« bellte die Frau.

Jetzt stand der Metzger so da, daß seine Hände hinter dem Ladentisch nicht zu sehen waren.

»Schauen Sie nur«, flüsterte Foxe. Shaw lehnte sich ein wenig zurück, um durch die Glasvitrine hindurchsehen zu können. In einer seiner blutigen Hände, die eben noch leer gewesen waren, hielt der Metzger jetzt ein silbrig schimmerndes Fleischerbeil, die Hand verkrampfte sich darum, ließ locker, verkrampfte sich wieder, um dann erneut lockerzulassen. Seine blauen Augen blickten gefährlich gelassen über die weiße Porzellantheke, während die Frau in diese Augen, in das rosige selbstbeherrschte Gesicht hineinkreischte.

»Glauben Sie es jetzt?« flüsterte Foxe. »Sie braucht wirklich unsere Hilfe.«

Sie starrten lange auf die blutigroten weich geklopften Steaks, bemerkten all die kleinen Vertiefungen, die Stellen, wo hundertmal ein Stahlhammer auf sie herabgesaust war.

Das Gezeter ging beim Lebensmittelhändler und im Schreibwarengeschäft weiter; die beiden Alten folgten mit gebührendem Abstand.

»Die Todessehnsucht in Person«, sagte Mr. Foxe ruhig. »Es ist, als ob man zusieht, wie ein zweijähriges Kind auf ein Schlachtfeld rennt. Im nächsten Augenblick muß es auf eine Mine treten; peng! Da braucht nur die Temperatur zu stimmen, die Luftfeuchtigkeit zu hoch zu sein, überall juckt es, man schwitzt, ist gereizt. Und dann kommt diese nette Dame, jammert und kreischt herum. Und das war's dann. Also. Shaw, fangen wir an?«

»Sie meinen, wir sollten einfach zu ihr hinaufgehen?« Shaw war von seinem eigenen Vorschlag wie betäubt. »Aber wir werden das doch nicht wirklich machen, oder? Ich dachte, es wäre so eine Art Sport. Die Leute, ihr Tagesablauf, ihre Gewohnheiten und so weiter. Bis jetzt hat's Spaß gemacht. Aber sich wirklich einmischen –? Wir haben Besseres zu tun.«

»Tatsächlich?« Foxe machte eine Bewegung mit dem Kopf, wies die Straße entlang, wo die Frau direkt vor Autos lief und die fluchenden, wild hupenden Fahrer zwang, mit quietschenden Bremsen anzuhalten. »Sind wir gute Christen? Lassen wir es zu, daß sie sich, ohne zu wissen, was sie tut, den Löwen vorwirft? Oder bekehren wir sie?«

»Bekehren?«

»Zu Liebe, zu Ausgeglichenheit, zu einem langen Leben. Sehen Sie sie doch an. Sie will nicht mehr leben. Sie legt es darauf an, die Leute zu reizen. Eines Tages, schon bald, wird irgend jemand sie mit einem Hammer oder einer Prise Strychnin beehren. Sie ist nah daran, endgültig unterzugehen. Wenn einer ertrinkt, grapscht er rücksichtslos um sich, schreit er wie wild. Gehen wir was essen, und dann greifen wir ein, ja? Sonst wird unser Opfer weiterhetzen, bis es seinen Mörder gefunden hat.«

Shaw stand da, und die Sonne drückte ihn in den kochenden, weißen Gehsteig, einen Moment lang schien es, als würde sich die Straße senkrecht stellen, als würde sie sich in eine Klippe verwandeln, von der die Frau in den gleißenden Himmel fiel. Schließlich schüttelte er den Kopf.

»Sie haben recht«, sagte er. »Ich möchte sie nicht auf dem Gewissen haben.«

Die Sonne brannte die Farbe von den Hauswänden, bleichte die Luft aus und verwandelte das Wasser im Rinnstein in Dampf, als die Alten am Nachmittag, wie betäubt, leergeschwitzt, im offenen Durchgang eines Hauses standen, durch den ein glühendheißer Luftstrom aus einer Bäckerei strich. Wenn sie etwas sagten, dann klang es gedämpft, erstickt, wie ein Gespräch in einem Dampfbad, auf groteske Weise müde und fern.

Die Haustür ging auf. Foxe hielt den Jungen an, der einen übel zugerichteten Laib Brot im Arm trug. »Mein Junge, wir suchen die Frau, die immer die Tür so zuknallt, wenn sie aus dem Haus geht.«

»Ach, *die*?« Der Junge rannte die Treppe hinauf und rief zurück: »Mrs. Shrike!«

Foxe packte Shaw am Arm. »Mein Gott! Das kann nicht wahr sein!«

»Ich möchte nach Hause gehen«, sagte Shaw.

»Tatsächlich, da haben wir es!« sagte Foxe, ungläubig, und klopfte mit seinem Rohrstock auf die Liste der Mieter, die in der Eingangshalle hing. »Mr. und Mrs. Alfred Shrike, Nr. 331, im zweiten Stock! Der Mann ist Hafenarbeiter, ein grobschlächtiger Kerl, kommt völlig verdreckt nach Hause.

Ich hab sie am Sonntag spazierengehen sehen, sie war ständig am Plappern, er hat kein Wort gesagt, sie nicht mal angesehen. *Los* jetzt, Shaw.«

»Es hat keinen Sinn«, meinte Shaw. »Leuten wie ihr kann man nicht helfen, solange sie keine Hilfe wollen. Das ist die psychologische Grundlage unserer Arbeit. Sie wissen das ebensogut wie ich. Wenn man sich ihr in den Weg stellt, wird sie einen niedertrampeln. Also kein falsches Heldentum!«

»Aber irgend jemand muß sich doch um sie kümmern – und um Menschen wie sie! Ihr Mann vielleicht? Ihre Freunde? Der Lebensmittelhändler, der Metzger? Die würden mit Vergnügen an ihrem Bett die Totenwache halten! Sagen die ihr vielleicht, daß sie einen Psychiater braucht? Nein. Und wer weiß es? Wir. Na, und kann man eine lebenswichtige Information wie diese etwa dem Opfer vorenthalten?«

Shaw nahm den vor Schweiß triefenden Hut ab und starrte trübsinnig hinein. »Vor vielen Jahren, in der Schule, hat uns mal der Biologielehrer gefragt, ob wir glaubten, daß man das Nervensystem eines Frosches mit einem Skalpell herauslösen könne, ohne es zu beschädigen, ob man die ganze empfindliche, antennenartige Struktur herausnehmen könne, mit all den kleinen rosa Knötchen und den kaum sichtbaren Ganglien. Ist natürlich unmöglich. Das Nervensystem ist so sehr ein Bestandteil des ganzen Frosches, daß man es nicht einfach aus ihm herausziehen kann, als stecke da eine Hand in einem grünen Handschuh. Man würde dabei den Frosch völlig zerstören. Und so ist es auch bei Mrs. Shrike. Es gibt keine Möglichkeit, ein defektes Ganglion zu operieren. Das Flüssige in ihren bösen kleinen Elefantenaugen ist voll Galle. Ebenso könnte man versuchen, ein für allemal die ganze Spucke aus ihrem Mund rauszuholen. Das ist eine tragische Angelegenheit. Aber ich glaube, wir sind bereits zu weit gegangen.«

»Schon richtig«, meinte Foxe mit einem Nicken, geduldig

und ernst. »Ich will ihr auch nur eine Warnung zukommen lassen. Ein kleines Samenkorn in ihr Unterbewußtsein säen. Ihr sagen: ›Sie sind ein potentielles Mordopfer, ein Opfer, das lediglich den Tatort noch nicht gefunden hat.‹ Ein winziger Same, den ich in ihren Kopf pflanzen will, von dem ich hoffe, daß er dort keimt und erblüht. Es besteht die schwache, kümmerliche Hoffnung, daß sie, ehe es zu spät ist, all ihren Mut zusammennimmt und zu einem Psychiater geht!«

»Es ist zu heiß zum Reden heute.«

»Um so dringender ist es, daß wir handeln. Bei zweiundneunzig Grad Fahrenheit werden mehr Morde begangen als bei jeder anderen Temperatur. Über hundert ist es so heiß, daß man sich kaum mehr rühren kann. Unter neunzig kühl genug, um zu überleben. Aber genau bei zweiundneunzig Grad liegt der Gipfel der Reizbarkeit, alles besteht nur noch aus Jucken, Haaren, Schweiß, gekochtem Speck. Das Gehirn wird zu einer Ratte, die durch ein rotglühendes Labyrinth rast. Die kleinste Kleinigkeit, ein Wort, ein Blick, ein Geräusch, das Herabfallen eines Haares, und – schon passiert ein Reizmord. *Reizmord*, da haben Sie ein hübsches und erschreckendes Wort. Schauen Sie nur mal auf das Thermometer in der Eingangshalle, neunundachtzig Grad. Langsam kriecht's hoch auf neunzig, zuckelt weiter auf einundneunzig, und in ein, zwei Stunden wird es auf zweiundneunzig zuschwitzen. Da ist die Treppe. Wir können auf jedem Treppenabsatz eine Pause machen. *Gehen* wir!«

Die beiden Alten gingen den dunklen Flur im zweiten Stock entlang.

»Sehen Sie nicht auf die Nummern«, sagte Foxe. »Raten wir mal, welches ihre Wohnung ist.«

Hinter der letzten Tür explodierte ein Radio, die verblichene Farbe an den Wänden erbebte und bröckelte geräuschlos auf den abgenutzten Teppich, ihnen vor die Füße. Sie sahen, wie die ganze Tür im Rahmen bebte.

Die beiden blickten einander an und nickten grimmig.

Das nächste Geräusch durchschnitt wie eine Axt die Paneele; eine Frau schrie am Telefon jemandem, der am anderen Ende der Stadt wohnte, etwas zu.

»Völlig überflüssig, das Telefon. Sie bräuchte nur das Fenster aufzumachen.«

Foxe klopfte.

Das Radio dröhnte den Rest eines Liedes heraus, die Stimme grölte. Foxe klopfte noch einmal und drückte prüfend auf die Klinke. Zu seinem Entsetzen rutschte ihm die Tür aus der Hand und glitt ganz von allein nach innen, ließ sie dastehen wie Schauspieler auf der Bühne, wenn sich der Vorhang zu früh hebt.

»O nein!« rief Shaw.

Eine Welle von Lärm begrub sie unter sich. Es war, als ständen sie in einer leeren Schleuse und der Zulauf würde geöffnet. Instinktiv rissen die beiden Alten die Arme hoch und zuckten zusammen, als wäre der Lärm hellglühendes Sonnenlicht, das ihnen die Augen verbrannte.

Die Frau (es war tatsächlich Mrs. Shrike!) stand an einem Wandtelefon und gab unglaubliche Mengen Speichel von sich. Sie bleckte ihre großen, weißen Zähne und spuckte ihren Monolog in großen Brocken aus, ihre Nasenflügel waren gebläht, eine Vene auf ihrer nassen Stirn trat hervor, füllte sich immer mehr, ihre freie Hand verkrampfte sich immer wieder zur Faust. Sie kniff die Augen zu, als sie brüllte:

»Sagen Sie meinem vermaledeiten Schwiegersohn, daß ich ihn nicht sehen will, den faulen Hund!«

Plötzlich riß die Frau die Augen auf, hatte zwar nichts gehört oder gesehen, aber wohl instinktiv, wie ein Tier, gespürt, daß da jemand war. Sie schrie weiter ins Telefon und durchbohrte gleichzeitig ihre Besucher mit einem kalten, stahlharten Blick. Ihr Brüllen dauerte noch eine ganze Minute, dann knallte sie den Hörer auf die Gabel und sagte, ohne Atem zu holen: »Nun?«

Die beiden Männer rückten ängstlich näher zusammen. Ihre Lippen bewegten sich.

»Nun reden Sie schon!« schrie die Frau.

»Würde es Ihnen etwas ausmachen«, fragte Foxe, »das Radio etwas leiser zu stellen?«

Das Wort ›Radio‹ las sie ihm von den Lippen ab. Ihr sonnenverbranntes Gesicht starrte die beiden weiter zornig an, als sie, ohne hinzusehen, auf das Radio schlug, ganz gewohnheitsmäßig, so wie jemand ein Kind schlägt, das ununterbrochen weint, tagaus, tagein. Das Radio verstummte.

»Ich kaufe nichts!«

Sie riß an einer zerknautschten Schachtel billiger Zigaretten, als wäre es ein Knochen, an dem Fleisch hing, steckte sich eine Zigarette zwischen die verschmierten Lippen, zündete sie an, saugte gierig den Rauch ein und blies ihn durch ihre engen Nasenlöcher wieder hinaus, bis sie ihnen als feuerspeiender Drache in einem von Rauchwolken erfüllten Raum feindselig gegenüberstand. »Ich hab noch zu tun. Sagen Sie schon, was Sie wollen!«

Sie schauten auf die Zeitschriften, die auf dem Linoleumboden verstreut lagen wie ein reicher Fang bunter Fische, den man dort ausgekippt hatte; sie sahen die schmutzige Kaffeetasse neben dem kaputten Schaukelstuhl, die schiefen, schmutzigen Lampen voller Fingerabdrücke, die verschmierten Fensterscheiben, den Geschirrstapel, der im Spülbecken stand, unter einem stetig tropfenden Wasserhahn, die Spinnweben, die wie tote Haut in den Ecken unter der Decke hingen, und über all dem der zähe Duft eines Lebens, das zu viel, zu lange bei geschlossenen Fenstern gelebt worden war.

Sie sahen das Thermometer an der Wand.

Temperatur: Neunzig Grad Fahrenheit.

Sie schauten einander beunruhigt an.

»Ich heiße Foxe, das ist Mr. Shaw. Wir sind Versicherungsagenten im Ruhestand. Wir verkaufen gelegentlich noch was, um unsere Rente aufzubessern. Meistens aber machen wir uns ein gemütliches Leben und –«

»Sie wollen mir eine Versicherung andrehen!« Ihr Kopf zuckte durch den Zigarettenqualm auf sie zu.

»Nein, es hat nichts mit Geld zu tun.«

»Reden Sie weiter«, sagte sie.

»Ich weiß nicht recht, wie ich anfangen soll. Könnten wir uns vielleicht setzen?« Er schaute sich um und stellte fest, daß es in dem Zimmer nichts gab, das ihm stabil genug schien, um sich daraufzusetzen. »Macht nichts.« Da er sah, daß sie schon wieder losbrüllen wollte, fuhr er schnell fort: »Wir sind in Ruhestand getreten, nachdem wir vierzig Jahre lang mit Menschen jeden Alters zu tun hatten, nachdem wir, könnte man sagen, ihr Leben von der Wiege bis zum Grab verfolgt haben. In dieser Zeit sind wir zu bestimmten Erkenntnissen gelangt. Im vergangenen Jahr haben wir nun, bei einem Gespräch im Park, unsere Schlüsse gezogen. Uns wurde klar, daß viele Menschen nicht so jung hätten sterben müssen. Mit Hilfe sorgfältiger Recherchen könnten die Versicherungsgesellschaften ihren Kunden zusätzlich eine neue Art von Service anbieten...«

»Ich bin nicht krank«, meinte die Frau.

»Aber *sicher* sind Sie das!« schrie Mr. Foxe und hielt sich sofort zwei Finger vor den Mund.

»Wollen *Sie* mir erzählen, was mir fehlt?« kreischte sie.

Foxe überschlug sich beinahe, als er zum Reden ansetzte: »Lassen Sie mich erklären. Ein Mensch stirbt Tag für Tag, psychologisch gesehen. Der eine oder andere Teil von ihm ermüdet. Und dieser kleine Teil bemüht sich, den ganzen Menschen lahmzulegen. Zum Beispiel –« Er blickte um sich und stürzte sich mit ungeheurer Erleichterung auf das erstbeste, was ihm als Beweis dienen konnte. »Dort! Die Glühbirne in Ihrem Badezimmer, sie hängt direkt über der Badewanne, an einem durchgescheuerten Kabel. Wenn Sie mal ausrutschen und haltsuchend um sich greifen, dann pfft!«

Mrs. Albert J. Shrike schielte auf die Glühlampe im Bad. »So?«

»Bei den Menschen«, Mr. Foxe fand Gefallen an der Sache, während Mr. Shaw unruhig wurde, mit bald hochrotem, bald leichenblassem Gesicht dastand, sich langsam in Richtung Tür bewegte. »Bei den Menschen, genau wie bei den Autos, müssen von Zeit zu Zeit die Bremsen überprüft werden. Die emotionalen Bremsen, verstehen Sie? Die Beleuchtung, die Batterie, ihre Einstellung zum Leben, und wie sie damit fertig werden.«

Mrs. Shrike schnaubte. »Ihre zwei Minuten sind um. Was Sie mir gesagt haben, interessiert mich nicht die Bohne!«

Mr. Foxe blinzelte, zuerst in ihre Richtung, dann in die Sonne, die gnadenlos durch die schmutzigen Fensterscheiben hereinbrannte. Über die weichen Züge seines Gesichts rann Schweiß. Er warf einen flüchtigen Blick auf das Zimmerthermometer.

»Einundneunzig«, sagte er.

»Was ist los, Opi?« fragte Mrs. Shrike.

»Verzeihen Sie.« Er starrte fasziniert auf den glühenden Quecksilberstrich, der in dem engen Glasschlitz drüben an der Wand emporschoß. »Manchmal – bei jedem von uns läuft mal was schief. Die Wahl des Ehepartners. Eine Arbeitsstelle, für die wir uns nicht eignen. Es fehlt an Geld. Krankheit. Migräne. Schwierigkeiten mit den Drüsen. Eine Unmenge von Kleinigkeiten, die sticheln, uns reizen. Ehe man es selbst merkt, läßt man es schon an allen seinen Mitmenschen aus, wo immer sich eine Gelegenheit bietet.«

Sie schaute ihm auf den Mund, als spräche er eine andere Sprache, warf ihm wütende Blicke zu, blinzelte, legte den Kopf schief, hielt dabei die brennende Zigarette in ihrer fleischigen Hand.

»Wir rennen schreiend umher und machen uns Feinde.« Foxe schluckte und wich ihrem Blick aus. »Wir bringen es soweit, daß die anderen uns weit weg wünschen – krank – ja

122

sogar tot. In den Leuten keimt der Wunsch, uns zu verprügeln, uns niederzuschlagen, uns zu erschießen. Ganz unbewußt, natürlich. *Verstehen* Sie?«

Meine Güte, ist es hier drinnen heiß, dachte er. Wenn wenigstens ein Fenster auf wäre. Wenigstens eines. Nur ein offenes Fenster.

Mrs. Shrike riß die Augen auf, so, als wolle sie alles in sich hineinlassen, was er sagte.

»Manche Menschen suchen nicht nur nach Unfällen, womit sie sich selbst eine körperliche Strafe auferlegen wollen für irgendein Vergehen, gewöhnlich einen geringfügigen Verstoß gegen die geltenden Moralvorstellungen, den sie längst vergessen zu haben glauben. Ihr Unterbewußtsein drängt sie geradezu in gefährliche Situationen, sorgt dafür, daß sie wie Schlafwandler durchs Verkehrsgewühl marschieren oder –« Er hielt inne, und Schweiß tropfte ihm vom Kinn. »Sorgt dafür, daß sie durchgescheuerten Stromkabeln über Badewannen nicht die geringste Beachtung schenken – Sie sind potentielle Opfer. Es steht ihnen im Gesicht geschrieben, verborgen mit Tätowierungen, die, so könnte man sagen, nicht von außen, sondern von innen in die Haut eingeritzt sind. Ein Mörder, der einem dieser Unfall-Sucher, dieser Todessehnsüchtigen begegnete, würde die unsichtbaren Zeichen sehen, kehrtmachen und ihm instinktiv folgen, in die nächste dunkle Gasse. Mit dem entsprechenden Glück kann ein potentielles Opfer fünfzig Jahre leben, ohne den Weg eines potentiellen Mörders zu kreuzen. Dann – eines schönen Tages – schlägt das Schicksal zu! Diese Menschen, diese Todessehnsüchtigen, reizen Leute, denen sie begegnen, die sie nie vorher gesehen haben, an ihren empfindlichsten Stellen; sie kitzeln den Mord aus uns heraus.«

Mrs. Shrike zerquetschte, ganz langsam, ihre Zigarette auf einer schmutzigen Untertasse.

Foxe nahm zitternd seinen Rohrstock in die andere Hand. »Und so haben wir im vorigen Jahr beschlossen, nach

Menschen zu suchen, die Hilfe benötigen. Das sind stets Leute, denen absolut nicht klar ist, daß sie Hilfe brauchen, die nicht einmal im Traum daran dächten, zum Psychiater zu gehen. Erstmal, schlug ich vor, machen wir Probeläufe. Shaw war immer dagegen, es sei denn als eine Art Hobby, als kleine, harmlose Sache, die nur uns beide anging. Sie halten mich wahrscheinlich für einen alten Narren. Inzwischen haben wir ein Jahr mit Probeläufen hinter uns. Wir haben zwei Männer beobachtet, die Milieufaktoren studiert, ihre Arbeit, ihre Ehen, alles aus diskretem Abstand. Ging uns überhaupt nichts an, sagen Sie? Aber beide nahmen sie ein schlimmes Ende. Der eine in einer Bar ermordet. Der andere aus dem Fenster gestoßen. Eine Frau, die wir studiert haben, wurde von der Straßenbahn überfahren. Reiner Zufall? Und der alte Mann, der versehentlich Gift nahm? Hat eines Nachts das Licht im Bad nicht angemacht. Was ging in ihm vor, was veranlaßte ihn, das Licht nicht einzuschalten? Wieso mußte er sich im Dunkeln waschen, im Dunkeln seine Medizin einnehmen und am nächsten Tag unter Beteuerungen, alles, was er wolle, sei leben, im Krankenhaus sterben? Beweise, Beweise, wir haben sie, jede Menge. Zwei Dutzend Fälle. Über gut der Hälfte von ihnen ist in der kurzen Zeit der Sargdeckel zugeklappt. Keine Probeläufe mehr; es ist höchste Zeit zu handeln, die gesammelten Daten zur Vorbeugung zu benutzen. Höchste Zeit, mit den Leuten *zusammenzuarbeiten*, sie sich zu Freunden zu machen, ehe der Totengräber sich durch den Hintereingang hereinschleicht.«

Mrs. Shrike stand da, als habe er sie auf den Kopf geschlagen, ganz überraschend, mit großer Wucht. Dann gerieten ihre verschmierten Lippen in Bewegung: »Und Sie sind zu *mir* gekommen?«

»Also –«

»Sie haben *mich* beobachtet?«

»Wir haben nur –«

»Sind *mir* gefolgt?«

»Nur weil wir –«

»Hinaus!« sagte sie.

»Wir können –«

»Hinaus!« wiederholte sie.

»Wenn Sie uns nur einen Moment –«

»Ich hab doch *gleich* gesagt, daß das passieren würde«, flüsterte Shaw mit geschlossenen Augen.

»Ihr alten Schweine, raus mit euch!« schrie sie.

»Es hat nicht das geringste mit Geld zu tun.«

»Ich werf euch raus, ich werf euch raus!« kreischte sie, die Fäuste geballt, die Zähne zusammengebissen. Ihr Gesicht verfärbte sich, nahm einen irren Ausdruck an. »Was wollt ihr, ihr dreckigen alten Tanten, taucht hier auf, spioniert rum, ihr senilen Spinner!« brüllte sie. Sie riß Mr. Foxe den Strohhut vom Kopf; er schrie auf; sie riß das Futter heraus, fluchte dabei ununterbrochen. »Raus mit euch! Raus jetzt! Raus!«

Sie schleuderte den Hut auf den Boden. Sie stampfte darauf herum, durchlöcherte ihn mit dem Absatz. Sie stieß ihn mit dem Fuß von sich. »Raus hier! Raus!«

»Aber Sie *brauchen* uns doch!« Foxe schaute bestürzt auf seinen Hut, während sie ihn mit den unflätigsten Ausdrücken beschimpfte, ihn mit brennenden Flüchen belegte, die großen lodernden Fackeln gleich durchs Zimmer flogen. Die Frau kannte jede Sprache, jedes Wort in jeder Sprache. Was sie sagte, war erfüllt von Feuer, Alkohol, Rauch.

»Was glaubt ihr eigentlich, wer ihr seid? Der liebe Gott? Gott und der Heilige Geist, ihr rückt den Leuten auf den Pelz, spioniert ihnen nach, schnüffelt herum, ihr alten Trottel, alte Tanten mit einer schmutzigen Phantasie seid ihr! Ihr, ihr –« Sie belegte sie mit weiteren Schimpfnamen, die die beiden Alten entsetzt zur Tür zurückweichen ließen. Sie überschüttete sie mit einem Schwall von Flüchen, ohne auch nur einmal Luft zu holen. Dann hielt sie inne, keuchte, zitterte, saugte Luft tief in sich hinein und begann mit einer neuen Tirade noch üblerer Beschimpfungen.

»Passen Sie mal auf!« sagte Foxe und reckte sich hoch.

Shaw stand schon draußen vor der Tür, bat seinen Partner, doch zu kommen, es sei aus und vorbei, es sei genauso gekommen, wie er erwartet hatte, sie waren zwei alte Narren, die Frau hatte völlig recht, oh, wie beschämend!

»Altes Weib!« schrie die Frau.

»Ich wäre Ihnen sehr verbunden, wenn Sie sich etwas mäßigen würden.«

»Altes Weib, altes Weib!«

Irgendwie war das schlimmer als all die wirklich üblen Schimpfnamen. Foxe wankte, der Unterkiefer fiel ihm herab, einmal, zweimal. »Altes Weib!« schrie sie. »Weib, altes Weib!«

Er stand in einem lodernden gelben Dschungel. Das Zimmer war in Feuer getaucht, es hielt ihn umklammert, die Möbel schienen hin- und herzurücken, umherzuwirbeln, das Sonnenlicht schoß durch die heftig zugeknallten, dicht verschlossenen Fenster herein, setzte den Staub in Brand, der in wütenden Funken vom Teppich hochsprang, wenn eine Fliege in einer verrückten Spirale summend aus dem Nichts auftauchte; ihr Mund, ein wildes rotes Ding, beleckte die Luft mit all den Obszönitäten, die sich im Laufe eines Lebens dahinter angesammelt hatten, und hinter ihrem Rücken auf der hitzegebräunten Tapete zeigte das Thermometer zweiundneunzig Grad an, er sah ein zweites Mal darauf, es zeigte auf zweiundneunzig, und die Frau kreischte weiter wie die Räder eines Zuges, die auf stählernem Gleise durch eine weite Kurve schrammen; Fingernägel auf einer Schiefertafel, Stahl, der über Marmor kratzt. »Altes Weib! Altes Weib! Altes Weib!«

Foxe bewegte den Arm nach hinten, umklammerte den Rohrstock mit der Faust, hob ihn hoch, sehr hoch, und schlug zu.

»Nein!« schrie Shaw von draußen.

Doch die Frau war bereits weggerutscht, auf die Seite

gefallen, kratzte vor sich hin brabbelnd über den Fußboden. Foxe stand über ihr, sein Gesicht drückte ungläubiges Entsetzen aus. Er betrachtete seinen Arm, das Handgelenk, die Hand, die Finger, eins nach dem anderen, durch eine mächtige und grelle, unsichtbare, heiße Kristallwand hindurch, die ihn einschloß. Er sah auf den Rohrstock, als wäre der ein überdeutliches und unglaubliches Ausrufezeichen, das aus dem Nichts aufgetaucht war und nun mitten im Zimmer stand. Sein Unterkiefer hing herab. Der Staub fiel als geräuschlose Asche zu Boden, tot. Er spürte, wie das Blut aus seinem Gesicht wich, als sei eine Falltür, die in seinen Magen führte, plötzlich weit aufgegangen. »Ich –«

Sie schäumte.

Wie sie so herumkroch, wirkte jeder einzelne Körperteil wie ein Tier. Ihre Arme und Beine, die Hände, der Kopf waren abgehackte Teile irgendeines Wesens, wild darauf, wieder ein Ganzes zu werden, aber blind dafür, wie das zu bewerkstelligen war. Aus ihrem Mund quoll immer noch ein Schwall von Übelkeit, mit Worten und Tönen, die nicht mal mehr im entferntesten an Wörter erinnerten. Es hatte lange, furchtbar lange in ihr gesteckt. Foxe schaute auf sie hinab, stand selbst noch unter der Wirkung des Schocks. Bis heute hatte sie ihr Gift mal hier, mal dort, überall ein bißchen verspritzt. Jetzt hatte er die Flut ihres ganzen Lebens ausgelöst, und er fürchtete, darin zu ertrinken. Er merkte wie irgend jemand ihn an der Jacke zog. Er sah, wie sich die Türpfosten zu beiden Seiten an ihm vorbeibewegten. Er hörte, wie der Rohrstock klappernd, wie ein dünner Knochen, zu Boden fiel, weit weg von seiner Hand, in die ihn eine fürchterliche, unsichtbare Wespe gestochen zu haben schien. Und dann war er draußen, ging mechanisch vor sich hin, zwischen den versengten Wänden hindurch, hinab durch das brennende Haus. Ihre Stimme fiel krachend wie eine Guillotine die Treppe herab: »Raus mit euch! *Raus*!«

Sie wurde schwächer wie die Klagelaute eines Menschen,

der in einen offenen Brunnenschacht stürzt, hinab ins Dunkel.

Unten an der Treppe, nahe bei der Haustür, machte Foxe sich von seinem Begleiter los und lehnte sich gegen die Wand, Tränen standen ihm in den Augen, aus seinem Mund kam nichts als ein Stöhnen. Seine Hände irrten dabei in der Luft umher, suchten den verlorenen Rohrstock, griffen an den Kopf, berührten die feuchten Augenlider und zuckten zurück. Sie saßen zehn Minuten schweigend auf der untersten Treppenstufe, sogen zitternd Luft in ihre Lungen und fanden so allmählich ihr Gleichgewicht wieder. Schließlich blickte Mr. Foxe auf Mr. Shaw, der ihn die ganzen zehn Minuten lang voller Verwunderung und Schrecken angestarrt hatte.

»Haben Sie gesehen, was ich getan habe? Mein Gott, war das knapp. Verdammt knapp.« Er schüttelte den Kopf. »Ich bin ein Idiot. Die arme Frau. Sie hat recht gehabt.«

»Da ist nichts zu machen.«

»Jetzt ist mir das klar. Aber erst mußte mir das passieren.«

»Da, wischen Sie sich das Gesicht ab. Das tut gut.«

»Glauben Sie, daß sie ihrem Mann von uns erzählt?«

»Nein, nein.«

»Vielleicht könnten wir –«

»Mit *ihm* sprechen?«

Sie dachten darüber nach und schüttelten beide den Kopf. Sie öffneten die Haustür, ein Hitzeschwall wie aus einem Hochofen kam ihnen entgegen, und sie wären beinahe von einem Bullen von Mann umgerannt worden, der mit großen Schritten zwischen ihnen hindurchging.

»Passen Sie doch auf, wo Sie langgehen!« schrie er.

Sie drehten sich um und sahen, wie der Mann schwerfällig, Stufe für Stufe, die Treppe hinaufstieg, in das feurige Dunkel, eine Gestalt mit den Rippen eines Mammuts und der Mähne eines reizbaren Löwen, mit dicken, muskulösen Armen voll schwarzer Haare, mit von der Sonne schmerzhaft geröteter Haut. Das Gesicht, das sie einen Augenblick lang gesehen hatten, als er sich vorbeidrängte, schien aus schweißbedecktem, rohem Schweinefleisch zu sein; die riesigen Schweißflecken unter den Achselhöhlen verfärbten sein T-shirt bis zur Taille.

Sie schlossen behutsam die Haustür.

»Das ist er«, sagte Mr. Foxe. »Das ist ihr Mann.«

Sie standen in dem kleinen Drugstore gegenüber. Es war halb sechs, die Sonne stand tief am Himmel, unter den vereinzelten Bäumen und in den Gassen lagen dunkle Schatten.

»Was hing dem Mann denn hinten aus der Tasche?«

»Ein Haken wie ihn Hafenarbeiter benutzen. Aus Stahl. Spitz. Sah schwer aus. Wie die Haken, die Einarmige früher an ihrem Stumpf trugen.«

Mr. Foxe sagte nichts.

»Wieviel Grad haben wir?« fragte er nach einer Minute, so, als sei er zu erschöpft, um den Kopf herumzudrehen und selbst nachzusehen.

»Das Thermometer hier drin zeigt immer noch zweiundneunzig. Genau zweiundneunzig.«

Foxe saß auf einer großen Kiste, hielt eine Flasche Orangenlimonade in der Hand, vermied jede unnötige Bewegung. »Abkühlen«, sagte er. »Ja, ich brauche jetzt unbedingt etwas Kühles.«

Sie saßen da in der Gluthitze, schauten lange hinauf zu einem bestimmten Fenster im Haus gegenüber und warteten...

Die Sense

Auf einmal war keine Straße mehr da. Wie jede andere Straße führte sie das Tal entlang, zwischen kahlen Hängen, steinigem Boden und grünenden Eichen hindurch, und dann an einem breiten Weizenfeld vorbei, dem einzigen bebauten Stück Land in dieser Wildnis. Bis zu dem kleinen weißen Haus, das zu dem Weizenfeld gehörte, stieg sie an, wurde immer unwegsamer und hörte dann einfach auf, als ob sie nicht mehr gebraucht würde.

Das war nicht weiter schlimm, da genau an dieser Stelle auch der Tank leer war. Drew Erickson hielt den alten Wagen an und sagte kein Wort, saß einfach da und starrte auf seine großen rauhen Hände.

Molly meinte, unbeweglich in die Ecke neben ihm gedrückt: »Müssen vorhin die falsche Abzweigung genommen haben.« Drew nickte.

Mollys Lippen waren fast ebenso weiß wie ihr Gesicht. Nur waren sie trocken, während ihre Haut feucht von Schweiß war. Ihre Stimme klang monoton, war völlig ausdruckslos. »Drew«, sagte sie. »Drew, was sollen wir'n jetzt machen?« Drew starrte auf seine Hände. Die Hände eines Farmers, dem der Wind den Hof unter den Fingern weggeblasen hatte, ein trockener, hungriger Wind, der nie genug guten Lehmboden kriegen konnte.

Die Kinder auf dem Rücksitz wachten auf und wühlten sich aus den staubigen Kleiderbündeln und dem Bettzeug. Sie streckten die Köpfe über die Rückenlehnen und fragten:

»Warum halten wir an, Pa? Gibt's jetzt was zu essen, Pa? Pa, wir haben schrecklichen Hunger. Essen wir jetzt was, Pa?«

Drew schloß die Augen. Er haßte den Anblick seiner Hände.

Molly berührte ihn mit den Fingern am Handgelenk. Ganz leicht, ganz zart. »Drew, vielleicht würden wir in dem Haus da was zu essen kriegen?«

Er preßte die Lippen aufeinander. »Betteln«, sagte er schroff. »Von uns hat noch nie einer gebettelt. Und das wird auch nie einer von uns machen.«

Molly packte sein Handgelenk fester. Er drehte sich zu ihr hin und sah ihre Augen. Er sah Susies Augen und die von Klein-Drew, die ihn anblickten. Langsam wich das Gefühl der Steife aus seinem Hals und seinem Rücken. Sein Gesicht entkrampfte sich, wurde ausdruckslos und formlos wie etwas, auf das man zu fest und zu lange eingeschlagen hat. Er stieg aus dem Wagen und ging den Weg zum Haus hinauf. Er bewegte sich unsicher, wie ein Kranker, oder wie jemand, der fast blind ist.

Die Haustür war nicht abgesperrt. Drew klopfte dreimal. Drinnen war nichts als Stille und an einem Fenster ein weißer Vorhang, der sich in der trägen, heißen Luft bewegte.

Er wußte es, ehe er eintrat. Er wußte, daß der Tod im Haus war. Es war diese Stille.

Er durchquerte ein kleines, sauberes Wohnzimmer und ging einen kurzen Korridor entlang. Er dachte überhaupt nichts. Alle Gedanken waren einfach weg. Er ging auf die Küche zu, instinktiv, wie ein Tier.

Dann blickte er durch eine offene Tür und sah den Toten.

Es war ein alter Mann, der auf einem sauberen weißen Bett lag. Er war noch nicht lange tot, noch nicht lange genug, um den letzten ruhigen Blick, der erfüllt war von Frieden, wieder zu verlieren. Er mußte gewußt haben, daß er sterben würde, denn er trug seine Totenkleider – einen alten schwarzen Anzug, sauber abgebürstet, ein frisches weißes Hemd und eine schwarze Krawatte.

Eine Sense lehnte an der Wand neben seinem Bett. In den

Händen des alten Mannes lag ein noch frischer Weizenhalm. Er war reif, die Ähre golden und schwer.

Drew ging in das Schlafzimmer, trat dabei ganz sachte auf. Ihn fröstelte. Er nahm seinen zerknautschten, staubigen Hut ab, stellte sich neben das Bett und sah auf den Toten hinunter.

Der Brief lag offen auf dem Kissen neben dem Kopf des alten Mannes. Er sollte offensichtlich gelesen werden. Vielleicht die Bitte, den Leichnam zu bestatten oder einen Angehörigen zu benachrichtigen. Mit düsterem Blick überflog Drew die Zeilen, bewegte dabei die blassen Lippen.

Für den, der an meinem Totenbett steht: Im Vollbesitz meiner geistigen Kräfte vermache ich, John Buhr, dem es bestimmt war, allein auf dieser Welt zu bleiben, diese Farm und alles, was dazu gehört, dem, den das Schicksal hierher führt, ganz gleich, welches sein Name und seine Herkunft seien. Der Hof gehört ihm, und ebenso der Weizen; die Sense und die damit verbundene Aufgabe. Möge er alles aus freiem Willen und ohne zu fragen an sich nehmen – wohl wissend, daß ich, John Buhr, dies alles nur weitergebe und nicht derjenige bin, der darüber bestimmt. Von eigener Hand gezeichnet und besiegelt am dritten Tag im April des Jahres 1938. (gez.) John Buhr. *Kyrie eléison!*

Drew ging durch das Haus zurück und öffnete die Fliegentür. Er sagte: »Molly, komm rein. Kinder, ihr bleibt im Wagen.«

Molly kam mit ins Haus. Er führte sie in das Schlafzimmer. Sie las das Testament, betrachtete die Sense, sah durchs Fenster hinaus auf das Weizenfeld, das im heißen Wind wogte. Ihr weißes Gesicht straffte sich, sie biß sich auf die Lippen und klammerte sich an ihm fest. »Das ist zu schön, um wahr zu sein. Die Sache hat bestimmt einen Haken.«

Drew sagte: »Wir haben eben mal Glück, das ist alles. Arbeit, Essen und ein Dach über dem Kopf.« Er berührte die Sense. Sie glänzte wie ein Halbmond. Auf dem Sensenblatt waren die Worte eingekratzt: »*Wer mich in Händen hält – hat Macht über die Welt!*« Das sagte ihm in diesem Augenblick nicht viel.

»Drew«, während Molly fragte, starrte sie auf die gefalteten Hände des alten Mannes, »warum – warum hält er den Weizenhalm so fest?«

Gerade da wurde die lastende Stille vom Lärm der Kinder, die auf die Veranda stürmten, unterbrochen. Molly holte tief Luft.

Sie zogen in das Haus. Sie beerdigten den alten Mann auf einem Berg, sprachen ein paar Worte an seinem Grab und kamen wieder herunter; sie fegten das Haus, luden den Wagen aus und aßen etwas, denn Lebensmittel waren da, in der Küche, soviel sie nur wollten; drei Tage lang taten sie nichts anderes, als das Haus in Ordnung zu bringen, sich das Land anzuschauen, in den bequemen Betten zu liegen und einander überrascht anzusehen, denn sie wußten nicht, wie ihnen geschah, und ihre Mägen waren voll, und für ihn gab es sogar eine Zigarre, die er abends rauchen konnte.

Hinter dem Haus stand eine kleine Scheune mit einem Stier und drei Kühen darin; und es gab eine Brunnenstube, eine eingefaßte Quelle im kühlen Schatten einiger hoher Bäume. Und in der Brunnenstube hingen große Speckseiten und Fleischstücke, Rind und Schwein und Hammel, soviel, daß eine Familie, fünfmal so groß wie die ihre, ein, zwei, vielleicht drei Jahre lang davon leben konnte. Es gab ein Butterfaß und eine Kiste voll Käse und große Blechkannen für die Milch.

Am vierten Morgen lag Drew Erickson im Bett, betrachtete die Sense und wußte, daß es Zeit war, an die Arbeit zu gehen, denn auf dem langen Feld stand reifes Getreide; er hatte sich selbst davon überzeugt, und er wollte ja nicht zu bequem werden. Drei Tage lang herumzusitzen war für jeden Mann genug. Er erhob sich im ersten frischen Duft der Morgendämmerung, nahm die Sense und trug sie vor sich her, als er hinausging auf das Feld. Er schwang sie hoch in seinen Händen und ließ sie niedersausen.

Es war ein großes Getreidefeld. Zu groß für einen Mann, und doch hatte ein Mann es bestellt.

Als er am Ende des ersten Arbeitstages nach Hause ging, hing die Sense ruhig über seiner Schulter, und in seinem Gesicht stand Verblüffung. Ein Weizenfeld wie dieses hatte er noch nie gesehen. Es reifte nur Flecken für Flecken, einer deutlich vom anderen getrennt. Das sollte bei Weizen eigentlich nicht so sein. Er erzählte Molly nichts davon. Auch von den anderen Dingen, die sich auf dem Feld zutrugen, sagte er ihr nichts. Davon, zum Beispiel, wie der frisch geschnittene Weizen in wenigen Stunden verfaulte. Auch das sollte bei Weizen nicht so sein. Er war nicht sehr beunruhigt. Denn zu essen war ja genug da.

Am nächsten Morgen war der Weizen, den er geschnitten und verfaulend zurückgelassen hatte, wieder angewachsen und trieb kleine grüne Sprößlinge mit winzigen Wurzeln, war neugeboren.

Drew Erickson kratzte sich am Kinn, fragte sich, was da vorginge und wie und warum, und was er davon habe – verkaufen konnte er es nicht. Ein paarmal am Tag ging er hinauf auf den Berg, wo das Grab des alten Mannes lag, nur um sich zu vergewissern, daß der alte Mann noch da war; vielleicht ahnte er auch, daß er dort eine Vorstellung davon bekommen könnte, was es mit dem Feld auf sich hatte. Er blickte hinunter und sah, wieviel Land er besaß. Das Weizenfeld erstreckte sich über drei Meilen in Längsrichtung auf die Berge zu und war weit über hundert Schritte breit, auf einigen Flecken junger Weizen, andere schon golden, die einen noch grün, andere gerade frisch abgemäht. Doch der alte Mann sagte nichts zu alledem; sein Gesicht war von Steinen und Erde bedeckt. Das Grab lag in der Sonne, im Wind, im Schweigen. Also ging Drew Erickson wieder hinab, um mit der Sense zu arbeiten, war neugierig, fand Gefallen an der

Arbeit, denn sie schien wichtig zu sein. Er wußte zwar nicht, warum, aber sie war wichtig. Sehr, sehr wichtig.

Er konnte den Weizen nicht einfach stehen lassen. Tag für Tag reiften neue Flecken, und er stellte Berechnungen an, sagte laut vor sich hin, an niemand Bestimmtes gewandt: »Wenn ich den Weizen die nächsten zehn Jahre lang genauso schnell abmähe, wie er reif wird, werde ich wohl kaum zweimal an die selbe Stelle kommen. So ein verdammt großes Feld.« Er schüttelte den Kopf. »Seltsam, wie dieser Weizen reift. Nie zuviel auf einmal, so daß ich jeden Tag alles reife Getreide mähen kann. Was stehen bleibt, ist noch grün. Und am nächsten Morgen ist tatsächlich wieder ein Fleck reif.«

Es war völlig unsinnig, das Getreide zu schneiden, wo es doch ebenso schnell, wie es fiel, auch verfaulte. Am Ende der Woche beschloß er, es ein paar Tage stehen zu lassen.

Er lag lange im Bett, lauschte nur der Stille im Haus, die keine Totenstille war, sondern eine Ruhe, wie sie zufriedenes, heiteres Leben hervorbringt.

Er stand auf, zog sich an und frühstückte gemächlich. Er machte sich nicht an seine Arbeit. Er ging hinaus, wollte Kühe melken, rauchte auf der Veranda eine Zigarette, spazierte ein wenig im Hof herum, kehrte schließlich ins Haus zurück und fragte Molly, wozu er eigentlich hinausgegangen sei.

»Um die Kühe zu melken«, sagte sie.

»Ach ja«, sagte er und ging wieder hinaus. Die Kühe warteten bereits mit vollen Eutern, und er melkte sie und stellte die Milchkannen in die Brunnenstube, doch mit den Gedanken war er anderswo. Beim Weizen. Bei der Sense.

Er saß den ganzen Morgen auf der Veranda hinter dem Haus und drehte Zigaretten. Er baute ein Spielzeugboot für den kleinen Drew und eines für Susie, schlug dann einen Teil der Milch zu Butter und goß die Buttermilch ab, doch in seinem Kopf war die Sonne und brannte schmerzhaft. Er hatte keinen Hunger, als es Zeit war fürs Mittagessen. Er blickte unverwandt auf den Weizen und sah zu, wie der Wind ihn bewegte, ihn hin und her wogen ließ. Seine Arme beugten sich, seine Finger, die er auf die Knie legte, als er wieder auf der Veranda saß, juckten und machten Greifbewegungen ins Leere. Seine Handballen juckten und brannten. Er stand auf, wischte die Hände an der Hose ab, setzte sich, versuchte, noch eine Zigarette zu drehen, kam mit der Tabakmischung nicht zurecht und warf murrend alles in die Ecke. Er fühlte sich, als wäre ihm ein dritter Arm abgeschnitten worden, oder als hätte er ein Teil von sich selbst verloren. Es hatte mit seinen Händen und seinen Armen zu tun.

Er hörte das Raunen des Windes im Feld.

Gegen eins ging er ständig ins Haus hinein und wieder hinaus, war sich selbst im Weg, dachte daran, einen Bewässerungsgraben auszuheben, doch die ganze Zeit drehten sich seine Gedanken um den Weizen, darum, wie seine Reife und Schönheit dazu drängten, ihn zu mähen.

»Hol's der Teufel!«

Er ging mit großen Schritten ins Schlafzimmer, nahm die Sense von der Wand. Er stand da und hielt sie in den Händen. Er war ganz ruhig. Seine Hände juckten nicht mehr. Die Kopfschmerzen waren weg. Sein dritter Arm war zurückgekehrt. Er war wieder komplett.

Es war eine Frage des Instinkts. Unlogisch, wie wenn ein Blitz trifft, ohne zu verletzen. Jeden Tag hatte er das Getreide zu mähen. Es mußte gemäht werden. Warum? Es mußte einfach sein, das war alles. Er lachte über die Sense in seinen großen Händen. Dann trug er sie pfeifend hinaus auf das reife, wartende Feld und tat seine Arbeit. Er hielt sich selbst für ein bißchen verrückt. Zum Teufel, das war doch schließlich ein ganz normales Weizenfeld, oder? Beinahe.

Die Tage verliefen in harmonischem Gleichmaß.

Drew Erickson wurde seine Arbeit zu einer Art quälendem Verlangen, zu etwas wie Hunger, zum Bedürfnis. Irgend etwas ging in seinem Kopf vor.

Eines Tages spielten Susie und Klein-Drew kichernd mit

der Sense, während ihr Vater in der Küche zu Mittag aß. Er hörte sie. Er kam heraus und nahm ihnen die Sense weg. Er schrie sie nicht an. Er schaute nur sehr besorgt und schloß die Sense von da an immer ein, wenn er sie nicht benutzte.

Es verging kein Tag, an dem er nicht übers Feld ging. Hoch. Nieder. Hoch, nieder und die nächste Reihe. Hoch und nieder und quer durch die Halme geschnitten. Hoch. Nieder.

Hoch.

Denk an den alten Mann und den Halm in seinen Händen, als er starb.

Nieder.

Denk an dies tote Land mit dem Weizen, der auf ihm lebt.

Hoch.

Denk an das verrückte Muster aus reifem und grünem Weizen, daran, wie er wächst!

Nieder.

Denk...

Der Weizen wirbelte als mächtige gelbe Flut um seine Knöchel. Der Himmel verdunkelte sich. Drew Erickson ließ die Sense fallen, beugte sich nach vorn und hielt sich den Magen, die Augen tränenblind. Die Welt taumelte.

»Ich habe jemanden getötet!« keuchte er, als würde er ersticken, griff sich an die Brust und fiel neben dem Sensenblatt auf die Knie. »Ich habe getötet, viele –«

Der Himmel drehte sich wie ein blaues Karussell auf dem Jahrmarkt in Kansas. Aber ohne Musik. Nur ein Klingeln in seinen Ohren.

Molly saß an dem blauen Küchentisch und schälte Kartoffeln, als er in die Küche gestürzt kam und dabei die Sense hinter sich herschleifte.

»Molly!«

Ihr Bild schwamm in seinen tränengefüllten Augen.

Sie saß da, mit offenen Händen, und wartete darauf, daß er endlich redete.

»Pack unsere Sachen!« sagte er und blickte zu Boden.

»Warum?«

»Wir gehen weg von hier«, sagte er stumpf.

»Weg?« fragte sie.

»Der alte Mann. Weißt du, was er hier gemacht hat? Es ist der Weizen, Molly, und diese Sense. Jedesmal, wenn man die Sense gebraucht, sterben Tausende von Menschen. Man mäht sie ab und –«

Molly erhob sich, legte das Messer und die Kartoffeln beiseite und sagte, voller Verständnis: »Wir sind viel herumgereist und haben nie gut gegessen bis auf den letzten Monat hier, und du hast Tag für Tag gearbeitet und bist müde –«

»Ich höre Stimmen, traurige Stimmen, da draußen im Weizen«, sagte er. »Sie sagen mir, ich soll aufhören, soll sie nicht töten!«

»Drew!«

Er hörte sie nicht. »Das Feld wächst ungleichmäßig, wild, ganz verrückt. Ich hab dir nichts davon erzählt. Aber da stimmt was nicht.«

Sie starrte ihn an. Seine Augen waren nur noch blaues Glas.

»Du hältst mich für verrückt«, sagte er, »aber warte, bis ich dir alles erzählt habe. O Gott, Molly, hilf mir; ich habe eben meine Mutter getötet!«

»Hör auf damit!« sagte sie mit fester Stimme.

»Ich habe einen Halm abgemäht und sie getötet. Ich spürte, wie sie starb, und so habe ich nun herausgefunden –«

»Drew!« Ihre Stimme klang jetzt verärgert und ängstlich, war wie ein Riß quer durchs Gesicht. »Halt den Mund!«

Er murmelte. »Oh – Molly –«

Die Sense rutschte ihm aus den Händen, fiel scheppernd auf den Boden. Sie hob sie mit einer ärgerlichen Bewegung auf und stellte sie in die Ecke. »Zehn Jahre sind wir schon verheiratet«, sagte sie. »Manchmal hatten wir nichts als Staub und Gebete zu kauen. Jetzt auf einmal all dies Glück, und du wirst nicht damit fertig!«

Sie holte die Bibel aus dem Wohnzimmer.

Sie ließ die Blätter durch die Finger gleiten. Das Geräusch ähnelte dem Rauschen des Weizens in leichtem, gemächlichem Wind. »Setz dich und hör zu«, sagte sie.

Ein Geräusch drang herein aus dem Sonnenschein. Die Kinder, sie lachten im Schatten der großen Eiche beim Haus.

Sie las aus der Bibel vor, ab und zu blickte sie auf, um zu sehen, was in Drews Gesicht vorging.

Sie las von nun an jeden Tag in der Bibel. Am Mittwoch darauf, eine Woche später, ging Drew den weiten Weg hinunter in die Stadt, um nachzusehen, ob Post da war; er bekam einen Brief.

Als er nach Hause kam, sah er aus, als sei er zweihundert Jahre alt.

Er hielt Molly den Brief hin und sagte ihr mit kalter, brüchiger Stimme, was darin stand.

»Mutter ist gestorben – Dienstag mittag um ein Uhr – ihr Herz –«

Drew Erickson sagte nur: »Setz die Kinder in den Wagen, pack ihn mit Essen voll. Wir fahren nach Kalifornien.«

»Drew –« sagte seine Frau, mit dem Brief in der Hand.

»Du weißt es selbst«, sagte er. »Dies ist kein guter Boden für Getreide. Und doch, schau nur, wie es wächst. Ich habe dir nicht alles erzählt. Es reift Fleck für Fleck, jeden Tag nur ein bißchen. Das ist nicht in Ordnung. Und wenn ich es mähe, verfault es. Und am nächsten Morgen kommen ganz von selbst neue Halme heraus, wächst es wieder. Letzten Dienstag, vor einer Woche, hatte ich beim Mähen ein Gefühl, als würde ich mir ins eigene Fleisch schneiden. Ich habe jemanden schreien hören. Es klang wie – Und dann, heute, dieser Brief.«

Sie sagte: »Wir bleiben hier.«

»Molly.«

»Wir bleiben hier, wo wir zu essen haben und ruhig schlafen können und ein anständiges und langes Leben führen können. Ich werde meine Kinder nicht wieder hungern lassen, nie mehr!«

Durch die Fenster sah man das Blau des Himmels. Das Sonnenlicht fiel herein, erfaßte eine Hälfte von Mollys ruhigem Gesicht, ließ ein Auge strahlend blau aufleuchten. Vier oder fünf Tropfen hingen glänzend am Wasserhahn und fielen langsam herunter, ehe Drew seufzte. Sein Seufzer klang heiser, resigniert und müde. Er nickte, sah sie dabei nicht an. »Na gut«, sagte er, »wir bleiben.«

Mit einer unsicheren Bewegung hob er die Sense auf. Die Worte im Metall sprangen ihm scharf funkelnd entgegen.

»*Wer mich in Händen hält – hat Macht über die Welt!*«

»Wir bleiben...«

Am nächsten Morgen ging er hinauf zum Grab des alten Mannes. Mitten darauf ein einzelner frischer Weizenhalm. Der gleiche Halm, wiedergeboren, den der alte Mann vor ein paar Wochen in den Händen gehalten hatte.

Er sprach zu dem alten Mann, eine Antwort erhielt er nicht.

»Du hast das Feld dein ganzes Leben lang bestellt, weil du es *mußtest*, und eines Tages trafst du auf dein eigenes Leben, das da wuchs. Du wußtest, daß es deines war. Du hast es geschnitten. Und bist nach Hause gegangen und hast deine Totenkleider angezogen, dein Herz setzte aus und du warst tot. So war es doch, oder? Und du hast das Land mir übergeben, und wenn ich sterbe, soll ich es jemand anderem übergeben.«

Drews Stimme war voll ehrfürchtiger Scheu. »Wie lange geht das schon so? Ohne daß jemand etwas von diesem Feld und seiner Bedeutung weiß, außer dem Mann mit der Sense...?«

Plötzlich fühlte er sich sehr alt. Das Tal schien uralt, einer Mumie gleich, geheimnisvoll, vertrocknet und gekrümmt und mächtig. Als die Indianer in der Prärie tanzten, war es schon dagewesen, dieses Feld. Derselbe Himmel, derselbe

Wind, derselbe Weizen. Und vor den Indianern? Irgendein knorriger, langhaariger Cro-Magnon-Mensch vielleicht, der eine primitive, hölzerne Sense schwang, mit ihr den wogenden Weizen durchschnitt...

Drew ging zurück an die Arbeit. Hoch, nieder. Hoch, nieder. Besessen von der Vorstellung, daß er es war, der *die* Sense schwang. Er, in seinen Händen! Es brach über ihn herein wie ein irres, wildes Wogen von Stärke und Entsetzen.

»Hoch! Wer mich in Händen hält! Nieder! Hat Macht über die Welt!«

Er brauchte so etwas wie eine Philosophie, um diese Arbeit akzeptieren zu können. Sie war eben eine Möglichkeit, seine Familie mit dem Lebensnotwendigen zu versorgen. Sie verdienten es, gut zu essen und anständig zu leben, dachte er, nach all den Jahren.

Hoch und nieder. Jeder Halm ein Leben, das er sauber in zwei Stücke teilte. Wenn er genau aufpaßte – er blickte über den Weizen hin – ja, dann konnten Molly und die Kinder ewig leben.

Hatte er erstmal die Stelle gefunden, wo das Getreide wuchs, das Molly und Susie und Klein-Drew war, so würde er dort niemals mähen.

Und dann kam es, wie ein Zeichen, ganz leise.

Da, direkt vor ihm.

Noch ein Streich mit der Sense, und er hätte sie weggemäht. Molly, Drew, Susie. Er war sicher. Zitternd kniete er nieder und betrachtete die wenigen Weizenkörner. Sie leuchteten auf, als er sie berührte.

Er stöhnte erleichtert auf. Wenn er es nun nicht gespürt, sie einfach abgemäht hätte? Er stieß einen tiefen Seufzer aus, stand auf, nahm die Sense, trat zurück von dem Weizen und stand, den Blick zu Boden gesenkt, lange da.

Molly fand es höchst ungewöhnlich, daß er ihr, als er früh nach Hause zurückkehrte, ohne besonderen Grund einen Kuß auf die Wange gab.

Beim Abendessen fragte Molly: »Du hast früh aufgehört, heute? Der Weizen, verfault er immer noch, sobald er geschnitten ist?«

Er nickte und nahm noch Fleisch.

Sie sagte: »Du solltest ans Landwirtschaftsministerium schreiben und jemanden herholen, der sich das anschaut.«

»Nein«, sagte er.

»War ja nur ein Vorschlag«, sagte sie.

Seine Augen weiteten sich. »Ich werde mein ganzes Leben lang hierbleiben müssen. Ich kann niemand anderen an den Weizen heranlassen; er wüßte nicht, wo er mähen kann und wo er es nicht darf. Er könnte die falschen Stellen erwischen.«

»Welche falsche Stellen?«

»Ach, nichts«, sagte er und kaute langsam. »Gar nichts.«

Er knallte die Gabel laut auf den Tisch. »Wer weiß, auf *was* für Ideen sie kämen! Diese Politiker! Vielleicht, – es könnte ihnen sogar einfallen, das ganze Feld umzupflügen!«

Molly nickte. »Genau das wäre nötig«, sagte sie. »Und dann ganz von vorne anfangen, mit neuem Samen.«

Er aß nicht zu Ende. »Ich werde an keine Regierung schreiben, und ich werde dieses Feld keinem Fremden zum Bestellen überlassen, und damit Schluß!« sagte er, und die Haustür knallte hinter ihm zu.

Er mied die Stelle, wo die Leben seiner Kinder und seiner Frau in der Sonne heranwuchsen und gebrauchte seine Sense am entlegenen Ende des Feldes, wo er sicher sein konnte, keine Fehler zu machen.

Aber seine Arbeit gefiel ihm jetzt nicht mehr. Nach einer Stunde wußte er, daß er drei guten alten Freunden den Tod gebracht hatte. Er sah ihre Namen in dem gemähten Korn und konnte nicht weiter machen.

Er sperrte die Sense im Keller ein und verwahrte den Schlüssel sorgsam. Er war fertig mit dem Mähen, jetzt war endgültig Schluß damit.

Am Abend rauchte er auf der Veranda seine Pfeife und erzählte den Kindern Geschichten, mit denen er sie zum Lachen bringen wollte. Aber sie lachten nicht viel. Sie wirkten verschlossen, müde und merkwürdig, als wären sie überhaupt nicht mehr seine Kinder.

Molly klagte über Kopfschmerzen, schlurfte ein wenig im Haus herum, ging früh zu Bett und fiel in tiefen Schlaf. Das war ebenfalls merkwürdig. Molly blieb sonst immer lange auf und war quicklebendig.

Das Weizenfeld wogte im Mondlicht wie ein Meer.

Es verlangte danach, gemäht zu werden. Einige Teile mußten *jetzt* gemäht werden. Drew Erickson saß da, schluckte leise, versuchte nicht hinzusehen.

Was würde geschehen mit der Welt, wenn er nie wieder hinaus aufs Feld ginge? Was würde mit den Menschen geschehen, die reif waren für den Tod, die auf den Streich der Sense warteten?

Er würde es abwarten.

Molly atmete ruhig, als er die Petroleumlampe ausblies und sich schlafen legte. Er konnte nicht einschlafen. Er hörte den Wind im Weizen, spürte den Hunger nach Arbeit in seinen Armen und Fingern.

Mitten in der Nacht fand er sich draußen auf dem Feld wieder, lief, die Sense in den Händen, durch den Weizen. Er lief wie ein Verrückter, lief, voller Angst, im Halbschlaf dahin. Er erinnerte sich nicht, wie er die Kellertür aufgesperrt und die Sense herausgeholt hatte, aber nun war er hier draußen und lief durch das Getreide.

Unter den Halmen gab es viele, die alt waren und müde, die sich so danach sehnten, zu schlafen. Nach dem langen, ruhigen, mondlosen Schlaf.

Die Sense hielt ihn, wuchs in seine Handflächen hinein, zwang ihn weiterzugehen.

Irgendwie gelang es ihm, unter großer Anstrengung, sich von ihr zu befreien. Er warf sie von sich, rannte davon, in den

Weizen hinein, blieb dort stehen und ließ sich auf die Knie fallen.

»Ich will niemanden mehr töten«, sagte er. »Wenn ich mit der Sense arbeite, werde ich Molly und die Kinder töten müssen. Das kann doch niemand von mir verlangen!«

Nur die Sterne standen strahlend am Himmel.

Hinter sich hörte er dumpfes Krachen.

Etwas schoß hoch über dem Hügel gen Himmel. Es war wie ein Lebewesen, mit roten Armen, die zu den Sternen emporzüngelten. Funken fielen ihm ins Gesicht. Dicker, heißer Feuergeruch kam mit ihnen.

Das Haus!

Mit einem Aufschrei erhob er sich, schwerfällig, ohne Hoffnung, und schaute auf das große Feuer.

Das kleine weiße Haus mit den Eichen davor war eine einzige wilde Feuerblüte, die sich brüllend in den Himmel erhob. Eine Hitzewelle rollte über den Hügel, und er schwamm darin und ging darin unter, stolperte, ertrank darin.

Als er unten ankam, gab es dort keine Schindel, keinen Riegel, keine Schwelle mehr, die nicht in Flammen stand. Überall brutzelte, knisterte, prasselte es.

Kein Hilferuf von drinnen. Niemand rannte umher oder schrie.

Er brüllte über den Hof: »Molly! Susie! Drew!«

Er bekam keine Antwort. Er ging näher heran, bis seine Augenbrauen ausdörrten und sich seine Haut vor Hitze wellte, wie Papier, das sich knisternd zu kleinen Locken kräuselt.

»Molly! Susie!«

Das Feuer ließ sich zufrieden über seiner Beute nieder. Drew rannte ganz allein ein dutzend Mal um das Haus herum und suchte eine Möglichkeit, hineinzukommen. Dann setzte er sich, wo das Feuer seinen Körper röstete, hin und wartete, bis sich die letzten Zimmerdecken durchbogen und die Böden mit geschmolzenem Putz und angesengtem Lattenwerk bedeckten. Bis die Flammen erstarben und Rauch emporpuffte und der neue Tag langsam anbrach; und nichts war um ihn als schwelende Trümmer und beißender Rauch.

Ohne Rücksicht auf die Hitze, die die kreuz und quer liegenden Balken ausstrahlten, ging Drew in die Ruine hinein. Es war noch zu dunkel, um viel zu sehen. Rotes Licht glühte auf seiner schweißbedeckten Kehle. Er stand da wie ein Fremder in einem neuen, andersartigen Land. Da – die Kühe. Verkohlte Tische, Stühle, der eiserne Herd, die Schränke. Da – die Diele. Da das Wohnzimmer, und da drüben war das Schlafzimmer, wo –

Wo Molly noch am Leben war.

Sie schlief zwischen herabgefallenen Balken und zornigrot verfärbten Metallteilen und Sprungfedern.

Sie schlief, als wäre überhaupt nichts passiert. Die kleinen weißen Hände, mit Funken bedeckt, lagen neben dem Körper. Ihr ruhiges Gesicht lag schlafend da, mit einer lodernden Latte über einer Wange.

Drew blieb stehen und glaubte den eigenen Augen nicht. In den qualmenden Trümmern ihres Schlafzimmers lag sie auf einem glitzernden Bett von Funken, ihre Haut unverletzt, die Brust hob und senkte sich, sie atmete.

»Molly!«

Sie lebte und schlief nach diesem Feuer, nachdem die Wände krachend eingefallen, nachdem Zimmerdecken auf sie heruntergestürzt waren, und rings umher Flammen gezüngelt hatten.

Seine Schuhe rauchten, als er sich durch Haufen von qualmenden Trümmern kämpfte. Es hätte ihm die Füße bis zu den Knöcheln wegbrennen können, er hätte es nicht bemerkt.

»Molly...«

Er beugte sich über sie. Sie rührte sich nicht, sie hörte ihn nicht, sie sagte nichts. Sie war nicht tot. Sie war nicht lebendig. Sie lag einfach da mit dem Feuer rings umher, das sie nicht berührte, ihr kein Leid antat. Ihr Baumwollnachthemd war voller Asche, aber nicht verbrannt. Ihr braunes Haar war auf einen Haufen rotglühender Kohlen gebettet.

Er berührte ihre Wange, und sie war kalt, kalt inmitten des Höllenfeuers. Winzige Atemzüge ließen ihre scheu lächelnden Lippen zittern.

Auch die Kinder waren da. Durch einen Rauchschleier sah er zwei kleine Gestalten, die, in die Asche gekuschelt, schliefen. Er trug sie alle hinaus an den Rand des Weizenfeldes.

»Molly. Molly, wach auf! Kinder, wacht auf!«

Sie atmeten, rührten sich nicht und schliefen weiter.

»Kinder, wacht auf! Eure Mutter ist –«

Tot? Nein, nicht tot, aber –

Er rüttelte die Kinder, als wäre es ihre Schuld. Sie beachteten ihn nicht; sie waren mit ihren Träumen beschäftigt. Er ließ sie wieder zu Boden gleiten und stand über ihnen, sein Gesicht von Falten durchfurcht.

Er wußte, warum sie das Feuer durchschlafen hatten und warum sie noch immer schliefen. Er wußte, warum Molly einfach so dalag und nie wieder das Bedürfnis haben würde, zu lachen.

Die Macht des Weizens und der Sense.

Ihr Leben, das gestern, am 30. Mai 1938, enden sollte, war nur dadurch verlängert worden, daß er sich weigerte, das Korn zu mähen. Sie hätten im Feuer umkommen sollen. So hätte es sein sollen. Aber da er die Sense nicht gebraucht hatte, konnte nichts ihnen etwas anhaben. Ein Haus war in Flammen aufgegangen und in sich zusammengestürzt, und sie lebten noch, auf halbem Weg gefangen, nicht tot, nicht lebendig. Sie – warteten. Und in der ganzen Welt gab es Tausende wie sie, Opfer eines Unfalls, eines Brandes, einer Krankheit, eines Selbstmords, die warteten, schliefen, genauso wie Molly und ihre Kinder schliefen. Die nicht sterben, aber auch nicht leben konnten. All das, weil ein Mann Angst davor hatte, das reife Getreide zu ernten. All das, weil ein Mann dachte, er könne aufhören, die Sense zu gebrauchen und sie nie wieder in die Hände zu nehmen.

Er sah hinab auf die Kinder. Die Arbeit mußte getan werden, Tag für Tag, ohne Halt, er mußte immer weiter machen, ohne Pause, ein immerwährendes Ernten, für immer und ewig.

Gut, dachte er. In Ordnung. Ich werde die Sense gebrauchen.

Er nahm nicht Abschied von seiner Familie. Er kehrte voll langsam anwachsender Wut um, fand die Sense und ging schnell, begann dann zu laufen, rannte schließlich mit langen, ruckartigen Schritten auf das Feld, wie im Wahn, spürte den Hunger in den Armen, als der Weizen gegen seine Beine schlug. Er stampfte schreiend hindurch. Er blieb stehen.

»Molly!« brüllte er und hob das Blatt und ließ es niederfahren.

»Susie!« brüllte er. »Drew!« Und wieder fuhr die Sense herab.

Jemand schrie. Er drehte sich nicht um nach dem niedergebrannten Haus.

Und dann, unter wildem Schluchzen, reckte er sich wieder und wieder über das Getreide empor und mähte links und rechts und links und rechts. Wieder und wieder und wieder! Schnitt tiefe Narben im grünen Weizen und im reifen, ohne auszuwählen, gleichgültig schimpfend, wieder und wieder, fluchend, lachend, schwang das Sensenblatt hoch in der Sonne und ließ es mit einem singendem Pfeifen durchs Sonnenlicht fallen! Nieder!

Bomben zertrümmerten London, Moskau, Tokio.

Irrsinn schwang das Sensenblatt.

Und die Öfen von Bergen-Belsen und Buchenwald flammten auf.

Das Blatt sang, blutrot.

Und Pilze spieen blinde Sonnen aus in White Sands, Hiroshima, Bikini, und hoch in den weiten sibirischen Himmel.

Und die Weizenkörner weinten als grüner Regen herab.

Korea, Indochina, Ägypten, Indien erbebten; Asien regte sich, Afrika erwachte in der Nacht...

Und das Sensenblatt fuhr immer wieder in die Höhe, stürzte krachend herab und mähte alles nieder, geführt von der rasenden Wut eines Mannes, der verloren hat, der so viel verloren hat, daß es ihm gleichgültig geworden ist, was er der Welt antut.

Nur wenige Meilen abseits von einem großen Highway, eine holperige, unbefestigte Straße entlang, die nirgendwohin führt, nur wenige Meilen von einem Highway entfernt, auf dem sich lange Autoschlangen nach Kalifornien wälzen.

Hin und wieder – in all den Jahren – verläßt jemand in einer alten Klapperkiste den Highway, hält dampfend vor den verkohlten Überresten eines kleinen weißen Hauses am Ende der unbefestigten Straße, um den Farmer nach dem Weg zu fragen, den, der gleich dort drüben arbeitet, wild, wie ein Wahnsinniger, ohne jede Pause, Tag und Nacht, in den endlosen Weizenfeldern.

Doch keiner bekommt Antwort oder Hilfe. Der Farmer auf dem Feld ist zu beschäftigt, auch noch nach all den Jahren; zu beschäftigt damit, den Weizen zu mähen, ihn abzuschneiden, den grünen anstatt des reifen.

Und Drew Erickson schreitet voran mit der Sense, in seinen Augen, die keinen Schlaf kennen, das Licht blinder Sonnen und ein Blick voll weißen Feuers, weiter und weiter und weiter...

Onkel Einar

Es dauert nur eine Minute«, meinte Onkel Einars süße kleine Frau.

»Ich will nicht, und das dauert nicht mal eine *Sekunde.*«

»Ich habe den ganzen Morgen gearbeitet«, sagte sie und hielt sich den schlanken Rücken, »und du willst mir nicht helfen? Es kann jeden Augenblick anfangen zu regnen.«

»Und wenn schon«, rief er mißmutig. »Ich laß mich nicht vom Blitz erschlagen, nur um deine Wäsche zu trocknen.«

»Aber wenn du's machst, geht's viel schneller.«

»Nein, ich denk nicht dran!« Seine Flügel, groß wie Zeltplanen, summten nervös hinter seinem entrüsteten Rücken.

Sie gab ihm eine dünne Leine, an der ein paar Dutzend frisch gewaschene Kleidungsstücke hingen. Widerwillig drehte er sie zwischen den Fingern. »So weit ist es also gekommen«, murrte er verdrossen. »So weit.« Beinahe hätte er zornige, bittere Tränen vergossen.

»Fang bloß nicht an zu heulen; du machst mir die Wäsche wieder triefend naß«, sagte sie. »Auf jetzt, los, laß sie wehen.«

»Laß sie wehen.« Seine Stimme klang leer, dunkel, zutiefst verletzt. »Soll's doch donnern, soll's doch gießen, von mir aus!«

»Wenn heute ein schöner, sonniger Tag wäre, würde ich dich nicht darum bitten«, erklärte sie nüchtern. »Wenn du mir nicht hilfst, war die ganze Wäscherei umsonst. Die Sachen werden im Haus rumhängen –«

Das *wirkte.* Wenn er etwas haßte, dann Wäsche, die wie Fahnen oder Girlanden im Zimmer herumhing, so daß man ständig unter ihr durchkriechen mußte. Er sprang auf. Seine großen grünen Flügel dröhnten. »Aber nur bis zum Weidezaun!«

Ein Wirbeln: er sprang hoch, seine Flügel kauten und liebkosten die kühle Luft. Ehe man sagen konnte »Onkel Einar hat grüne Flügel«, segelte er bereits tief über die Felder dahin, zog die Wäsche in einer langen, flatternden Schleife hinter sich her, durch den hämmernden Schlag und den Sog seiner Flügel!

»Fang!«

Wieder zurück, ließ er die knochentrockene Wäsche herabsegeln auf ein paar saubere Decken, die sie für die Landung ausgebreitet hatte.

»Danke!« rief sie.

»Ach«, stieß er hervor und flog davon unter den Apfelbaum, um dort vor sich hin zu brüten.

Onkel Einars wunderschöne seidige Flügel hingen wie meergrüne Segel an seinem Rücken und surrten und säuselten hinter ihm, wenn er nieste oder sich schnell umdrehte. Er war einer der wenigen in der Familie, deren Begabung sichtbar war. All seine dunklen Vettern und Neffen und Brüder, die in kleinen Städten überall auf der Welt unerkannt lebten, taten mit ihrem Geist Dinge, die niemand sehen konnte, oder gebrauchten ihre Hexenfinger oder weißen Zähne, jagten über den Himmel wie feurige Blätter oder durchstreiften wie Wölfe im silbrigen Mondlicht Wälder. Sie alle lebten verhältnismäßig sicher vor normalen Menschen. Nicht jedoch ein Mann mit großen grünen Flügeln.

Nicht, daß er seine Flügel haßte. Weit gefehlt! In seiner Jugend war er immer nachts geflogen, dunkle Nächte waren einfach ideal für Männer mit Flügeln. Das Tageslicht barg Gefahren, das war immer so gewesen und würde auch immer so bleiben; aber nachts, ah, nachts war er über Wolkeninseln hinweg durch das Meer des Sommerhimmels geflogen. Ohne daß ihm irgendeine Gefahr gedroht hätte. Er hatte sich begeistert hinaufgeschwungen, hatte es in vollen Zügen genossen.

Doch jetzt konnte er nicht mehr nachts fliegen.

Vor ein paar Jahren hatte er bei einem Familientreffen in Mellin Town, Illinois, zuviel von dem schweren, blutroten Wein getrunken. »Wird schon gehen«, hatte er sich unsicher gesagt, als er sich auf den langen Heimweg machte, zu einem hohen Gebirgspaß in Europa, als er dahinflog unter den morgendlichen Sternen, über die Hügellandschaft rund um Mellin Town, die träumend im Mondlicht lag. Und dann – ein Schlag aus dem Himmel –

Ein Hochspannungsmast.

Wie eine Ente, die im Netz zappelt! Ein lautes Zischen! Das Gesicht geschwärzt von den blauen Funken, die vom Draht wegsprühten, schnellte er mit einem gewaltigen Flügelschlag von der Stromleitung zurück und stürzte ab.

Sein Aufprall auf der vom Mondlicht beschienenen Wiese unter dem Mast klang, als wäre ein dickes Telefonbuch vom Himmel gefallen.

Ganz früh am nächsten Morgen schüttelte er heftig seine vom Tau durchnäßten Flügel und stand auf. Es war noch dunkel. Im Osten erschien ein schmaler heller Streifen am Horizont. Bald würde sich dieser Streifen verfärben, breiter werden, und dann konnte er nicht mehr weiterfliegen. Er konnte nur noch im Wald Schutz suchen und den Tag über im tiefsten Dickicht abwarten, bis erneut die Nacht hereinbrach, und er sich wieder unbeobachtet in die Lüfte schwingen konnte.

So lernte er seine Frau kennen.

An diesem Tag, der für einen ersten November in Illinois recht warm war, hatte sich die junge hübsche Brunilla Wexley auf die Suche nach einer verlorengegangenen Kuh gemacht; sie trug einen silbern glänzenden Melkeimer in der Hand, als sie sich einen Weg durchs Dickicht bahnte und die unsichtbare Kuh bat, doch bitte nach Hause zu kommen, ihr schlau damit drohte, daß ihr sonst das Euter platzen würde. Es störte Brunilla Wexley wenig, daß die Kuh sicherlich von allein nach Hause kommen würde, wenn sie wirklich gemolken werden mußte. Es war ein guter Vorwand, um den Wald durchstreifen, Distelsamen in die Luft blasen und auf Blumenstengeln kauen zu können; mit all dem war Brunilla beschäftigt, als sie auf Onkel Einar stieß.

Wie er so dalag, schlafend neben einem Busch, sah er aus wie ein Mann unter einer Plane.

»Oh«, sagte Brunilla aufgeregt. »Ein Mann. In einem Zelt.«

Onkel Einar wachte auf. Das Zelt breitete sich hinter ihm aus wie ein großer grüner Fächer.

»Oh«, sagte Brunilla, die doch eine Kuh gesucht hatte. »Ein Mann mit Flügeln.«

So nahm sie das Ganze auf. Gut, sie war überrascht, aber da ihr im ganzen Leben noch nichts Böses widerfahren war, hatte sie vor niemandem Angst, und es war doch eine tolle Sache, einen Mann mit Flügeln zu sehen, und sie war stolz darauf, ihn getroffen zu haben. Sie begann zu reden. Nach einer Stunde waren sie alte Freunde, und nach zwei Stunden hatte sie fast vergessen, daß er Flügel hatte. Und dann gestand er ihr auch, wie er in diesen Wald geraten war.

»Ja, mir ist schon aufgefallen, daß du mitgenommen aussiehst«, sagte sie. »Dein rechter Flügel sieht wirklich schlimm aus. Am besten, ich nehm dich mit nach Hause und pfleg ihn gesund. So kannst du bestimmt nicht den ganzen Weg nach Europa fliegen. Und wer will in diesen Zeiten schon in Europa leben?«

Er dankte ihr, aber er meinte, daß er das nicht annehmen könne.

»Aber ich lebe alleine«, sagte sie. »Denn, wie du siehst, bin ich ziemlich häßlich.«

Er beteuerte, daß das keinesfalls so sei.

»Wie nett von dir«, entgegnete sie. »Aber ich bin's nun

mal. Da mach ich mir nichts vor. Meine Verwandten sind tot, ich hab eine große Farm, ganz für mich allein, ziemlich weit weg von Mellin Town, und ich brauche Gesellschaft.«

Ob sie denn keine Angst vor ihm habe, fragte er.

Ach was, sie sei eher stolz und eifersüchtig, meinte sie. *Darf* ich mal? Und sie streichelte seine großen, grünen, dünnhäutigen Schleier, behutsam und voll Neid. Er erschauderte bei der Berührung und biß sich auf die Zunge. So gab es keine andere Möglichkeit, als daß er mit zu ihr ging, wegen der Medikamente und Salben, und dann, mein Gott, hatte er ja eine tiefe Brandwunde im Gesicht, direkt unter den Augen! »Du kannst von Glück sagen, daß du nicht blind bist«, sagte sie. »Wie ist das bloß passiert?«

»Also...«, begann er, und dann waren sie schon da, hatten kaum bemerkt, daß sie eine ganze Meile gelaufen waren und sich die ganze Zeit angesehen hatten.

Ein Tag verging und noch einer, und er bedankte sich auf der Türschwelle, sagte, er müsse jetzt gehen, und das mit der Salbe, der Pflege und der Gastfreundschaft sei wirklich sehr lieb gewesen. Es dämmere bereits, es sei schon sechs Uhr, und bis morgen früh um fünf müsse er einen Ozean und einen Kontinent überqueren. »Ich danke dir, auf Wiedersehen«, sagte er, schwang sich hinauf in die Abenddämmerung und flog mitten in einen Ahornbaum.

»Oh!« schrie sie auf und rannte zu dem Bewußtlosen hin.

Als er nach einer Stunde wieder aufwachte, war ihm klar, daß er nie wieder im Dunkeln fliegen würde; sein gutes nächtliches Orientierungsvermögen war weg. Seine geflügelte Wahrnehmungsfähigkeit, die ihn gewarnt hatte, wenn ihm Masten, Bäume, Häuser und Hügel im Weg standen, das feine, klare Seh- und Orientierungsvermögen, das ihn durch Labyrinthe von Felsen, Wäldern und Wolken geführt hatte – all das war ihm durch diesen Schlag ins Gesicht, dieses elektrische Brutzeln und Schmoren ausgebrannt.

»Oje«, stöhnte er leise. »Wie komme ich jetzt nach

Europa? Wenn ich bei Tag fliege, werde ich gesehen und vielleicht abgeschossen, das wär doch ein übler Scherz! Oder man steckt mich in einen Zoo, was wäre *das* für ein Leben! Brunilla, sag mir, was soll ich nur tun?«

»Oh«, flüsterte sie und sah auf ihre Hände. »Uns wird schon was einfallen...«

Sie heirateten.

Die ganze Familie kam zur Hochzeit. In einer großen, herbstlichen Lawine von Ahorn-, Platanen-, Eichen- und Ulmenblättern zischten und raschelten sie herbei, fielen in einem Kastanienschauer herab, plumpsten wie Winteräpfel auf die Erde, trugen im Wind, den sie aufwirbelten, den durchdringenden Duft von Astern heran. Die Zeremonie ging schnell vorüber, es war, als ob man eine schwarze Kerze anzündet, wieder ausbläst, und der Rauch noch in der Luft hängt. Es entging Brunilla, wie kurz, düster und sonderbar verkehrt das Ganze ablief; sie lauschte nur Onkel Einars mächtigen Flügeln, die leise über ihnen rauschten, als sie den Ritus beendeten. Und Onkel Einar, dessen Wunde im Gesicht fast verheilt war, hielt Brunillas Arm und spürte, wie Europa verblaßte und in der Ferne dahinschmolz.

Er brauchte nicht besonders gut sehen zu können, wenn er sich nur auf dem kürzesten Weg hinaufschwingen und wieder herabgleiten wollte. Und natürlich ließ sich Brunilla in dieser Nacht, ihrer Hochzeitsnacht, in seine Arme fallen, und er flog mit ihr hoch in den Himmel.

Fünf Meilen entfernt schaute ein Farmer um Mitternacht hinauf zu einer niedrig dahinziehenden Wolke, sah ein schwaches Glühen und Zucken.

»Wetterleuchten«, bemerkte er und ging zu Bett.

Sie blieben oben bis zum Morgen, schwebten erst mit dem Tau wieder herab.

Es war eine gute Ehe. Sie brauchte ihn nur anzuschauen, und schon war sie bester Laune bei dem Gedanken, daß sie die einzige auf der Welt war, die einen Mann mit Flügeln

hatte. »Welche andere Frau könnte das von sich behaupten?«
fragte sie ihren Spiegel. Und die Antwort lautete: »Keine!«

Er wiederum entdeckte hinter ihrem Gesicht überwälti-
gende Schönheit, große Güte und tiefes Verständnis. Er paßte
seine Eßgewohnheiten ihren Vorstellungen an, und im Haus
war er vorsichtig mit seinen Flügeln; weil er wußte, daß
zerschlagenes Porzellan und zerbrochene Lampen leicht dazu
führen, daß der Haussegen schief hängt, hielt er sich davon
fern. Er änderte seine Schlafgewohnheiten, weil er jetzt
sowieso nicht mehr nachts fliegen konnte. Sie richtete dafür
die Stühle so her, daß sie für seine Flügel bequem waren,
sorgte dafür, daß sie, wo nötig, etwas weicher gepolstert
waren, an anderen Stellen dagegen härter. Und was sie zu ihm
sagte, war genau das, wofür er sie liebte. »Wir stecken alle in
Kokons. Siehst du nicht, wie häßlich ich bin?« sagte sie.
»Aber eines Tages werde ich ihn abstreifen und Flügel
ausbreiten, genauso schön und ansehnlich wie deine.«

»Du hast ihn längst abgestreift«, entgegnete er.

Sie dachte nach. »Ja«, gab sie zu. »Ich weiß sogar, an
welchem Tag das war. Im Wald, als ich eine Kuh suchte und
ein Zelt fand!« Sie lachten, und während er sie in den Armen
hielt, fühlte sie sich wunderschön, wußte, daß ihre Ehe sie
von ihrer Häßlichkeit befreit, sie aus ihr herausgerissen hatte
wie ein glänzendes Schwert aus der Scheide.

Sie bekamen Kinder. Anfangs fürchtete er, daß sie Flügel
haben könnten.

Sie dagegen meinte: »Unsinn, ich fände das herrlich. Dann
würden sie mir wenigstens nicht zwischen den Beinen rum-
laufen.«

»Dafür«, rief er aus, »hättest du sie dann in den Haaren!«

»Autsch!« rief sie.

Sie gebar vier Kinder, drei Jungen und ein Mädchen, die
alle so voller Energie steckten, daß es schien, als hätten sie
Flügel. Sie schossen hoch wie Pilze, und bereits nach wenigen
Jahren baten sie ihren Vater an heißen Sommertagen, sich zu

ihnen unter den Apfelbaum zu setzen, ihnen mit seinen Flügeln kühle Luft zuzufächeln, ihnen Geschichten zu erzählen, in denen das Licht der Sterne funkelte, Geschichten von Wolkeninseln und Himmelsmeeren, voll von Nebel und Wind, und fragten ihn, wie ein Stern schmecke, wenn er im Mund zergeht, wie man kalte Bergluft trinke, wie es sich anfühle, als Kieselstein vom Mount Everest herabzufallen, sich dann in eine grüne Blüte zu verwandeln und, kurz bevor man am Boden aufschlug, seine Flügel erblühen zu lassen!

Das war seine Ehe.

Und heute, sechs Jahre später, saß Onkel Einar da, saß er griesgrämig unter dem Apfelbaum, war ungeduldig und unfreundlich geworden; nicht weil er so werden wollte, sondern weil er nach all den Jahren des Wartens noch immer nicht wieder in den stürmischen Nachthimmel hinauffliegen konnte; sein verlorengegangener Sinn war nie zurückgekehrt. Da saß er nun, niedergeschlagen, nur ein grüner Sonnenschirm, ausrangiert, nicht benutzt in dieser Jahreszeit von den sorglosen Urlaubern, die einst in seinem durchsichtigen Schatten Zuflucht gesucht hatten. Mußte er nun für immer hier sitzen, voller Angst davor, bei Tag zu fliegen, weil ihn jemand sehen könnte? Würde er seine Flügel nur noch brauchen, um für seine Frau Wäsche zu trocknen oder seinen Kindern an heißen Augusttagen Luft zuzufächeln? Es war immer seine Aufgabe gewesen, für die Familie Botenflüge zu erledigen, schneller als der Wind. Wie ein Bumerang war er über Berg und Tal gezischt, wie eine Feder gelandet. Geld hatte er immer genug gehabt; die Familie konnte ihren Mann mit Flügeln gut gebrauchen! Doch jetzt? Verbitterung! Seine Flügel flatterten nervös, wirbelten Luft auf, erzeugten ein dumpfes Grollen.

»Papa«, sagte die kleine Meg.

Die Kinder standen vor ihm und schauten auf sein gedankenversunkenes Gesicht.

»Papa«, sagte Ronald. »Mach noch mehr Donner!«

»Heute ist ein kalter Märztag, und gleich gibt's Regen und genug Donner«, erwiderte Onkel Einar.

»Kommst du und guckst uns zu?« fragte Michael.

»Los, gehen wir! Laßt Papa grübeln!«

Er fand keinen Zugang zur Liebe, zu den Kindern der Liebe, zur Liebe der Kinder. Er dachte nur an Himmel, Horizont, unendliche Weiten, bei Nacht oder bei Tag, im Licht der Sterne, des Mondes oder der Sonne, bewölkt oder klar, immer waren Himmel, Horizont, unendliche Weiten das ferne Ziel, wenn man sich hinaufschwang. Er aber war hier unten, flatterte im Tiefflug über der Weide herum, aus Angst davor, gesehen zu werden.

Welch elendes Leben in einem tiefen Brunnenschacht!

»Papa, komm doch mit!« rief Meg. »Es ist März, und wir gehen mit den Kindern aus der Stadt zum Hügel.«

Onkel Einar brummte: »Zu welchem Hügel?«

»Zum Drachenhügel natürlich!« antworteten sie im Chor.

Jetzt sah er sie an.

Jedes der Kinder hatte einen großen Papierdrachen, die Gesichter schwitzten vor gespannter Erregung, glühten vor Feuereifer. Jedes von ihnen hielt ein Knäuel weiße Drachenschnur in den kleinen Händen. An den roten, blauen, gelben, grünen Drachen hingen Schwänze mit Stoffstreifen aus Baumwolle und Seide.

»Wir lassen unsere Drachen steigen!« sagte Ronald. »Komm doch mit!«

»Nein«, erwiderte er traurig. »Wenn mich jemand sieht, gibt es Ärger.«

»Du könntest dich im Wald verstecken und uns von dort aus zugucken«, schlug Meg vor. »Wir haben die Drachen selbst gebaut. Wir wissen ja, wie das geht.«

»Woher wißt ihr das?«

»Du bist doch unser Vater!« antworteten sie wie aus der Pistole geschossen. »Darum!«

Eine ganze Weile schaute er seine Kinder an. Er seufzte. »Ein Drachenwettbewerb also?«

»Ja, Papa!«

»Und ich werde gewinnen«, sagte Meg.

»Nein, *ich!*« widersprach Michael.

»Ich, *ich!*« piepste Stephen.

»Potzblitz!« brüllte Onkel Einar und sprang mit einem ohrenbetäubenden Trommelwirbel seiner Flügel hoch. »Kinder! Kinder, wie hab ich euch lieb!«

»Was ist denn, Vater?« fragte Michael und trat einen Schritt zurück.

»Nichts. Gar nichts!« jubelte Einar. Er holte mit seinen Flügeln zu einem großen, gewaltigen Schlag aus. Wumm! Wie zwei Becken knallten sie zusammen. Die Kinder fielen in dem Luftwirbel zu Boden! »Ich hab's, ich *hab's*, ich bin wieder frei! Feuer im Kamin! Eine Feder im Wind! Brunilla!« rief Einar zum Haus hinüber. Seine Frau kam heraus. »Ich bin frei!« rief er, das Gesicht rot vor Aufregung, hochgereckt auf die Zehenspitzen. »Hör doch, Brunilla, ich brauche die Nacht nicht mehr! Ich kann am Tag fliegen! Ich brauch die Nacht nicht! Von jetzt ab werde ich fliegen, wann immer ich Lust habe! – aber was soll das Gerede, ich verschwende ja nur meine Zeit. Schau!«

Und seine Familie sah erstaunt zu, wie er den Stoffschwanz von einem der kleinen Drachen packte, ihn hinten an seinem Gürtel befestigte, das Schnurknäuel aufhob, sich ein Ende der Schnur zwischen die Zähne klemmte, das andere einem seiner Kinder in die Hand drückte, und los ging es, hoch in die Luft, hinauf in den Märzwind!

Die Kinder rannten dahin, über Wiesen und Felder, ließen ihn höher hinaufsteigen in den taghellen Himmel, hüpften und stolperten, und Brunilla stand vor dem Haus auf dem Hof, winkte und lachte bei dem Anblick, der sich ihr bot; ihre Kinder marschierten zu dem fernen Drachenhügel, blieben dann alle vier stehen, hielten die Drachenschnur in den eifrigen, stolzen Händen, jedes von ihnen zerrte und lenkte und zog. Die Kinder aus Mellin Town kamen mit *ihren* kleinen Drachen angerannt und wollten sie steigen lassen, sahen den großen grünen Drachen am Himmel hüpfen und tanzen und riefen:

»Oh, ein schöner Drachen! Ein toller Drachen! So einen Drachen möcht ich auch! Wo habt ihr den her?«

»Den hat Papa gemacht!« riefen Meg und Michael und Stephen und Ronald und zerrten aufgeregt an der Drachen-schnur, und der summende, donnernde Drachen droben am Himmel senkte sich ein wenig, stieg wieder hoch und zeich-nete ein riesiges, magisches Ausrufezeichen quer über eine Wolke.

Der Wind

Es war halb sechs Uhr abends, als das Telefon klingelte. Man schrieb Dezember, und es war längst dunkel, als Thompson den Hörer abnahm.

»Hallo.«

»Hallo, *Herb*?«

»Ach, du bist's Allin.«

»Ist deine Frau zu Hause, Herb?«

»Klar. Warum?«

»Mist!«

Der Hörer lag ruhig in Herb Thompsons Hand. »Was ist los? Du klingst merkwürdig.«

»Ich wollte dich bitten rüberzukommen.«

»Wir kriegen Besuch.«

»Ich hätte dich gern hiergehabt, heute nacht. Wann fährt deine Frau weg?«

»Nächste Woche«, antwortete Thompson. »Ihre Mutter ist krank. Sie bleibt ungefähr neun Tage in Ohio. Dann komm ich bei dir vorbei.«

»Wenn du doch heute nacht kommen könntest.«

»Ich wäre gern gekommen. Aber mit dem Besuch und so, meine Frau würde mich umbringen.«

»Wenn du bloß kommen könntest!«

»Was ist denn? Wieder der Wind?«

»Ach was. Nein, nein.«

»Ist es der Wind?« fragte Thompson.

Die Stimme im Telefon stockte. »Ja. Ja, der Wind.«

»Wir haben eine klare Nacht, kaum ein Lüftchen.«

»Hier weht's ganz schön. Kommt durchs Fenster und bläht die Vorhänge. Gerade soviel, daß ich Bescheid weiß.«

»Warum kommst du nicht einfach zu uns und übernachtest hier?« fragte Herb Thompson und ließ den Blick durch die hellerleuchtete Diele gleiten.

»Nein, nein. Dazu ist es zu spät. Er könnte mich unterwegs erwischen. Es ist verdammt weit. Das würde ich mich nicht trauen, aber trotzdem vielen Dank. Es sind dreißig Meilen, aber danke für das Angebot.«

»Nimm eine Schlaftablette.«

»Seit einer Stunde stehe ich jetzt in der Haustür, Herb. Ich sehe, wie es sich im Westen zusammenbraut. Da stehen ein paar Wolken am Himmel, und ich habe gesehen, wie eine von ihnen aufgerissen ist. Es kommt Wind auf, ja, wirklich.«

»Also, du nimmst jetzt schön eine Schlaftablette. Und ruf mich an, wann immer dir danach ist. Auch noch spät am Abend, wenn du willst.«

»Jederzeit?« fragte die Stimme im Telefon.

»Klar.«

»Na gut, ach, wenn du bloß rauskommen könntest. Aber andererseits möchte ich auch nicht, daß er dich erwischt. Du bist mein bester Freund, und ich möchte nicht, daß dir etwas passiert. Es ist vielleicht am besten, wenn ich allein damit fertig werde. Tut mir leid, daß ich damit immer zu dir komme.«

»Also hör mal, wozu hat man denn Freunde? Weißt du, was du machst? Du setzt dich hin und erledigst heute abend ein paar Schreibarbeiten«, sagte Herb Thompson und trat dabei von einem Bein aufs andere. »Du wirst den Himalaja und das Tal der Winde und deine Angst vor Stürmen und Orkanen vergessen. Schreib ein Kapitel von deinem nächsten Reisebericht fertig.«

»Das könnte ich machen. Vielleicht, ich weiß nicht. Vielleicht mach ich's so. Mal sehen. Vielen Dank, daß du dir das alles angehört hast.«

»Schon gut. Jetzt müssen wir aber Schluß machen. Meine Frau ruft mich zum Essen.«

Herb Thompson hängte ein.

Er ging ins Eßzimmer und setzte sich seiner Frau gegenüber an den gedeckten Tisch. »War das Allin?« fragte sie. Er nickte. »Der und seine Winde, warme Winde und kalte Winde, Winde, die hin- und Winde die herwehen«, sagte sie und reichte ihm seinen vollgehäuften Teller.

»Alles, weil er damals im Himalaja war, während des Krieges«, meinte Herb Thompson.

»Du glaubst doch nicht etwa, was er über dieses Tal erzählt, oder?«

»Es klingt nicht schlecht.«

»Er ist herumgeklettert, überall hochgeklettert. Warum müssen Männer nur auf Berge steigen und sich selbst Angst einjagen?«

»Es hat geschneit«, sagte Herb Thompson.

»Tatsächlich?«

»Und geregnet und gehagelt und gestürmt, alles gleichzeitig, in diesem Tal. Allin hat's mir x-mal erzählt, und er erzählt es gut. Er war ganz schön hoch oben. Wolken und so. Das Tal machte einen Heidenlärm.«

»*Ganz* bestimmt«, meinte sie.

»Als wäre da nicht nur ein Wind, sondern Winde von überall her. Winde aus der ganzen Welt.« Er schob sich einen Bissen in den Mund. »Sagt Allin.«

»Er hätte gar nicht erst dort hingehen und sich umschauen dürfen«, meinte sie. »Wenn man seine Nase überall reinsteckt, muß man ja auf merkwürdige Ideen kommen. Die Winde werden wütend auf einen, weil man dort eingedrungen ist, und verfolgen einen.«

»Mach dich nicht über ihn lustig, er ist mein bester Freund«, stieß Herb Thompson hervor.

»Das ist alles so dumm!«

»Jedenfalls hat er eine Menge durchgemacht. Der Sturm in Bombay, kurz danach, und zwei Monate später der Taifun vor Neuguinea. Und die Sache in Cornwall.«

»Ich hab kein Mitleid mit jemandem, der ständig in Wirbelstürme und Orkane hineinrennt und dann deswegen an Verfolgungswahn leidet.«

In diesem Augenblick läutete das Telefon.

»Kümmere dich nicht drum«, sagte sie.

»Vielleicht ist es wichtig.«

»Das ist nur wieder Allin.«

Sie saßen da und ließen es neunmal klingeln, gingen nicht ran. Schließlich verstummte es. Sie beendeten das Abendessen. Draußen in der Küche bewegten sich die Vorhänge sachte in dem Luftzug, der durch ein einen Spalt breit geöffnetes Fenster hereinwehte.

Wieder läutete das Telefon.

»Ich kann es nicht einfach klingeln lassen«, meinte er und ergriff den Hörer. »Ach, hallo, Allin.«

»Herb! Es hat angefangen! Er ist da!«

»Du stehst zu nah am Telefon, tritt einen kleinen Schritt zurück!«

»Ich hab in der offenen Haustür gestanden und auf ihn gewartet. Ich sah, wie er die Straße lang kam, wie er die Bäume schüttelte, einen nach dem anderen, bis schließlich die Reihe an die direkt vor dem Haus kam und er heruntertauchte auf die Tür zu und ich sie ihm direkt ins Gesicht knallte.«

Thompson sagte kein Wort. Er konnte keinen klaren Gedanken fassen, seine Frau stand in der Tür und beobachtete ihn.

»Das ist ja interessant«, sagte er schließlich.

»Er ist rings ums Haus, Herb. Ich kann jetzt nicht mehr raus, ich kann überhaupt nichts mehr tun. Aber ich hab ihn zum Narren gehalten, ihn denken lassen, er habe mich, und gerade als er herunterkam, um mich zu packen, hab ich die Tür zugeknallt und abgesperrt! Ich war darauf vorbereitet, seit Wochen habe ich mich mit dem Gedanken vertraut gemacht.«

»So, tatsächlich, na, dann erzähl mal, Allin, alter Junge«,

sagte Herb Thompson jovial ins Telefon, während seine Frau ihn weiter anstarrte und Schweiß auf seinen Nacken trat.

»Vor sechs Wochen hat es angefangen...«

»Ah, ja? Sieh mal an.«

»...dachte, ich wäre endgültig fertig mit ihm. Ich dachte, er hätte aufgegeben, würde mich nicht mehr verfolgen, mir nicht mehr nachjagen. Aber er wartete nur. Vor sechs Wochen hörte ich dann, wie der Wind hier, ums Haus herum, flüsterte und lachte. Eine Stunde vielleicht, nicht besonders lang, nicht besonders laut. Dann ging er wieder.«

Thompson nickte ins Telefon. »Gott sei Dank, dann ist's ja gut.« Seine Frau starrte ihn an.

»Am nächsten Abend kam er wieder. Er hat an den Fensterläden gerüttelt und Funken aus dem Kamin wirbeln lassen. Und dann kam er fünf Tage nacheinander, jeden Abend, jedesmal ein bißchen stärker. Wenn ich die Haustüre aufmachte, stürzte er sich auf mich und versuchte mich hinauszuziehen, aber er war nicht stark genug. Heute abend wird er es *schaffen*.«

»Fein, daß es dir besser geht«, sagte Thompson.

»Mir geht's überhaupt nicht besser, was ist denn los mit dir? Hört deine Frau zu?«

»Ja.«

»Ach so. Ich weiß, das alles klingt total verrückt.«

»Quatsch! Erzähl weiter!«

Thompsons Frau ging zurück in die Küche. Er entkrampfte sich. Er setzte sich auf einen Hocker neben das Telefon. »Komm, Allin, laß es mal raus, dann schläfst du besser.«

»Er ist jetzt überall ums Haus, schnuppert wie ein riesiger Staubsauger an den Giebeln. Schüttelt die Bäume hin und her.«

»Das ist komisch, *hier* ist es völlig windstill, Allin.«

»Natürlich, für dich interessiert er sich ja nicht, nur für mich.«

»So kann man das natürlich auch erklären.«

»Er ist ein Mörder, Herb, ein riesiger, verfluchter, prähistorischer Mörder, der auf Beute aus ist. Ein gigantischer, schnüffelnder Bluthund, der mich aufstöbern, mich finden will. Er kommt mit seiner großen, kalten Nase ganz nah ans Haus, holt Luft, und wenn er mich im Wohnzimmer sieht, bläst er sie da hinein, und wenn ich in der Küche bin, dann eben dorthin. Er versucht jetzt, durch ein Fenster reinzukommen, aber ich hab sie verstärkt und an die Türen neue Scharniere und Riegel gemacht. Es ist ein stabiles Haus. Früher hat man noch massiv gebaut. Ich habe jetzt alle Lampen eingeschaltet. Das ganze Haus ist taghell erleuchtet. Der Wind ist mir von Zimmer zu Zimmer gefolgt und hat durch die Fenster hereingeschaut, als ich das Licht anknipste. Oh!«

»Was ist passiert?«

»Eben hat er die Fliegentür weggerissen!«

»Wenn du doch herkommen und hier übernachten könntest, Allin.«

»Das geht nicht! Mein Gott, ich kann nicht mehr nach draußen. Ich kann nichts mehr machen. Ich kenne den Wind. Er ist stark und schlau, glaub mir! Eben hab ich versucht, mir eine Zigarette anzuzünden, und sofort hat ein leichter Luftzug das Streichholz ausgeblasen. Er spielt gerne mit einem, mag es, wenn er einen verspotten kann, er läßt sich Zeit mit mir; er hat den ganzen Abend und die ganze Nacht. Und jetzt! Meine Güte, jetzt hat er eines meiner alten Reisebücher, auf dem Tisch in der Bibliothek, wenn du das sehen könntest. Ein leichter Luftzug durch weiß Gott was für ein kleines Loch in der Wand, dieser leichte Luftzug blättert die Seiten um, eine nach der anderen. Wenn du das bloß sehen könntest! Da, meine Widmung. Erinnerst du dich noch an die Widmung in meinem Buch über Tibet, Herb?«

»Ja.«

»*Dieses Buch ist all denen gewidmet, die im Spiel der*

Elemente unterlagen, geschrieben von einem, der zum Zeugen geworden, aber stets entkommen ist.«

»Ja, ich weiß noch.«

»Das Licht ist ausgegangen!«

Es knackte in der Leitung.

»Jetzt ist die Stromleitung runtergekracht. Bist du noch da, Herb?«

»Ich hör dich.«

»Dem Wind gefällt das viele Licht im Haus nicht, also hat er die Stromleitung heruntergerissen. Das Telefon wird wohl als nächstes dran sein. Oh, es ist 'ne tolle Feier, ich und der Wind, wirklich wahr! Moment mal.«

»Allin.« Keine Antwort. Herb lehnte sich gegen die Sprechmuschel. Seine Frau schaute von der Küche herüber. Herb Thompson wartete. »Allin?«

»Da bin ich wieder«, erklang seine Stimme im Telefon. »Es hat unter der Tür hereingezogen, und ich hab ein paar Stoffetzen hineingestopft, damit's mir nicht mehr um die Füße weht. Ich bin jetzt doch froh, daß du nicht rausgekommen bist, Herb, es wäre nicht gut, wenn du auch in diesem Schlamassel stecken würdest. Da! Jetzt hat er im Wohnzimmer eine Fensterscheibe zerbrochen, und ein richtiger Sturm ist im Haus, reißt die Bilder von der Wand! Kannst du's hören?«

Herb Thompson lauschte. Durchs Telefon erklang ein wildes Heulen und Pfeifen und Knallen. Allin überschrie den Lärm: »Hörst du's?«

Herb Thompson schluckte trocken. »Ja, ich hör's.«

»Er will mich lebend, Herb. Er traut sich nicht, das Haus mit einem einzigen, gewaltigen Stoß zum Einsturz zu bringen. Da würde er mich ja töten. Er will mich lebend, damit er mich auseinanderreißen kann, einen Finger nach dem anderen. Er will das, was in mir ist. Meinen Verstand, mein Gehirn. Er will meine Lebenskraft, meine psychische Stärke, mein Ego. Er will Intellekt.«

»Meine Frau ruft mich, Allin. Ich muß das Geschirr abtrocknen.«

»Es ist eine riesige Dampfwolke, Winde aus der ganzen Welt. Der Sturm, der voriges Jahr auf Celebes getobt hat, der Pampero, der mordend über Argentinien hinweggefegt ist, der Taifun, der sich an Hawaii gütlich getan, der Hurrikan, der Anfang dieses Jahres die Küste Afrikas heimgesucht hat. Er ist ein Teil all der Stürme, denen ich entkommen bin. Er ist mir vom Himalaja hierher gefolgt, weil es ihm nicht paßt, daß ich Bescheid weiß über das Tal der Winde, wo er sich sammelt und seine Heerzüge plant. Irgend etwas hat ihm, vor langer Zeit, den Anstoß zum Leben gegeben. Ich kenne sein Jagd-revier. Ich kenne seinen Geburtsort und weiß, wo Teile von ihm den Atem aushauchen. Deswegen haßt er mich; und meine Bücher, in denen steht, wie man ihn besiegen kann. Er will verhindern, daß ich das weiterhin verkünde. Er will mich zu einem Teil seines riesigen Körpers machen, will sich mein Wissen einverleiben. Er will mich auf seine Seite ziehen!«

»Ich muß jetzt Schluß machen, Allin, meine Frau –«

»Wie?« Eine Pause, aus der Ferne das Geräusch des Windes durchs Telefon. »Was hast du gesagt?«

»Ruf ungefähr in einer Stunde nochmal an, Allin.«

Er hängte ein.

Er ging in die Küche zum Abtrocknen. Seine Frau blickte auf ihn, und er blickte auf die Teller, die er mit einem Geschirrtuch abrieb.

»Wie ist es draußen, heute nacht?«

»Schön. Gar nicht kühl. Sterne«, antwortete sie. »Wieso fragst du?«

»Nur so.«

Dreimal läutete das Telefon im Verlauf der nächsten Stunde. Um acht Uhr kam ihr Besuch. Stoddard mit seiner Frau. Bis halb neun saßen sie im Wohnzimmer und unterhiel-ten sich, dann begaben sie sich an den Kartentisch und spielten Rommé.

Herb Thompson mischte die Karten ein ums andere Mal durch und knallte sie, eine nach der anderen, reihum vor den Spielern auf den Tisch. Gesprächsfetzen flogen hin und her. Er zündete sich eine Zigarre an, verwandelte ihre Spitze in feine, graue Asche, steckte seine Karten in der Hand zurecht, hob ab und zu den Kopf und lauschte. Kein Laut drang von draußen herein. Als seine Frau ihn anschaute, richtete er seine Aufmerksamkeit sofort wieder auf das Spiel und warf einen Kreuz-Buben ab.

Träge zog er an der Zigarre, ruhig plätscherte das Gespräch dahin, nur hin und wieder brach verhaltenes Gelächter aus ihnen hervor, und die Uhr im Flur schlug leise neun Uhr.

»Da sitzen wir also beieinander«, sagte Herb Thompson und blickte dabei nachdenklich auf die Zigarre, die er eben aus dem Mund genommen hatte. »Das Leben ist doch wirklich komisch.«

»Wie?« meinte Mr. Stoddard.

»Na ja, wir sind hier, leben unser Leben, und irgendwo anders auf der Erde leben eine Milliarde andere Menschen ihr Leben.«

»Das ist keine allzu überraschende Erkenntnis.«

»Das Leben«, er schob sich die Zigarre wieder zwischen die Lippen, »ist eine einsame Angelegenheit. Sogar für Eheleute. Manchmal hält man den anderen fest im Arm und spürt doch, daß er unendlich weit weg ist.«

»Ich mag das«, meinte seine Frau.

»So hab ich das nicht gemeint«, erklärte er, ohne Hast; er ließ sich Zeit, denn er war sich keiner Schuld bewußt. »Ich wollte sagen, wir glauben eben, was wir für richtig halten, und leben unser kleines Leben, ganz verschieden von dem der anderen, das gleichzeitig abläuft. Wollte sagen, wir sitzen hier in diesem Zimmer, und gleichzeitig sterben Tausende von Menschen. Einige an Krebs, andere an Lungenentzündung, wieder andere an Tuberkulose. Wahrscheinlich stirbt gerade jetzt irgendwo in den Vereinigten Staaten ein Mensch in einem zertrümmerten Auto.«

»Kein sehr anregendes Gesprächsthema«, meinte seine Frau.

»Was ich sagen will, ist, daß wir alle vor uns hin leben und nie darüber nachdenken, was für Gedanken sich andere Menschen machen, wie sie leben oder wie sie sterben. Wir warten, bis der Tod zu uns kommt. Was ich sagen will, ist, daß wir hier auf unseren Hinterteilen sitzen, selbstsicher, während nur dreißig Meilen von hier, in einem großen alten Haus, umringt von der Nacht und weiß Gott was noch, einer der feinsten Kerle, die je gelebt haben, sich –«

»Herb!« Er paffte seine Zigarre, kaute darauf herum, starrte blind auf seine Karten. »Entschuldigung.« Er blinzelte nervös, biß auf die Zigarre. »Bin ich dran?«

»Ja, du.«

Das Spiel machte die Runde um den Tisch, Karten, Gemurmel, Gesprächsfetzen flogen hin und her. Herb Thompson rutschte tiefer auf seinem Stuhl, sah aus, als ob ihm schlecht würde.

Das Telefon klingelte. Thompson sprang auf, rannte hin und riß die Hörmuschel von der Gabel.

»Herb! Ich hab die ganze Zeit versucht, dich zu erreichen. Wie sieht's bei euch aus?«

»Wie meinst du das?«

»Ist euer Besuch da?«

»Zum Teufel, ja, er ist –«

»Und ihr plaudert und lacht und spielt Karten?«

»Meine Güte, ja, aber das hat doch nichts mit –«

»Und du rauchst deine Zehn-cent-Zigarre?«

»Himmel noch mal, ja, aber...«

»Fein«, sagte die Stimme im Telefon. »Das ist wirklich fein. Ich wünschte, ich könnte dabei sein. Wünschte, ich wüßte nichts von alledem. Wünschte mir so vieles.«

»Wie sieht's aus bei dir?«

»Bin noch am Leben. Ich hab mich jetzt in die Küche eingeschlossen. Auf der Vorderseite hat er einen Teil der Außenmauer eingedrückt. Aber ich hab meinen Rückzug schon geplant. Wenn die Küchentür nachgibt, verziehe ich mich in den Keller. Wenn ich Glück habe, halt ich da bis morgen früh durch. Er muß das ganze Haus bis auf die Grundmauern abreißen, um mich zu kriegen, und der Kellerboden ist ziemlich massiv. Ich hab 'ne Schaufel und kann graben – weiter nach unten...«

Es klang, als wären noch eine Menge anderer Stimmen in der Leitung.

»Was ist *das*?« fragte Herb Thompson fröstelnd, zitternd.

»Das?« fragte die Stimme im Telefon zurück. »Das sind die Stimmen der zwölftausend Opfer eines Taifuns, der siebentausend, die ein Hurrikan umgebracht, der dreitausend, die ein Zyklon begraben hat. Langweile ich dich? Das ist der Wind. Er ist eine Unmenge Leichen. Er hat sie umgebracht, ihren Geist in sich aufgenommen, um sich selbst Intelligenz zu verleihen. Er hat all ihre Stimmen an sich genommen, sie zu einer einzigen verschmolzen. All die Millionen Menschen, die er getötet hat in den letzten zehntausend Jahren, gequält und von Kontinent zu Kontinent getrieben auf dem Rücken und im Bauch von Monsunwinden und Wirbelstürmen. O Gott, was für ein Epos könnte man darüber schreiben!«

Im Telefon hallten und klangen Stimmen, Rufe, Jaulen.

»Komm doch, Herb«, rief seine Frau vom Kartentisch.

»So wird der Wind von Jahr zu Jahr intelligenter, mit jedem Opfer, Leben für Leben, Tod für Tod.«

»Wir warten auf dich, Herb«, rief seine Frau.

»Verdammt!« Er drehte sich um, knurrte hervor: »Wartet doch 'n Moment!« Und wieder ins Telefon: »Allin, wenn du möchtest, daß ich rauskomme, jetzt gleich, dann komm ich! Ich hätte es längst tun sollen.«

»Gar nicht dran zu denken! Das ist eine Sache, die nur mich was angeht, wäre nicht gut, dich da auch noch reinzuziehen.

Ich hör jetzt besser auf. Die Küchentür sieht schlecht aus; ich muß sehen, daß ich in den Keller komme.«

»Du rufst später noch mal an?«

»Vielleicht, wenn ich Glück habe. Ich glaub nicht, daß ich's schaffe. Oft genug bin ich mit knapper Not davongekommen, aber diesmal scheint er mich zu erwischen. Ich hoffe, ich bin dir nicht allzusehr auf die Nerven gegangen, Herb.«

»Überhaupt nicht, verflixt noch mal. Ruf wieder an!«

»Ich werd's versuchen...«

Herb Thompson ging zurück an den Kartentisch. Seine Frau sah ihn wütend an. »Wie geht's deinem Freund Allin?« fragte sie. »Ist er nüchtern?«

»Er hat in seinem ganzen Leben keinen Schluck Alkohol getrunken«, entgegnete Thompson mürrisch und setzte sich. »Ich hätte vor drei Stunden rausfahren sollen.«

»Aber er ruft doch jetzt seit sechs Wochen jeden Abend an, und du hast mindestens zehnmal bei ihm draußen übernachtet, und nichts ist passiert.«

»Er braucht Hilfe. Er könnte sich was antun.«

»Du warst doch erst vorgestern dort, du kannst nicht ständig für ihn dasein.«

»Gleich morgen früh bring ich ihn in eine Klinik. Auch wenn es mir nicht recht ist. Ansonsten wirkt er so vernünftig.«

Um halb elf gab es Kaffee. Herb Thompson trank ihn langsam, blickte dabei ständig zum Telefon. Möchte wissen, ob er jetzt im Keller ist, dachte er.

Herb Thompson ging hinüber zum Telefon, rief die Vermittlung an, gab die Nummer durch.

»Tut mir leid«, sagte eine Frauenstimme. »Die Verbindung dorthin ist gestört. Wenn die Leitungen repariert sind, können wir Ihr Gespräch durchstellen.«

»Also *hat er* die Leitungen zerrissen!« schrie Thompson. Er ließ die Hörmuschel fallen. Er schnellte herum, riß die

Schranktür auf, zog seinen Mantel heraus. »O Gott«, sagte er. »O Gott«, wiederholte er zu seinen erstaunten Gästen und seiner Frau, die die Kaffeekanne in der Hand hielt. »Herb!« rief sie. »Ich muß zu ihm raus!« stieß er hervor und schlüpfte in seinen Mantel.

Etwas rüttelte sachte, leise an der Tür.

Alle im Zimmer spannten sich an, reckten sich.

»Wer kann das sein?« fragte seine Frau.

Und wieder das leise Rütteln, ganz sachte.

Thompson rannte zur Tür, blieb stehen, lauschte.

Draußen hörte er ein feines Lachen.

»Hol's der Teufel!« sagte Thompson. Er legte die Hand auf die Türklinke, erleichtert nach diesem angenehmen Schreck. »Ich würde dieses Lachen überall heraushören. Das ist Allin. Er ist doch mit dem Auto rübergekommen. Konnte nicht bis morgen warten, um mir seine verrückten Geschichten zu erzählen.« Ein schwaches Lächeln trat in Thompsons Gesicht. »Wahrscheinlich hat er noch jemanden mitgebracht. Klingt, als wären da noch ...«

Er öffnete die Haustür.

Die Veranda war leer.

Thompson war keine Überraschung anzumerken; er wirkte amüsiert und verschmitzt. Er lachte. »Allin? Laß die Albereien! Komm rein.« Er machte das Licht auf der Veranda an und blickte um sich. »Wo bist du, Allin? Jetzt komm schon.«

Eine Brise wehte ihm ins Gesicht.

Thompson verharrte einen Augenblick. Eiseskälte hatte ihn plötzlich ergriffen. Er trat hinaus auf die Veranda und sah sich unruhig um, schaute in alle Ecken.

Eine heftige Bö packte seine Mantelschöße und schlug sie um, zerzauste ihm das Haar. Er glaubte, wieder ein Lachen zu hören. Der Wind wehte ums Haus, sein Druck war überall gleichzeitig, und dann, nachdem er eine ganze Minute gestürmt hatte, zog er weiter.

Der Wind legte sich traurig, bekümmert, in die hohen Bäume, erstarb; er zog davon, hinaus aufs Meer, nach Celebes, zur Elfenbeinküste, nach Sumatra, ans Kap Hoorn, nach Cornwall und zu den Philippinen. Ließ nach, wurde schwächer, immer schwächer.

Thompson war kalt. Er ging zurück ins Haus, schloß die Tür und lehnte sich dagegen, stand da, mit geschlossenen Augen, bewegte sich nicht.

»Stimmt was nicht?« fragte seine Frau.

Es war einmal eine alte Frau

Nein, es hat keinen Sinn, noch lange darüber zu reden. Ich werde meine Meinung nicht mehr ändern. Verschwinden Sie mitsamt diesem dämlichen Weidenkorb. Mein Gott, wie kann man nur auf solche Ideen verfallen? Machen Sie schon, daß Sie weiterkommen; lassen Sie mich in Ruhe, ich hab noch was zu flicken und zu stricken, und große, dunkle Herren mit verschrobenen Ideen interessieren mich einen feuchten Kehricht.«

Der große, dunkle junge Mann stand schweigend da, ohne jede Bewegung. Tante Tildy redete rasch weiter.

»Sie haben *gehört*, was ich gesagt habe! Wenn Sie mir irgendwas mitzuteilen haben, bitte, sprechen Sie, ich hoffe, Sie haben nichts dagegen, wenn ich mir schon mal eine Tasse Kaffee eingieße. So. Wenn Sie höflicher gewesen wären, würde ich Ihnen auch eine Tasse anbieten, aber so wie Sie hier hereingeplatzt sind, nicht mal angeklopft haben Sie. Sie meinen wohl, Sie wären hier zu Hause.«

Tante Tildy nestelte in ihrem Schoß herum. »Ich stricke mir gerade einen Wollschal, und Ihretwegen hab ich mich jetzt verzählt. Die Winter hier können ganz schön kalt sein, und es ist nicht das richtige für eine Dame mit Knochen wie Reispapier, in einem zugigen alten Haus zu sitzen, ohne was Warmes zum Anziehen.«

Der große, dunkle Mann setzte sich.

»Der Stuhl ist antik, seien Sie vorsichtig!« mahnte Tante Tildy. »Fangen Sie nochmal von vorne an. Erzählen Sie, was Sie mir zu sagen haben, ich werde Ihnen aufmerksam zuhören. Aber denken Sie daran, daß Sie mit einer Dame sprechen, und starren Sie mich nicht die ganze Zeit mit diesem merkwürdigen Glanz in den Augen an. Davon kriege ich ja ein richtig flaues Gefühl im Magen.«

Die Porzellanuhr mit dem Blümchenmuster drüben auf dem Kaminsims schlug drei Uhr. Draußen in der Diele standen vier Männer um einen Weidenkorb, warteten schweigend, bewegungslos, als wären sie gefroren.

»Und dann dieser Weidenkorb«, sagte Tante Tildy. »Er ist über zwei Meter lang, und er sieht nicht gerade wie ein Wäschekorb aus. Und die vier Männer, die mit Ihnen hereingekommen sind, brauchen Sie ja wohl nicht, um den Korb zu tragen – der ist doch federleicht. Oder?«

Der dunkle junge Mann saß nach vorne gebeugt auf dem antiken Stuhl. Sein Gesichtsausdruck gab zu verstehen, daß der Korb bald nicht mehr so leicht sein würde.

»Pah.« Tante Tildy dachte nach. »Wo hab ich so einen Korb schon mal gesehen? Das kann nur ein paar Jahre her sein. Ich glaube – oh! Jetzt weiß ich. Damals, als Mrs. Dwyer von nebenan gestorben ist.«

Tante Tildy setzte mit strenger Miene die Kaffeetasse ab. »Deshalb sind Sie also gekommen? Ich dachte, Sie wollten mir irgendwas verkaufen. Bleiben Sie ruhig da sitzen bis meine kleine Emily heute nachmittag nach Hause kommt. Ich hab ihr letzte Woche ein kurzes Briefchen geschrieben. Natürlich nichts davon, daß ich mich nicht ganz auf der Höhe fühlte, aber ich hab schon angedeutet, daß ich sie gern mal wieder sehen würde, es sind ja nun schon einige Wochen, daß sie auf diesem College in New York ist. Ist fast wie eine leibliche Tochter, meine Emily.

Ha, die wird sich um Sie kümmern, junger Mann. Die scheucht Sie raus aus meinem Wohnzimmer, so schnell, daß –«

Der dunkle junge Mann sah Tante Tildy an, als wäre sie völlig erschöpft.

»Nein, ich *bin nicht müde*!« stieß sie bissig hervor.

Er schaukelte auf dem Stuhl vor und zurück, ruhte sich mit

halbgeschlossenen Augen aus. Oh, würde nicht auch sie
gerne ein wenig ruhen? schien er zu murmeln. Ruhe, Ruhe,
ein wenig Ruhe...

»Heiliger Strohsack! Ich habe hundert Wollschals, zweihundert Pullover und sechshundert Topflappen mit diesen
Händen gemacht, ganz gleich, wie knochig sie sind! Gehen
Sie jetzt, und kommen Sie wieder, wenn ich fertig bin,
vielleicht spreche ich dann mit Ihnen.« Tante Tildy wechselte
das Thema. »Lassen Sie mich von Emily erzählen, meinem
süßen Blondschopf.«

Tante Tildy nickte versonnen. Emily mit ihrem flachsblon-
den Haar, so weich und fein.

»Ich erinnere mich genau an den Tag, an dem ihre Mutter
starb, vor zwanzig Jahren, als ich Emily bei mir aufnahm.
Deshalb bin ich wütend auf Sie und Ihren Weidenkorb und
alles, was damit zu tun hat. Was für einen guten Grund
könnte es schon dafür geben, daß die Menschen sterben?
Junger Mann, mir *paßt* das einfach nicht.«

Tante Tildy holte Luft; eine kurze, schmerzliche Erinnerung durchzuckte sie. Eines Abends, vor fünfundzwanzig
Jahren, hatte ihr Vater mit zitternder Stimme geflüstert:

»Tildy, was soll aus dir nur werden? So wie du dich
benimmst, kriegst du nie 'nen Mann. Wenn du nach dem
ersten Kuß gleich wieder davonrennst. Laß dich doch
irgendwo nieder, heirate, zieh Kinder groß!«

»Papa«, erwiderte sie heftig, »ich lache und spiele und singe
gern. Ich bin nicht der Typ zum Heiraten. Mit meiner
Lebensphilosophie kann ich keinen Mann finden, Papa.«

»Was für eine Philosophie ist das denn?«

»Daß der Tod lächerlich ist! Er hat uns Mama weggenom-
men, als wir sie am nötigsten brauchten. Nennst du *das* etwa
intelligent?«

Papas Augen wurden feucht und grau, blickten trostlos.
»Du hast natürlich recht, Tildy. Aber was kann man da schon
machen? Der Tod holt uns alle.«

»Wehr dich!« rief sie. »Schlag ihn unter die Gürtellinie! *Glaub nicht* an ihn!«

»Aussichtslos«, sagte Papa traurig. »Wir alle stehen ganz allein da in der Welt.«

»Irgendwann muß sich doch mal was ändern, Papa. Ich fang jetzt an, nach meiner Philosophie zu leben. Es ist doch unsinnig, daß die Menschen ein paar Jahre leben und dann wie nasse Saat in ein Loch geschaufelt werden; aber nichts wächst daraus hervor. Wozu sind sie gut? Liegen da Jahrtausende lang rum, ohne für irgend jemanden von Nutzen zu sein. Die meisten von ihnen waren nette, sympathische Menschen, oder haben sich zumindest bemüht.«

Doch Papa hörte nicht zu. Er schwand dahin, verblaßte wie ein Foto, das man in der Sonne liegengelassen hat. Sie versuchte, es ihm auszureden, aber er starb trotzdem. Sie drehte sich schnell um und rannte davon. Sie konnte nicht länger hierbleiben, jetzt, wo er kalt war, denn seine Kälte strafte ihre Philosophie Lügen. Zu seiner Beerdigung ging sie nicht. Alles was sie tat, war, in einem alten Haus einen Antiquitätenladen zu eröffnen und jahrelang allein zu leben, bis dann Emily kam. Tildy wollte das Mädchen nicht zu sich nehmen. Warum nicht? Weil Emily ans Sterben glaubte. Aber Emilys Mutter war eine alte Freundin von ihr gewesen, und Tildy hatte ihr versprochen zu helfen.

»Emily«, fuhr Tante Tildy an den Mann in Schwarz gewandt fort, »ist der einzige Mensch, mit dem ich in all den Jahren hier zusammengelebt habe. Ich habe nie geheiratet. Hatte Angst bei dem Gedanken, zwanzig, dreißig Jahre mit einem Mann zusammenzuleben, und dann stirbt er mir einfach weg. Da wären meine Überzeugungen wie ein Kartenhaus eingestürzt. Ich zog mich von der Welt zurück. Ich schrie die Leute an, wenn sie den Tod auch nur erwähnten.«

Der junge Mann hörte höflich zu, voller Geduld. Dann hob er die Hand. Der dunkle, kalte Glanz in seinen Augen deutete an, daß er alles wußte, schon bevor sie den Mund aufmachte. Er wußte Bescheid über sie und den Zweiten Weltkrieg, als sie ihr Radio für immer abstellte, keine Zeitung mehr kaufte und mit dem Regenschirm auf einen Mann einschlug, ihn aus dem Laden jagte, als er sich nicht davon abbringen ließ, die Invasionsküsten zu beschreiben, ihr zu erzählen, wie die Leichen in langen, trägen Wellen dahingetrieben waren, wie die stille Kraft des Mondes sie gewiegt hatte.

Ja, der dunkle junge Mann lächelte aus dem antiken Schaukelstuhl herüber, er wußte, wie sehr Tante Tildy an ihren guten alten Schallplatten hing. Harry Lauder mit seinem Lied ›Roamin' in the Gloamin‹, Madame Schumann-Heink und Wiegenlieder. Da gab es keine Störungen, keine Katastrophen, keine Morde, Selbstmorde, Verkehrsunfälle. Die Musik blieb gleich, jeden Tag, änderte sich nie. So verflossen die Jahre, und Tante Tildy bemühte sich, Emily ihre Philosophie zu lehren. Doch Emily konnte sich nicht von der Vorstellung der Sterblichkeit lösen. Aber sie respektierte Tante Tildys Denkweise und erwähnte nie – die Ewigkeit.

Von all dem wußte der junge Mann.

Tante Tildy schniefte. »Woher wissen Sie denn das alles? Na, wenn Sie glauben, Sie könnten mich in diesen dämlichen Weidenkorb hineinreden, sind Sie auf dem Holzweg. Sobald Sie mich auch nur berühren, spucke ich Ihnen geradewegs *ins Gesicht*!«

Der junge Mann lächelte. Tante Tildy schniefte noch einmal. »Schauen Sie mich nicht an wie ein kranker Hund. Ich bin zu alt für so Scherze wie die Liebe. Das ist alles schlaff und vertrocknet, wie eine ausgequetschte Farbtube, ist alles längst Vergangenheit.«

Ein Geräusch ertönte. Die Uhr auf dem Kaminsims schlug drei. Tante Tildy warf einen Blick auf sie. Komisch. Hatte sie nicht eben, vor fünf Minuten, schon mal drei geschlagen? Sie mochte die knochenweiße Uhr mit den nackten Goldengeln, die ihr Zifferblatt umbaumelten, ihren Ton, der dem von Kirchenglocken glich, weich und weit entfernt.

»Wollen Sie weiter einfach nur so dasitzen, junger Mann?«

Das wollte er.

»Dann haben Sie sicher nichts dagegen, wenn ich ein kleines Nickerchen mache. Und Sie rühren sich nicht vom Fleck. Bleiben Sie mir ja vom Leib! Will nur eine Weile die Augen zumachen. So ist's gut. Sehr gut...«

Eine angenehme, ruhige, erholsame Tageszeit. Stille. Nur die Uhr tickte geschäftig vor sich hin, wie Termiten im Holz. Da war nur der Geruch des alten Zimmers, nach poliertem Mahagoni und eingefettetem Leder, und die Bücher standen steif im Regal. Angenehm. Wirklich angenehm...

»Sie sind doch nicht aufgestanden, oder? Bleiben Sie bloß sitzen! Ich lasse ein Auge auf, um nach Ihnen zu sehen. Ja, wirklich. Ja. Oh. Ah, hmmm.«

So zart. So schläfrig. So tief. Beinahe wie unter Wasser. Ah, so angenehm.

Wer bewegt sich da im Dunkeln, während meine Augen geschlossen sind?

Wer küßt mich auf die Wange? Du, Emily? Nein. Nein. Hab mir's wohl nur eingebildet. Hab nur geträumt. Gott, ja, das war's. Ich treibe weg, weit, weit, weg...

Ah, was ist? Oh!

»Moment, ich muß erst die Brille aufsetzen. So!«

Die Uhr schlug noch einmal drei. Schäm dich, alte Uhr, wirklich, schäm dich. Muß dich reparieren lassen.

Der junge Mann im dunklen Anzug stand an der Tür. Tante Tildy nickte.

»Sie wollen schon gehen, junger Mann? Mußten aufgeben, nicht wahr? Konnten mich nicht überzeugen; nein, ich bin stur wie ein Maulesel. Sie kriegen mich hier nie raus, also versuchen Sie's lieber gar nicht erst nochmal!«

Der junge Mann verbeugte sich träge, würdevoll.

Er habe nicht die Absicht, nochmal zu kommen, keinesfalls.

»Schön«, erklärte Tante Tildy. »Ich habe Papa immer gesagt, daß ich gewinnen würde! Ja, ich werde noch tausend Jahre hier am Fenster sitzen und stricken. Man wird die Wände um mich herum Stein für Stein abtragen müssen, um mich hier herauszubekommen.«

Der dunkle junge Mann blinzelte.

»Schauen Sie nicht, als ob Sie etwas ausgefressen hätten«, rief Tante Tildy. »Verschwinden Sie samt Ihrem dämlichen alten Weidenkorb!«

Die vier Männer gingen mit schweren Schritten zur Haustür hinaus. Tildy beobachtete mißtrauisch, wie sie den leeren Korb trugen, wie sie doch unter seinem Gewicht schwankten.

»Hört mal!« Sie stand voll bebender Entrüstung auf. »Habt ihr meine Antiquitäten gestohlen? Meine Bücher? Die Uhren? Was habt ihr da im Korb?«

Der dunkle junge Mann wandte ihr den Rücken zu, ging hinter den vier schwankenden Männern her und pfiff munter vor sich hin. An der Tür deutete er auf den Korb hin, zeigte auf den Deckel, tat, als frage er sich, ob Tante Tildy ihn öffnen und hineinschauen wolle.

»Neugierig? Ich? Pah, nie. Verschwindet!« rief Tante Tildy.

Der dunkle junge Mann setzte seinen Hut auf, deutete einen Gruß an.

»Guten Tag!« Tante Tildy knallte die Tür zu.

So. Das war's. Schon besser. Die war sie los. Diese blöden Kerle mit ihren ekelhaften Ideen. Nur keine Sorge wegen dem Korb. Und wenn sie irgendwas gestohlen hatten, auch nicht weiter schlimm, Hauptsache, sie ließen sie in Ruhe.

»Sieh an.« Tante Tildy lächelte. »Da kommt Emily vom College nach Hause. Wurde aber auch Zeit. Ein hübsches

Mädchen. Und wie sie daherkommt. Aber, sie sieht heute so blaß und merkwürdig aus, geht so langsam. Ich möchte wissen, warum. Sie sieht beunruhigt aus, wirklich. Armes Mädchen. Ich werde Kaffee kochen und ein paar Stück Kuchen für sie richten.«

Emily kam die Eingangstreppe hochgetappt. Tante Tildy konnte, während sie hin- und hereilte, die langsamen, bedächtigen Schritte hören. Was *hatte* das Mädchen? Sie wirkte wie eine Eidechse kurz vor der Winterstarre. Die Haustür ging weit auf. Emily stand im Flur und hielt den Messingtürgriff fest.

»Emily?« rief Tante Tildy.

Emily schlurfte mit gesenktem Kopf ins Wohnzimmer.

»Emily! Ich hab auf dich gewartet! Vorhin waren so doofe aufdringliche Kerle da, mit einem großen Korb. Wollten mir was verkaufen, was ich nicht brauche. Gut, daß du wieder zu Hause bist. Es ist gleich richtig gemütlich –«

Tante Tildy bemerkte, daß Emily sie schon eine volle Minute lang anstarrte.

»Emily, was ist los? Guck nicht so. Da, ich bring dir 'ne Tasse Kaffee. Nimm!

Emily, warum weichst du vor mir zurück?

Emily, hör auf zu schreien, Kind. Du sollst nicht schreien, Emily! Hör auf! Wenn du weiter so schreist, wirst du noch verrückt. Emily! Du brauchst keine Angst vor mir zu haben, Kind. Ich tu dir nichts!

Meine Güte, irgendwas ist doch immer.

Emily, was *ist denn los*, Kind...?«

Emily stöhnte durch ihre Hände hindurch, die sie vors Gesicht geschlagen hatte.

»Komm, mein Kind«, flüsterte Tante Tildy. »Hier, nimm einen Schluck Wasser. Trink, Emily, gut so.«

Emily riß die Augen auf, sah etwas, schloß sie zitternd wieder, zog sich in sich selbst zurück. »Tante Tildy, Tante Tildy, Tante –«

»Hör auf!« Tildy gab ihr eine Ohrfeige. »Was ist *denn los* mit dir?«

Emily zwang sich dazu, sie wieder anzusehen.

Sie streckte die Hand aus. Ihre Finger verschwanden in Tante Tildy.

»Was für eine unsinnige Idee!« schrie Tildy. »Nimm deine Hand da weg! Los, nimm sie weg!«

Emily fiel zur Seite, zuckte mit dem Kopf, so daß ihr goldenes Haar zitternd aufglänzte. »Du bist nicht hier, Tante Tildy. Ich träume. Du bist tot!«

»Still, Kind.«

»Du *kannst nicht* hier sein.«

»Heiliger Strohsack, Emily –«

Sie ergriff Emilys Hand. Die ging einfach durch ihren Körper hindurch. Sofort stand Tante Tildy auf, reckte sich empor, stampfte mit dem Fuß auf. »Also, so was!« schrie sie wütend. »Dieser – Betrüger! Dieser Taschendieb!« Ihre dünnen Finger verknoteten sich zu drahtigen, harten, bleichen Fäusten. »Dieser finstere Dämon! Er hat ihn gestohlen! Hat ihn weggeschleppt, ja, das hat er, o ja! Ha, ich –«. Sie kochte vor Wut. Ihre blaßblauen Augen standen in Flammen. Sie stotterte und verfiel in entrüstetes Schweigen. Dann wandte sie sich Emily zu: »Steh auf, Kind! Ich brauche dich!«

Emily lag da und zitterte.

»Ein Teil von mir ist hier!« erklärte Tante Tildy. »Himmel noch mal, das muß jetzt für eine Weile genügen. Hol meine Haube!«

Emily gestand: »Ich habe Angst.«

»Was, am Ende gar vor *mir*?«

»Ja.«

»Ich bin doch kein Gespenst! Du kennst mich schon fast dein ganzes Leben lang! Jetzt ist keine Zeit zum Rumjammern. Mach, daß du auf die Beine kommst, oder ich hau dir eine runter!«

Emily erhob sich schluchzend, stand da, wie in die Enge

getrieben, als überlege sie, in welche Richtung sie losstürzen solle.

»Wo steht dein Wagen, Emily?«

»Drunten in der Garage – Tante.«

»Gut!« Tante Tildy drängte sie zur Haustür hinaus.

»So –« Ihre scharfen Augen spähten die Straße hinauf und hinunter. »Wie kommen wir zur Leichenhalle?«

Emily hielt sich am Treppengeländer fest, tapste unsicher hinunter. »Was hast du vor, Tante Tildy?«

»Was ich vorhabe?« schrie Tante Tildy, die hinter ihr herwankte; ihre Wangen zitterten in dünnem, blassem Zorn. »Na, ich werd natürlich meinen Körper zurückholen! Ich werd ihn zurückholen! Los, weiter!«

Der Motor heulte auf, Emily umklammerte das Lenkrad, blickte starr geradeaus auf die kurvenreiche, regennasse Straße. Tante Tildy schüttelte ihren Sonnenschirm.

»Mach schnell, Kind, schnell, bevor sie irgendwelche Säfte in meinen Körper spritzen und ihn fein säuberlich in Würfel schneiden, wie es diese verflixten Bestatter ja gewöhnlich tun. Sie zerschneiden ihn und nähen ihn so wieder zusammen, daß er zu nichts mehr nütze ist!«

»Oh, Tante, Tantchen, laß mich, ich kann nicht mehr fahren! Das geht nicht gut, nein, das kann nicht gutgehen.«

»Wir sind da.« Emily fuhr an die Bordsteinkante und brach über dem Lenkrad zusammen, doch Tante Tildy war bereits aus dem Wagen gehüpft und tänzelte die Zufahrt zum Leichenhaus hinauf, dorthin, wo aus einem schwarz glänzenden Leichenwagen ein Weidenkorb ausgeladen wurde.

»He!« Sie richtete ihren Angriff auf einen der vier Männer mit dem Korb. »Stellen Sie ihn hin!«

Die vier Männer schauten sie an.

Einer sagte: »Gehen Sie aus dem Weg, Madam. Wir müssen unsere Arbeit machen.«

»Da drin liegt mein Körper!« Sie fuchtelte mit dem Sonnenschirm herum.

»Also, damit haben wir nichts zu tun«, meinte ein anderer. »Bitte halten Sie den Betrieb nicht auf, Madam. Das Ding da ist schwer.«

»Mein Herr!« rief sie empört. »Ich weise Sie darauf hin, daß ich nur einhundertundzehn Pfund wiege.«

Er sah sie gleichgültig an. »Ich interessiere mich nicht für Ihr Gewicht, Madam. Ich muß zum Abendessen zu Hause sein. Meine Frau bringt mich um, wenn ich zu spät komme.«

Die vier gingen weiter, und Tante Tildy hinterdrein, einen Gang entlang, in einen Sezierraum.

Ein Mann im weißen Kittel wartete auf die Ankunft des Korbes; auf seinem langen, ungeduldigen Gesicht lag ein zufriedenes Lächeln. Tante Tildy kümmerte sich weder um seinen gierigen Blick, noch um seine ganze Erscheinung. Der Korb wurde abgestellt, die vier Männer gingen weg.

Der Mann im weißen Kittel schaute Tantchen an und sagte:

»Madam, dies ist kein passender Ort für eine Dame.«

»Gut«, erwiderte sie erfreut, »ich bin froh, daß Sie das auch meinen. Genau das habe ich nämlich dem dunkel gekleideten jungen Mann zu erklären versucht!«

Der Bestatter war verblüfft. »Welchen dunkel gekleideten jungen Mann meinen Sie?«

»Na, den, der zu mir kam, der in mein Haus getapst kam, natürlich.«

»Bei uns arbeitet niemand, auf den Ihre Beschreibung paßt.«

»Unwichtig. Wie Sie eben so klug bemerkt haben, ist dies kein Ort für eine Dame. Ich will nicht hier herumliegen. Ich will nach Hause, das Essen für meine Sonntagsgäste vorbereiten, bald ist Ostern. Ich hab Emily zu versorgen, Pullover zu stricken, muß meine Uhren –«

»Ihre Ausführungen sind zweifellos sehr philosophisch und philantropisch, Madam, aber ich habe zu tun. Eine

Leiche ist angekommen.« Das sagte er mit sichtlichem Vergnügen und überprüfte gleichzeitig seine Messer, Röhrchen, Gläser und Instrumente.

Tildy schnaubte. »Wenn Sie auch nur einen Fingerabdruck auf meinem Körper hinterlassen, werde ich –«

Er schob sie beiseite wie eine mickrige alte Motte. »George«, rief er betont liebenswürdig, »begleiten Sie bitte die Dame hinaus.«

Tante Tildy starrte George wütend an, als er auf sie zukam.

»Ich seh Sie viel lieber von hinten, dampfen Sie bloß wieder ab!«

George packte ihre Handgelenke. »Hier lang, bitte.«

Tildy befreite sich aus seinem Griff. Es bereitete ihr keine Mühe. Ihr Fleisch schien einfach aus seinen Händen herauszurutschen. Das verblüffte sogar sie selbst. Daß sie auf ihre alten Tage so ein unerwartetes Talent entwickeln würde…

»Sehen Sie?« Sie war von ihrer Fähigkeit angenehm überrascht. »Sie kriegen mich hier nicht raus. Ich will meinen Körper wiederhaben!«

Der Bestatter hob ungerührt den Deckel des Korbes. Dann, mit rasch aufeinanderfolgenden musternden Blicken, erkannte er, daß der Körper im Korb … scheinbar … war das möglich … vielleicht… ja … nein… nein… das *konnte* einfach nicht sein, aber … »Ah«, seufzte er, plötzlich, auf. Er wandte sich um. Seine Augen wurden groß, dann verengten sie sich.

»Madam«, sagte er vorsichtig. »Ist diese Dame hier – eine – Verwandte – von Ihnen?«

»Eine sehr nahe. Gehen Sie vorsichtig mit ihr um.«

»Ihre Schwester vielleicht?« Er klammerte sich voller Hoffnung an den Strohhalm schwindender Logik.

»Nein, Sie Trottel. Ich bin das, verstehen Sie? *Ich!*«

Der Bestatter ließ sich die Sache durch den Kopf gehen. »Nein«, sagte er. »So etwas gibt es nicht.« Er hantierte mit seinen Geräten herum. »George, holen Sie die anderen zu Hilfe. Ich kann nicht arbeiten, wenn mir eine Verrückte dabei zuschaut.«

Die vier Männer kamen zurück, Tante Tildy verschränkte trotzig die Arme. »Ich rühr mich nicht vom Fleck!« rief sie, als sie hochgehoben wurde wie ein Bauer auf dem Schachbrett, vom Sezierraum in den Korridor getragen wurde, und weiter in den Warteraum und die Aufbahrungshalle, wo sie sich genau in der Mitte des Vestibüls auf einen Stuhl fallen ließ. Kirchenbänke standen da in der grauen Stille, bis ganz nach hinten, und der Duft von Blumen lag in der Luft.

»Bitte, Madam«, sagte einer der Männer. »Hier wird die Leiche bis zur Beerdigung aufgebahrt.«

»Ich bleibe hier sitzen, werde mich nicht von der Stelle rühren, bis ich bekomme, was ich haben will.«

Sie saß da, ihre bleichen Finger spielten nervös mit dem Bändchen an ihrer Kehle, ihr Mund war angespannt, mit einem der hochgeknöpften Stiefel klopfte sie gereizt auf den Fußboden. Wenn einer der Männer in Reichweite kam, schlug sie mit dem Schirm nach ihm. Und wenn sie sie anfaßten, dann – entschlüpfte sie ihnen jetzt einfach.

Mr. Carrington, der Direktor der Bestattungsabteilung, hörte in seinem Büro den Lärm und kam durch den Gang herangewackelt, um zu sehen, was los war. »Aber bitte«, flüsterte er jedem von ihnen zu, hielt dabei den Zeigefinger an die Lippen. »Etwas mehr Respekt, bitte. Was gibt es denn? Oh, Madam, kann ich Ihnen helfen?«

Sie musterte ihn von oben bis unten. »Sehr wohl.«

»Bitte, wie kann ich Ihnen zu Diensten sein?«

»Gehen Sie in den Raum dort hinten«, ordnete Tante Tildy an.

»J-aaa.«

»Und sagen Sie dem übereifrigen jungen Mann, er soll aufhören, neugierig an meinem Körper herumzufummeln. Ich bin eine unverheiratete Frau. Meine Leberflecken, meine

Muttermale, die Narben und all das, ja auch die Rundung meiner Knöchel sind mein persönliches Geheimnis. Ich will nicht, daß er daran herumschnüffelt, hineinschneidet, oder ihn sonst irgendwie verletzt.«

Mr. Carrington, der noch keine Beziehung zwischen den beiden Körpern herstellen konnte, war dies alles reichlich unklar. Völlig hilflos sah er sie an.

»Er hat mich dort drinnen auf den Tisch gelegt wie eine Taube, die ausgenommen und gefüllt werden soll!« teilte sie ihm mit.

Mr. Carrington eilte davon, um das zu überprüfen. Nach fünfzehn Minuten erwartungsvollen Schweigens und entsetzten Disputs, nachdem er seine Feststellungen mit denen des Bestatters verglichen hatte, kam Carrington zurück, war deutlich blasser geworden.

Er nahm seine Brille ab, setzte sie wieder auf. »Sie machen es uns nicht gerade leicht.«

»Tatsächlich?« Tante Tildy kochte. »Das schlägt doch dem Faß den Boden aus! Jetzt hören Sie mal, Mister Haut und Knochen, oder wie immer Sie heißen, Sie sagen, daß –«

»Wir lassen bereits das Blut –«

»Wie?«

»Ja, doch wirklich. Also gehen Sie jetzt bitte; es ist nichts mehr zu machen.« Er lachte nervös. »Unser Bestatter nimmt auch eine kurze Autopsie vor, um die Todesursache zu ermitteln.«

Tantchen sprang wutentbrannt auf.

»Das kann er nicht machen! Das darf nur der Leichenbeschauer!«

»Nun, manchmal erlauben wir eine kleine –«

»Gehen Sie auf der Stelle hinein und sagen Sie diesem Leichenfledderer, er soll sofort das ganze edle neuenglische Blut wieder zurück in den feinhäutigen Körper pumpen, und wenn er irgendwas herausgenommen hat, soll er es wieder so anbringen, daß es ordentlich funktioniert, und dann soll er den Körper, wie nagelneu, mir übergeben. Haben Sie verstanden?«

»Ich kann da nichts machen, gar nichts.«

»Jetzt *hören* Sie mir mal zu. Ich werde mich die nächsten zweihundert Jahre hier nicht von der Stelle rühren. Und jedesmal, wenn Kunden von Ihnen vorbeikommen, werde ich sie mit Ektoplasma bespucken!«

Carrington drehte und wendete diesen Gedanken in seinem sich vernebelnden Verstand und stöhnte auf. »Sie würden unser Geschäft ruinieren. Das können Sie nicht machen.«

Tantchen lächelte: »Sind Sie da *sicher?*«

Carrington rannte durch den dunklen Gang davon. In der Ferne war zu hören, wie er eine Telefonnummer nach der anderen wählte. Eine halbe Stunde später dröhnten mehrere Autos die Auffahrt zur Leichenhalle herauf. Drei Vizedirektoren kamen zusammen mit dem hysterischen Direktor den Gang entlang.

»Wo liegt denn das Problem?«

Tantchen erklärte es ihnen mit ein paar wohlgesetzten Boshaftigkeiten.

Sie berieten sich, wiesen in der Zwischenzeit den Bestatter an, seine Vorbereitungen zu unterbrechen, bis eine Übereinkunft erreicht sei... Der Bestatter kam aus dem Sezierraum, stellte sich, ein liebenswürdiges Lächeln auf den Lippen, eine dicke, schwarze Zigarre im Mund, in die Halle.

Tantchen starrte die Zigarre an.

»Was haben Sie mit der *Asche* gemacht?« schrie sie entsetzt.

Der Bestatter grinste nur gleichmütig und blies Rauchwolken in die Luft.

Die Besprechung wurde beendet.

»Madam, bei allem was recht ist. Sie wollen uns doch wohl nicht dazu zwingen, unsere Arbeit draußen auf der Straße zu verrichten, oder?«

Tantchen ließ ihren Blick über die Geier gleiten. »Oh, das würde mir überhaupt nichts ausmachen.«

Carrington wischte sich den Schweiß von den Wangen. »Sie können Ihren Körper wiederhaben.«

»Ha!« rief Tantchen aus. Dann, vorsichtig: »Intakt?«

»Intakt.«

»Kein Formaldehyd?«

»Kein Formaldehyd.«

»Alles Blut drin?«

»Ja, mein Gott, mit allem Blut, wenn Sie ihn nur nehmen und verschwinden!«

Ein knappes Nicken. »Soll mir recht sein. Abgemacht. Richten Sie ihn her.«

Carrington schnalzte dem Bestatter mit den Fingern zu. »Stehen Sie nicht so minderbemittelt da herum. Richten Sie ihn schon her!«

»Und seien Sie vorsichtig mit der Zigarre!« fügte die alte Frau an.

»Sachte«, mahnte Tante Tildy. »Stellen Sie den Korb auf den Boden, damit ich hineinsteigen kann.«

Sie sah sich den Körper nicht besonders genau an. Ihr einziger Kommentar lautete: »Sieht aus wie immer.« Sie ließ sich zurückfallen, in den Korb hinein.

Ein beißendes Gefühl arktischer Kälte ergriff sie, gefolgt von einer merkwürdigen Übelkeit und einem schwindelerregenden Winseln. Sie war zwei Tropfen Materie, die miteinander verschmolzen, war Wasser, das in Beton versickern wollte. Eine langwierige Angelegenheit. Schwierig. Als ob ein Schmetterling versuchen würde, sich wieder in seine abgeworfene Hülle, den steinernen Kokon zu zwängen!

Die Vizedirektoren sahen Tante Tildy verstört zu. Mr. Carrington rang die Hände und vollführte mit den Armen helfende Bewegungen, schob und drückte. Der Bestatter verhehlte seine Skepsis nicht, sah mit trägem, amüsiertem Blick zu.

In kalten, harten Granit hineinsickern. In eine eiskalte,

starre alte Skulptur hineinsickern. Sich gewaltsam hinein-
quetschen.

»Wach auf, verflixt!« rief Tante Tildy sich selbst zu. »Stütz
dich ein bißchen hoch.«

Der Körper hob sich etwas an, der trockene Weidenkorb
knarrte.

»Zieh die Beine an, Mädchen!«

Der Körper streckte die Arme aus, tastete blind.

»Sieh!« rief Tante Tildy.

Licht drang in die verhangenen, blinden Augen.

»Fühle!« drängte Tante Tildy.

Der Körper fühlte die Wärme im Zimmer, spürte die
Realität des Seziertisches, auf den er sich keuchend stützte.

»Bewege dich!«

Der Körper machte langsam einen knarrenden Schritt
vorwärts.

»Höre!« bellte sie.

Die Geräusche im Raum drangen in die tauben Ohren. Das
rasselnde, erwartungsvolle Atmen des erschütterten Bestatters; das Wimmern von Mr. Carrington; ihre eigene, knar-
rende Stimme.

»Geh!« befahl sie.

Der Körper ging.

»Denke!« sagte sie.

Das alte Gehirn dachte.

»Sprich!« ordnete sie an.

Der Körper sprach, sagte, nach einer Verbeugung, zu den
Umstehenden:

»Sehr verbunden. Vielen Dank.«

»So«, sagte sie schließlich, »weine!«

Und aus ihren Augen rannen Tränen der Freude.

Und kommt man jetzt, am Nachmittag, so gegen vier, zu
Tante Tildy zu Besuch, so geht man einfach zu ihrem
Antiquitätenladen und klopft. An der Tür hängt ein großer,

schwarzer Trauerkranz. Den sollte man gar nicht weiter beachten! Tante Tildy hat ihn da hängenlassen; das ist ihre Art von Humor. Man klopft an. Die Tür ist mit zwei Riegeln und drei Schlössern versperrt, und wenn man klopft, fragt drinnen ihre schrille Stimme:

»Sind Sie der Mann in Schwarz?«

Und man lacht und erklärt: »Nein, nein, ich bin's nur, Tante Tildy.«

Und sie lacht auch und antwortet: »Schnell, komm rein!«

Sie reißt die Tür auf und knallt sie hinter einem wieder zu, damit ja kein Mann in Schwarz mit hereinschlüpfen kann. Dann setzt sie sich, gießt einem Kaffee ein und zeigt einem ihren neuesten selbstgestrickten Pullover. Sie ist nicht mehr so flink wie früher, und sie sieht nicht mehr so gut, aber sie kommt zurecht.

»Und wenn du ganz lieb bist«, erklärt Tante Tildy und stellt ihre Kaffeetasse ab, »dann habe ich eine kleine Überraschung für dich.«

»Was denn für eine Überraschung?« wird der Besucher fragen.

»Schau nur«, sagt Tantchen und freut sich über ihre kleine Besonderheit, den kleinen Scherz.

Dann nestelt sie verschämt das weiße Band an ihrer Bluse auf und zeigt für einen Augenblick, was an ihrem Hals und auf ihrer Brust zu sehen ist.

Die lange, bläuliche Narbe, wo die Autopsie-Öffnung wieder fein säuberlich zugenäht wurde.

»Nicht schlecht genäht für einen Mann«, räumt sie ein.

»Oh, noch eine Tasse Kaffee? *Bitte sehr!*«

Das Familientreffen

Sie kommen«, sagte Cecy, die ausgestreckt in ihrem Bett lag.

»Wo sind sie?« rief Timothy von der Tür herüber.

»Einige von ihnen sind gerade über Europa, einige über Asien, andere über den Inseln, wieder andere über Südamerika!« sagte Cecy; ihre Augen waren geschlossen, ihre langen, braunen Wimpern flatterten.

Timothy kam über den blanken Holzfußboden des Zimmers im ersten Stock näher. »Wer kommt alles?«

»Onkel Einar und Onkel Fry, und da auch Vetter William, und ich sehe Frulda und Helgar, Tante Morgiana und Kusine Vivian, und ich sehe Onkel Johann! Sie alle kommen, und wie schnell!«

»Sind sie hoch droben in der Luft?« Timothys kleine graue Augen blitzten. Wie er so neben dem Bett stand, sah er nicht älter aus als er war, eben wie ein Vierzehnjähriger. Draußen wehte der Wind, das Haus war dunkel, nur das Licht der Sterne fiel darauf.

»Sie kommen durch die Luft und über Land, jeder auf seine Weise«, sagte Cecy im Schlaf. Sie lag bewegungslos auf dem Bett, richtete ihre Gedanken in sich hinein und erzählte, was sie sah: »Ich sehe etwas, das aussieht wie ein Wolf, über einen Fluß kommen – bei den Untiefen – kurz vor einem Wasserfall, und das Licht der Sterne putzt sein Fell blank. Ich sehe ein braunes Eichenblatt hoch droben am Himmel wirbeln. Ich sehe eine kleine Fledermaus fliegen. Ich sehe noch viele andere, sehe sie durch die Wälder laufen und zwischen den höchsten Ästen hindurchschlüpfen; und sie kommen *alle* hierher.«

»Werden sie's bis morgen abend schaffen?« Timothy packte die Bettücher. Die Spinne an seinem Kragen schwang hin und her wie ein schwarzes Pendel, vollführte dabei tänzelnde Bewegungen. Er beugte sich über seine Schwester. »Werden sie alle rechtzeitig zum Familientreffen hier sein?«

»Ja, ja, Timothy, klar«, seufzte Cecy. Ihr Körper wurde steif. »Frag nicht weiter. Geh jetzt weg. Laß mich zu meinen Lieblingsplätzen reisen.«

»Danke, Cecy«, sagte er. Draußen auf dem Flur rannte er los, in sein Zimmer. Eilig machte er sein Bett. Er war erst vor ein paar Minuten wach geworden, bei Sonnenuntergang, und als die ersten Sterne aufgegangen waren, war er zu Cecy gegangen und hatte seine Aufregung über das Fest mit ihr geteilt. Jetzt schlief sie ganz ruhig, kein Ton war zu hören. Die Spinne baumelte an seinem silbrigen Lasso um Timothys schlanken Hals, als er sich das Gesicht wusch. »Denk nur, Spid, morgen ist es endlich soweit, der Abend vor Allerheiligen!«

Er hob den Kopf und schaute in den Spiegel. Er war der einzige im Haus, der einen Spiegel haben durfte. Das war ein Zugeständnis seiner Mutter, wegen seiner Krankheit. Oh, wenn er doch nicht so leiden müßte! Er öffnete den Mund, musterte die armseligen, kleinen Zähnchen, die ihm die Natur mitgegeben hatte. Nichts weiter als zwei Reihen Maiskörner – rund, weich und bleich in seinem Kiefer. Ein Teil seiner guten Laune erstarb in ihm.

Es war völlig dunkel, und er zündete eine Kerze an, um etwas sehen zu können. Er war erschöpft. Die vergangene Woche hatte die ganze Familie wie in der alten Heimat gelebt. Man schlief bei Tag und erhob sich bei Sonnenuntergang, wurde am Abend lebendig. Er hatte dunkle Schatten unter den Augen.

»Spid, ich tauge einfach nicht dazu«, sagte er ruhig zu dem kleinen Tier. »Ich kann mich nicht einmal daran gewöhnen, am Tag zu schlafen, so wie die anderen.«

Er nahm den Kerzenständer in die Hand. Ach, hätte er doch ein kräftiges Gebiß mit Schneidezähnen wie stählerne Dorne, oder wenigstens starke Hände oder einen starken Geist. Oder gar die Macht, seinen Geist auszusenden, frei, wie Cecy es tat. Doch nein, er war der Unvollkommene, der Kranke. Ja – er zitterte und hielt die Kerze näher ans Gesicht – er hatte sogar Angst vor der Dunkelheit. Seine Brüder lachten ihn aus. Bion und Leonard und Sam. Sie machten sich über ihn lustig, weil er in einem Bett schlief. Bei Cecy war das anders; sie brauchte ein bequemes Bett, damit sie die notwendige Konzentration erreichen und ihren Geist weit weg auf die Jagd schicken konnte. Doch Timothy, schlief er wie die anderen in den wunderschönen, blankpolierten Kisten? Weit gefehlt! Mutter gestattete, daß er ein eigenes Bett, ein eigenes Zimmer, einen eigenen Spiegel hatte. Kein Wunder, daß ihn die Familie mied wie das Kruzifix eines Heiligen. Wenn doch wenigstens endlich Flügel zwischen seinen Schulterblättern wachsen würden. Er entblößte seinen Rücken, starrte darauf. Und seufzte wieder. Keine Chance. Nie.

Drunten erklangen aufregende und geheimnisvolle Geräusche, schlüpfriger, schwarz glänzender Krepp wurde überall in den Korridoren aufgehängt, an den Decken und Türen. Auf dem Treppengeländer knisterten dünne schwarze Kerzen. Mutters Stimme, hoch und bestimmt. Vaters Stimme, die aus dem feuchten Keller heraufhallte. Bion schleppte von draußen große Acht-Liter-Krüge in das alte Landhaus.

»Ich muß unbedingt dabeisein bei dem Fest, Spid«, sagte Timothy. Die Spinne wirbelte am Ende ihres Fadens herum, und Timothy fühlte sich alleine. Er würde Kisten blankputzen, Hexenröhrlinge, Satanspilze und Spinnen sammeln, Krepp aufhängen, aber wenn das Fest dann anfing, würde ihn keiner beachten. Je weniger man von dem unvollkommenen Sohn sah, desto besser.

Drunten rannte Laura durch alle Zimmer.

»Das Familientreffen!« rief sie aufgedreht. »Das Familientreffen!« Ihre Schritte ertönten überall gleichzeitig.

Als Timothy noch einmal an Cecys Zimmer vorbeiging, schlief sie ruhig. Einmal im Monat ging sie nach unten. Sonst lag sie immer im Bett. Die gute Cecy. Er hätte sie gern gefragt: »Wo bist du gerade, Cecy? Und in wem? Und was passiert da? Bist du hinter den Hügeln? Und was ist dort los?« Aber statt dessen ging er weiter in Ellens Zimmer.

Ellen saß am Tisch und ordnete die vielen blonden, roten und schwarzen Haarbüschel und die halbmondförmigen Fingernagelreste, die sie bei ihrer Arbeit als Maniküre gesammelt hatte, im Schönheitssalon von Mellin Village, fünfzehn Meilen entfernt. In einer Ecke stand eine stabile Mahagonikiste mit ihrem Namen darauf.

»Verschwinde«, sagte sie, ohne ihn auch nur anzusehen. »Ich kann nicht arbeiten, wenn du mir über die Schulter glotzt.«

»Der Abend vor Allerheiligen; stell dir vor!« Er bemühte sich, freundlich zu sein.

»Hm!« Sie steckte ein paar Fingernagelreste in ein kleines weißes Säckchen und klebte ein Etikett darauf. »Was bedeutet das schon für dich? Du wirst dir vor Angst in die Hose machen. Geh wieder schlafen.«

Seine Wangen glühten. »Ich werde gebraucht, muß Kisten abstauben, beim Vorbereiten und beim Bedienen helfen.«

»Wenn du nicht gleich verschwindest, findest du morgen ein Dutzend rohe Austern in deinem Bett«, erwiderte Ellen trocken. »Auf Wiedersehen, Timothy.«

Als er wütend die Treppe hinunterrannte, stieß er mit Laura zusammen.

»Paß doch auf, wo du hinrennst!« kreischte sie durch die zusammengebissenen Zähne.

Sie fegte davon. Er lief zur offenen Kellertür, schnupperte die feuchte, erdige Luft, die von unten heraufströmte. »Vater?«

»Es wird aber auch Zeit«, rief Vater die Treppe herauf.

»Komm jetzt runter, sonst sind sie da, und wir sind noch nicht fertig!«

Timothy zögerte einen Moment, gerade so lange, daß er die tausend anderen Geräusche im Haus hören konnte. Die Brüder kamen und gingen wie die Züge auf einem Bahnhof. Wenn man nur lange genug an einer Stelle stehenblieb, konnte man zusehen, wie alles Mögliche an einem vorbeigetragen wurde, wie sie den ganzen Haushalt in ihren bleichen Armen umherschleppten.

Leonard mit seinem kleinen schwarzen Arztkoffer und Samuel mit seinem großen, staubigen, in Ebenholz gebundenen Buch unter dem Arm brachten noch mehr schwarzen Krepp, und Bion lief immer wieder hinaus zum Auto und trug viele gutgefüllte Krüge herein.

Vater unterbrach seine Arbeit und warf Timothy einen Putzlappen und einen bösen Blick zu. Er klopfte auf die große Mahagonikiste. »Los, putz die blank, dann können wir mit der nächsten anfangen. Schlafmütze!«

Während Timothy das Wachs auftrug, schaute er in die Kiste hinein.

»Onkel Einar ist groß, was, Papa?«

»Hm.«

»Wie groß ist er?«

»Das siehst du doch an der Länge der Kiste.«

»Ich hab ja nur gefragt. Über zwei Meter?«

»Du redest zuviel.«

Gegen neun ging Timothy hinaus in das Oktoberwetter. Zwei Stunden lang durchstreifte er die Wiesen; der Wind wehte bald warm, bald kalt, und er sammelte Pilze und Spinnen. Sein Herz schlug wieder schneller vor fiebernder Erwartung. Was hatte Mutter gesagt, wie viele Verwandte kommen würden? Siebzig? Hundert? Er ging an einem Farmhaus vorbei. Wenn ihr wüßtet, was bei uns zu Hause los ist, sagte er zu den glühenden Fenstern.

Er stieg auf einen Hügel und blickte auf die Stadt, die dort unten lag, Meilen entfernt, und sich zur Ruhe begab, sah hoch oben die runde Rathausuhr, weiß in weiter Ferne. Auch die Stadt wußte von nichts. Er brachte viele Gläser voller Röhrlinge und Spinnen nach Hause.

Unten in der kleinen Kapelle wurde eine kurze Messe abgehalten. Das Ritual lief ab wie jedes Jahr, Vater sang die düsteren Zeilen, Mutters wunderschöne Elfenbeinhände teilten den Unsegen aus, und alle Kinder waren versammelt, außer Cecy, die oben im Bett lag. Aber Cecy war anwesend. Man sah sie bald aus Bions, bald aus Samuels, bald aus Mutters Augen herausgucken, plötzlich spürte man eine Bewegung, und sie war in einem selbst, zu einem flüchtigen Besuch.

Timothy betete mit verkrampftem Magen zum Herrn der Finsternis. »Bitte, bitte, hilf mir groß werden, hilf mir, so zu werden wie meine Brüder und Schwestern. Laß mich nicht anders sein. Wenn ich nur so wie Ellen Haare in Plastikbilder stecken könnte, oder so wie Laura Leute dazu bringen könnte, sich in mich zu verlieben, oder so wie Sam merkwürdige Bücher lesen könnte, oder einen ordentlichen Beruf hätte wie Leonard und Bion. Oder irgendwann eine Familie gründen könnte, so wie Vater und Mutter...«

Um Mitternacht stürmte ein Unwetter auf ihr Haus ein. Draußen zuckten grelle, schneeweiße Blitze. Das Geräusch eines Tornados drang herein, eines Tornados, der näherkam, umhersuchte, alles ansaugte, die feuchte nächtliche Erde beschnüffelte und sie aufwirbelte. Dann wurde die Haustür beinahe aus den Angeln gerissen, hing schief und zu nichts mehr nütze im Rahmen, und herein stürmten Großmama und Großpapa, die den weiten Weg aus der alten Heimat zurückgelegt hatten.

Und dann kamen stündlich weitere Gäste. Es flatterte vor dem Fenster, klopfte auf der Veranda, pochte an der Hintertür. Jenseitige Geräusche drangen aus dem Keller herauf; der

Herbstwind blies singend durch den Kamin herab. Die Mutter füllte die große Kristallbowle mit der scharlachroten Flüssigkeit aus den Krügen, die Bion hereingeschleppt hatte. Vater eilte von Zimmer zu Zimmer und zündete noch mehr Kerzen an. Laura und Ellen nagelten noch mehr Eisenhut an die Wand. Und Timothy stand mitten in dieser wilden Aufregung, mit ausdruckslosem Gesicht, zitternd herabhängenden Armen, starrte bald hierhin, bald dorthin. Das Zuknallen von Türen, Gelächter, das Geräusch beim Einschenken der Flüssigkeit, Finsternis, das Heulen des Windes, das donnernde Rauschen von Flügeln, das Getrappel von Füßen, die ungestümen Begrüßungen an den Eingängen, das durchsichtige Klappern der Fenster, Schatten, die vorbeihuschten, kamen, gingen, hin- und hertanzten.

»Na, und *das* muß Timothy sein!«

»Wie?«

Eine kühle Hand griff nach seiner. Ein langes, behaartes Gesicht beugte sich zu ihm herunter. »Ein guter Junge, ein braver Junge«, sagte der Fremde.

»Timothy«, sagte seine Mutter. »Das ist Onkel Jason.«

»Guten Abend, Onkel Jason.«

»Und hier drüben –«, Mutter zog Onkel Jason mit sich fort. Als Onkel Jason in seinem schwarzen Umhang sich entfernte, blickte er über die Schulter zurück auf Timothy und zwinkerte ihm zu.

Timothy stand allein da.

Tausend Meilen weit weg in der von Kerzenlicht erleuchteten Dunkelheit hörte er eine hohe, flötende Stimme; es war Ellen. »Und meine Brüder, die sind vielleicht *schlau*. Rat mal, was die von Beruf sind, Tante Morgiana?«

»Ich hab keine Ahnung.«

»Sie betreiben das Bestattungsunternehmen in der Stadt.«

»Was?« Sie schnappte nach Luft.

»Ja!« Schrilles Gelächter. »Ist das nicht köstlich!«

Timothy stand reglos da.

Das Lachen verstummte. »Sie bringen Nahrung mit nach Hause, für Mama, Papa und für uns alle«, sagte Laura. »Außer Timothy, natürlich.«

Beklommenes Schweigen. Onkel Jasons Stimme fragte: »Na, sag schon. Was ist mit Timothy?«

»Oh, Laura, dein vorlautes Mundwerk«, sagte Mutter.

Laura ließ sich nicht beeindrucken. Timothy schloß die Augen. »Unser Timothy, na ja, Timothy – mag kein Blut. Er ist da eigen.«

»Er wird es auch lernen«, wandte Mutter ein. »Er lernt es schon noch«, sagte sie sehr bestimmt. »Er ist mein Sohn, und er wird es lernen. Er ist ja erst vierzehn.«

»Aber mich haben sie mit dem Zeug großgezogen«, meinte Onkel Jason, und seine Stimme dröhnte durch alle Zimmer. Draußen spielte der Wind mit den Bäumen wie mit Harfen. Dünner Regen spritzte gegen die Fenster – »mit dem Zeug großgezogen«, verhallten Onkel Jasons Worte.

Timothy biß sich auf die Lippen und öffnete die Augen.

»Also, es ist ganz allein meine Schuld.« Mutter führte sie jetzt in die Küche. »Ich wollte ihn zwingen. Aber man kann Kinder nicht dazu zwingen, es wird ihnen nur schlecht davon, und dann schmeckt es ihnen nie. Schaut euch nur Bion an, er war dreizehn, bevor er ...«

»Ich verstehe«, murmelte Onkel Jason. »Timothy wird schon noch auf den Geschmack kommen.«

»Natürlich wird er das«, sagte Mutter trotzig.

Schatten durchquerten das Haus, von einem modrigen Raum in den nächsten, und ließen die Kerzen flackern. Timothy war kalt. Er hatte den Geruch von heißem Talg in der Nase, ergriff instinktiv eine Kerze, ging damit im Haus umher und tat so, als sei er mit den Kreppstreifen beschäftigt.

»*Timothy*«, flüsterte jemand hinter einer gemusterten Wand, zischte, geiferte, säuselte die Worte: »*Timothy fürchtet sich im Dunkeln.*«

Leonards Stimme. Unausstehlicher Leonard!

»Ich mag Kerzen, das ist alles«, flüsterte Timothy vorwurfsvoll.

Und wieder zuckten Blitze, grollte Donner. Immer wieder brüllendes Gelächter. Knallen und Klicken und Rufen und Rascheln von Kleidern. Naßkalter Nebel wehte durch die Haustür herein. Ein großer Mann stolzierte aus dem Nebel und legte seine Flügel an.

»Onkel Einar!«

Auf seinen dünnen Beinen sauste Timothy auf ihn zu, geradewegs durch den Nebel, unter die grünen, wabernden Schatten. Er warf sich in Einars Arme. Einar hob ihn hoch.

»Du hast Flügel, Timothy!« Er ließ den Jungen wie eine Feder durch die Luft wirbeln. »Flügel, Timothy: flieg!« Gesichter drehten sich unter ihm, das Dunkel kreiste. Das Haus flog davon. Timothy fühlte sich wie eine frische Brise. Er flatterte mit den Armen. Einars Hände fingen ihn auf und warfen ihn erneut zur Decke. Die Decke stürzte herab wie eine verkohlte Wand. »Flieg, Timothy!« rief Einar mit lauter, tiefer Stimme. »Flieg mit Flügeln! Deinen Flügeln!«

Er fühlte einen Rausch des Entzückens in seinen Schulterblättern, als würden Wurzeln wachsen, geradewegs hinausbersten, in einer feuchten dünnen Haut erblühen. Er plapperte wirres Zeug; wieder wirbelte Einar ihn in die Höhe.

Die Flut des Herbstwindes brach über das Haus herein, Regen prasselte hernieder, die Balken bebten, die Kronleuchter schaukelten, ließen die Kerzen wild flackern. Und hundert Verwandte schauten heraus aus all den schwarzen, geheimnisvollen Räumen ringsum, näherten sich, einer skurriler als der andere, der Stelle, wo Einar den Jungen wie einen Taktstock in der tosenden Luft schwang.

»Das reicht!« rief Einar schließlich.

Als Timothy wieder festen Boden unter den Füßen spürte, ließ er sich erregt und erschöpft gegen Onkel Einar fallen und schluchzte vor Glück. Onkel, Onkel!

»Hat Spaß gemacht, das Fliegen? Was, Timothy?« sagte Onkel Einar, beugte sich herab und tätschelte Timothys Kopf. »Sehr schön.«

Es ging auf die Morgendämmerung zu. Die meisten waren inzwischen angekommen und bereiteten sich darauf vor, sich bei Anbruch des Tages zur Ruhe zu begeben, bis Sonnenuntergang bewegungslos und geräuschlos zu schlafen, um dann mit lauten Rufen aus den Mahagonikisten das Fest zu eröffnen.

Dutzende von Verwandten folgten Onkel Einar hinunter in den Keller. Mutter wies ihnen den Weg zu den dichten Reihen blitzblank polierter Kisten. Einar, der seine Flügel wie meergrüne Planen hinter sich aufgespannt hatte, gab ein gespanntes Pfeifen von sich, als er durch den Gang hinabstieg; wenn seine Flügel irgendwo anstießen, ertönte ein weiches Trommeln.

Droben lag Timothy, war müde und dachte nach, versuchte, Gefallen an der Dunkelheit zu finden. Man konnte im Dunkeln so vieles tun, ohne daß einem jemand dreinreden konnte, denn es sah einen ja keiner.

Er mochte die Nacht *durchaus*, aber nicht uneingeschränkt: manchmal war so viel Nacht um ihn, daß er schreiend gegen sie zu rebellieren versuchte.

Im Keller klappten Mahagonitüren zu, wurden von bleichen Händen nach unten gezogen und dicht verschlossen. In den Ecken drehten sich einige Verwandte dreimal im Kreis, ehe sie die Augen schlossen und die Köpfe auf die Pfoten legten. Die Sonne ging auf. Alles schlief.

Sonnenuntergang. Das Fest explodierte, als hätte jemand heftig auf ein Fledermausnest eingeschlagen, begann mit Kreischen, Flattern und Flügelspreizen. Kistendeckel flogen krachend auf. Schritte eilten herauf aus dem modrigen Keller. Verspätete Gäste trommelten gegen die Türen und wurden eingelassen.

Es regnete, und durchnäßte Ankömmlinge legten ihre

Umhänge, ihre tropfnassen Hüte, ihre feuchten Schleier in Timothys Arme, der sie in einem Schrank verstaute. Die Zimmer waren zum Bersten voll. Das Lachen eines Vetters schallte aus einem Raum, prallte an der Wand eines anderen Zimmers ab, wurde hin- und hergeworfen und gelangte schließlich, scharf und zynisch, aus einem vierten Zimmer wieder an Timothys Ohr.

Eine Maus rannte über den Fußboden.

»Ich weiß, daß du's bist, Nichte Leibersrouter!« rief Vater über ihn hinweg. Die vielen Leute überragten ihn, drückten ihn zur Seite, rempelten ihn an, ignorierten ihn.

Schließlich drehte er sich um und stahl sich davon, die Treppe hinauf.

Leise rief er: »Cecy. Wo bist du gerade, Cecy?«

Es dauerte eine ganze Weile, bis sie antwortete. »Im Tal der Kaiser«, flüsterte sie schwach. »Am Salzmeer, bei den Sumpflöchern und dem Dampf und dem Schweigen. Ich bin in einer Farmersfrau. Sitze auf der Veranda vor dem Haus. Ich kann sie dazu bringen, sich zu bewegen, alles zu tun oder zu denken, was ich will. Gerade geht die Sonne unter.«

»Und was gibt es da sonst noch, Cecy?«

»Man kann die Sumpflöcher zischen hören«, sagte sie getragen, so als spräche sie in einer Kirche. »Graue Dampfblasen wölben die schlammige Oberfläche, es ist, als ob Glatzköpfe aus dickem Sirup auftauchen, als ob sie herauskommen in die brodelnden Rinnen. Die grauen Köpfe reißen auf, als wären es Gummiblasen, fallen mit einem Schmatzen wie von feuchten Lippen in sich zusammen. In fedrigen Wolken strömt Dampf aus der aufgerissenen Blase. Und dann der schweflige Gestank eines Feuers tief drunten, der Geruch grauer Vorzeit. Da brutzelt der Dinosaurier, seit zehn Millionen Jahren.«

»Und ist er gar, Cecy?«

Die Maus umkurvte die Füße von drei Frauen und verschwand in einer Ecke. Gleich darauf erschien ganz aus dem

Nichts eine wunderschöne Frau, stand dort in der Ecke und lächelte, richtete ihr weißes Lächeln an alle Umstehenden.

Etwas drückte sich an das Küchenfenster, an dem der Regen herablief. Es seufzte und weinte und klopfte unaufhörlich, dicht an das Glas gepreßt, doch Timothy konnte sich keinen Reim darauf machen, er sah nichts. In seiner Vorstellung war er draußen und starrte hinein. Er stand in Wind und Regen, und drinnen das einladende Dunkel mit dem Flackern der Kerzen. Walzer wurden getanzt; große schlanke Gestalten drehten Pirouetten zu befremdlicher Musik. Das Kerzenlicht glitzerte auf hoch erhobenen Flaschen; kleine Erdklümpchen bröckelten von Holzfässern, eine Spinne fiel herab und kroch geräuschlos über den Boden.

Timothy fröstelte. Er war wieder im Haus. Mutter rief ihn hierhin, dorthin, ließ ihn helfen, servieren, in die Küche rennen, dies und das holen, Teller hereintragen, Essen austeilen – ohne Unterlaß – das Fest war in vollem Gang.

»Ja, er ist gar. Völlig gar.« Cecy lag schlafend da, nur ihre Lippen bewegten sich. Träge formte ihr Mund die Worte, ließ sie langsam herabfallen. »Ich bin im Schädel der Frau, sehe hinaus, hinaus auf die reglose See; die ist so ruhig, daß man Angst kriegt. Ich sitze auf der Veranda und warte darauf, daß mein Mann nach Hause kommt. Ab und zu springt ein Fisch hoch im Licht der Sterne und fällt zurück ins Wasser. Das Tal, die See, ein paar Autos, die hölzerne Veranda, mein Schaukelstuhl, ich, die Stille.«

»Und jetzt, Cecy?«

»Ich stehe aus meinem Schaukelstuhl auf«, antwortete sie.

»Und dann?«

»Ich gehe von der Veranda hinunter, auf die Sumpflöcher zu. Flugzeuge fliegen über mir dahin wie Urweltvögel. Dann ist es still, ganz still.«

»Wie lange willst du in ihr bleiben, Cecy?«

»Bis ich genug gehört, gesehen und gefühlt habe: bis ich ihr Leben irgendwie verändert habe. Jetzt gehe ich von der

Veranda hinunter und auf den Holzbrettern entlang. Das Klopfen meiner Füße auf dem Holz klingt müde, träge.«

»Und jetzt?«

»Jetzt sind die Schwefeldämpfe überall um mich rum. Ich starre auf die Blasen, sehe, wie sie platzen und sich glätten. Ein Vogel kreischt, fliegt pfeilschnell direkt an meiner Schläfe vorbei. Auf einmal bin ich in dem Vogel und fliege weg! Und wie ich so dahinfliege, sehe ich in meinen neuen Augen, den kleinen Glasperlen, unter mir auf einem Holzsteg eine Frau, sehe, wie sie einen, zwei, drei Schritte vorwärts macht, auf die Schlammlöcher zu. Höre ein Geräusch, als plumpse ein Felsbrocken in zähflüssige Tiefen. Ich kreise über der Stelle. Sehe eine weiße Hand, wie eine Spinne, die zappelnd in der grauen Lavamasse verschwindet. Die Lava schließt sich über ihr. Jetzt fliege ich schnell nach Hause, ganz schnell!«

Etwas klatschte heftig gegen das Fenster, Timothy erschrak.

Cecy riß die Augen weit auf, strahlte glücklich, voll freudiger Erregung.

»Jetzt bin ich *zu Hause!*« sagte sie.

Nach einer Pause meinte Timothy zögernd: »Das Familientreffen ist in vollem Gang. Und alle sind da.«

»Und warum bist du hier oben?« Sie ergriff seine Hand. »Na, sag schon.« Sie lächelte verschmitzt. »Du wolltest mich doch um was bitten.«

»Ich wollte gar nichts«, erwiderte er. »Oder, fast nichts. Also – oh, Cecy!« Es sprudelte aus ihm heraus. »Ich möchte etwas auf dem Fest machen, irgendwas, damit alle auf mich schauen, etwas, das mich genauso gut macht wie sie, das macht, daß ich dazugehöre, aber so was kann ich nicht, ich komme mir komisch vor, und, na ja, ich dachte, du könntest...«

»Ich könnte«, sagte sie, schloß die Augen, lächelte in sich hinein. »Stell dich gerade hin. Bleib ganz still stehen.« Er gehorchte. »Jetzt mach die Augen zu und denk an gar nichts.«

Er stand gerade da und dachte an nichts, oder zumindest dachte er daran, nichts zu denken.

Sie seufzte. »Sollen wir jetzt runtergehen, Timothy?« Wie eine Hand in einen Handschuh, so war Cecy in ihn geschlüpft.

»Schaut mal alle her!« Timothy hatte ein Glas voll roter warmer Flüssigkeit in der Hand. Er hielt es in die Höhe, so daß sich alle umdrehten und ihn anblickten. Tanten, Onkel, Vettern, Kusinen, Brüder, Schwestern!

Er trank es in einem Zug aus.

Dann winkte er seiner Schwester Laura zu. Hielt ihrem Blick stand und flüsterte etwas in ihre Richtung, mit einer befremdlichen Stimme, die sie verstummen, gefrieren ließ. Er fühlte sich groß wie ein Baum, als er auf sie zuging. Das Fest wurde jetzt ruhiger. Ringsumher Gestalten, die warteten, die ihn ansahen. Aus allen Türen lugten Gesichter. Niemand lachte. Mutter guckte erstaunt. Vater wirkte verblüfft, aber erfreut, und wurde von Sekunde zu Sekunde stolzer.

Er kniff Laura zärtlich in den Hals. Die Kerzen flackerten trunken. Draußen auf dem Dach kletterte der Wind umher. Die Verwandten starrten durch alle Türen herein. Er stopfte sich widerliche Pilze in den Mund, schluckte, dann schlug er mit den Armen wie mit Flügeln und bewegte sich im Kreis. »Schau mal, Onkel Einar! Ich kann fliegen, endlich kann ich fliegen!«

Seine Arme bewegten sich auf und ab. Hoch und nieder pumpten seine Füße. Die Gesichter huschten an ihm vorbei.

Als er flatternd oben an der Treppe stand, hörte er seine Mutter von ganz weit unten rufen: »Nicht, Timothy!« »He!« rief Timothy und sprang, wild um sich schlagend, hinunter.

Auf halbem Weg lösten sich die Flügel, die er zu besitzen glaubte, auf. Er stieß einen Schrei aus. Onkel Einar fing ihn auf.

Timothy zappelte blaß in den starken Armen. Eine Stimme brach unaufgefordert aus seinem Mund hervor. »Hier spricht

Cecy! Hier spricht Cecy! Kommt alle zu mir hoch, erstes Zimmer links!« Ein langes, trillerndes Lachen folgte. Timothy versuchte, es mit der Zunge abzuwürgen.

Alle lachten. Einar setzte ihn ab. Die Verwandten strömten hoch in Cecys Zimmer, um ihr zu gratulieren, und Timothy lief durch das rege Dunkel und riß die Haustür auf.

»Ich hasse dich, Cecy, ich hasse dich!«

Unter der Platane, im tiefen Schatten, erbrach Timothy sein Abendessen, schluchzte herzzerreißend und warf sich in einen Laubhaufen. Dann lag er still da. Aus der Brusttasche seines Hemdes kam die Spinne gekrochen, die sich dort in ihre schützende Streichholzschachtel zurückgezogen hatte. Spid lief auf Timothys Arm entlang, erforschte den Nacken bis zum Ohr, kletterte hinein und kitzelte ihn. Timothy schüttelte den Kopf. »Laß das, Spid! Hör auf!«

Als ein vorsichtig herumtastender Fühler zart sein Trommelfell berührte, erschauderte Timothy. »Hör auf, Spid!« Sein Schluchzen wurde ein bißchen leiser.

Die Spinne wanderte seine Wange hinab, machte unter der Nase halt, sah in die Nasenlöcher hinein, als suche sie das Gehirn, kletterte feinfühlig hinauf zur Nasenspitze, kauerte sich dort hin und blickte Timothy mit ihren grünen Juwelenaugen an, bis er in albernes Gelächter ausbrach. »Geh weg, Spid!«

Timothy setzte sich auf, ließ das Laub rascheln. Die Landschaft lag im hellen Licht des Mondes. Von drüben aus dem Haus, wo man jetzt ›Spieglein, Spieglein an der Wand‹ spielte, klangen schwach die Geräusche des ausgelassenen Treibens an sein Ohr. Gedämpfte Rufe ertönten, als sie herauszufinden versuchten, wer von ihnen sich noch nie im Spiegel gesehen hatte.

»Timothy.« Onkel Einars Flügel breiteten sich aus, zuckten und schlossen sich mit einem Trommelwirbel. Timothy spürte, daß er wie ein Fingerhut hochgehoben und auf Einars Schultern gesetzt wurde. »Mach dir nichts draus, Neffe

Timothy. Jeder nach seiner Façon, jeder auf seine Art. Für dich ist doch alles viel besser. Viel schöner. Für uns ist die Welt tot. Wir haben so viel davon gesehen, du kannst mir glauben. Das Leben ist für die am schönsten, für die es nicht ewig währt. Jede Minute davon ist dann um so mehr wert, denk immer daran, Timothy.«

Die restlichen Stunden des schwarzen Morgens, von Mitternacht an, ging Onkel Einar mit ihm durchs Haus, von Zimmer zu Zimmer; singend gingen sie hin und her. Eine Schar verspäteter Gäste sorgte erneut für ausgelassene Stimmung. Urururur- und tausendmal mehr Urgroßmutter war da, in ägyptische Grabtücher eingewickelt. Sie sagte keinen Ton, lehnte nur steif an der Wand, wie ein angesengtes Bügelbrett, in ihren Augenhöhlen lag ein ferner, weiser, stiller Schimmer. Beim Frühstück, um vier Uhr morgens, wurde die Mehr-als-tausend-mal-Urgroßmutter steif am Kopfende des längsten Tisches plaziert.

Die vielen jungen Verwandten saßen zechend um die Kristallbowle. Ihre glänzenden Olivenkernaugen, die diabolischen, kegelförmigen Gesichter und die lockigen, bronzefarbenen Haare hingen über dem Tisch, mit zunehmender Trunkenheit wurden sie unfreundlicher, mürrischer, rempelten sich schließlich mit ihren hart-weichen, halb mädchen-, halb jungenhaften Körpern gegenseitig an. Der Wind frischte auf, die Sterne brannten mit feuriger Glut, der Lärm verstärkte sich, die Tänze wurden schneller, man trank und wurde fröhlicher. Für Timothy gab es tausenderlei zu hören und zu sehen. Das vielgestaltige Dunkel trübte sich, brodelte, all die Gesichter zogen immer wieder an ihm vorbei.

»Hört mal!«

Das Fest hielt den Atem an. In der Ferne ertönte die Rathausuhr, schlug sechsmal. Das Fest ging zu Ende. Im Takt des Glockenschlags stimmten die hundert Stimmen Lieder an, die vierhundert Jahre alt waren, Lieder, die Timothy nicht kennen konnte. Arm in Arm gingen sie langsam im Kreis, sangen, und irgendwo in der kalten Weite des Morgens verklang der letzte Glockenschlag, und es wurde still.

Timothy sang. Er kannte weder die Texte noch die Melodien, und dennoch sang er die Lieder laut und wohlklingend. Und er starrte auf die geschlossene Tür oben an der Treppe.

»Danke, Cecy«, flüsterte er. »Ich verzeih dir. Danke.«

Dann entspannte er sich und ließ die Worte, mit Cecys Stimme, ungehindert von seinen Lippen fließen.

Nun nahm man Abschied, überall raschelte es. Vater und Mutter standen an der Tür, schüttelten jedem der Verwandten die Hand und gaben einem nach dem anderen einen Abschiedskuß. Durch die offene Tür sah man, wie sich im Osten der Himmel färbte. Ein kalter Wind wehte ins Haus. Und Timothy spürte, wie er gepackt und nacheinander in all die Körper gesteckt wurde, fühlte, wie Cecy ihn in Onkel Frys Kopf preßte, schaute aus dem runzligen Gesicht mit der ledernen Haut, dann sprang er mit einem Blätterwirbel hoch über das Haus und die erwachenden Hügel...

Dann lief er mit großen Sätzen einen Feldweg entlang und spürte seine roten Augen brennen, sein Fell war von morgendlichem Rauhreif bedeckt, als er in Vetter William keuchend eine Mulde durchquerte und in der Ferne verschwand...

Wie ein Kieselstein in Onkel Einars Mund flog Timothy dahin im geflügelten Donner, der den Himmel erfüllte. Und dann war er zurück, für immer, in seinem eigenen Körper.

Während es immer heller wurde, umarmten sich die Übriggebliebenen, vergossen Tränen bei dem Gedanken, daß diese Welt immer weniger ein Ort für sie war. Einst hatten sie sich jedes Jahr getroffen, aber jetzt vergingen Jahrzehnte zwischen den Zusammenkünften. »Und vergeßt nicht, wir treffen uns 1970 in Salem!«

Salem. Timothys benommener Verstand drehte die Worte hin und her. Salem, 1970. Und Onkel Fry würde da sein, und die Tausendmal-Urgroßmutter in ihren morschen Grabtüchern, und Mutter und Vater und Ellen und Laura und Cecy und all die andern. Aber würde er auch dabei sein? Konnte er sicher sein, daß er so lange leben würde?

Mit einem letzten reißenden Windstoß verschwanden sie alle, verschwanden all diese Halstücher, all diese flatternden Säuger, diese dürren Blätter, diese jaulenden, sich zusammendrängenden Geräusche, diese Träume, all dies mitternächtliche Dunkel, all dieser Wahnsinn.

Mutter schloß die Tür. Laura nahm einen Besen in die Hand. »Nein«, meinte Mutter. »Sauber gemacht wird heute abend. Jetzt gehen wir erst mal schlafen.« Und die Familienmitglieder verschwanden, nach unten in den Keller oder nach oben in die Schlafzimmer. Und Timothy ging mit gesenktem Kopf durch den mit Krepp übersäten Korridor. Als er an einem Spiegel, den sie bei ihrem Spiel benutzt hatten, vorbeikam, sah er die bleiche Sterblichkeit seines kalten, zitternden Gesichts.

»Timothy«, sagte Mutter.

Sie ging zu ihm hin, strich ihm mit der Hand übers Gesicht. »Mein Sohn«, sagte sie, »wir haben dich lieb. Denk daran. Wir alle haben dich lieb. Egal, wie anders du bist, egal, ob du eines Tages von uns gehst.« Sie küßte ihn auf die Wange.

»Und wenn du stirbst, werden deine Gebeine ungestört ruhen, wir werden dafür sorgen. Du wirst für immer in aller Ruhe daliegen, und ich werde dich jedes Jahr am Abend vor Allerheiligen besuchen und dich schön warm zudecken.«

Im Haus war es still. In der Ferne wehte der Wind über einen Hügel, trug die letzte Ladung dunkler Fledermäuse, ihr Echo und Piepsen fort.

Timothy ging die Treppe hinauf, langsam, Stufe für Stufe, und weinte dabei still vor sich hin.

Der wunderbare Tod des Dudley Stone

Er lebt!«

»Er ist tot!«

»Zum Teufel, er lebt in Neuengland!«

»Er ist vor zwanzig Jahren gestorben!«

»Laß einen Hut rumgehen, ich zieh los und bring euch seinen Kopf!«

So lief die Unterhaltung an jenem Abend. Ein Fremder hatte mit seinem Gerede davon, daß Dudley Stone tot sei, den Anstoß dazu gegeben. Wir entgegneten sofort lautstark, daß er lebe. Und mußten wir's nicht wissen? Waren wir nicht schließlich als einzige übriggeblieben von der Schar seiner Anhänger, die ihn in den zwanziger Jahren in Weihrauchschwaden gehüllt und seine Bücher im Schein lodernder intellektueller Brandopfer gelesen hatten.

Der Dudley Stone. Der großartige Stilist, der stolzeste aller Literaturlöwen. Sicherlich erinnern Sie sich noch an die Schwarzmalerei und die Weltuntergangsstimmung, daran, wie sich alle gegen den Kopf schlugen, als er seinen Verlegern folgende Mitteilung zukommen ließ:

Sehr geehrte Herren! Heute, im Alter von dreißig Jahren, trete ich von der Bühne ab, gebe ich das Schreiben auf, verbrenne alles, was mir teuer ist, werfe mein letztes Manuskript auf den Müll, rufe Ihnen meinen Gruß und mein Lebewohl zu. Ihr

Dudley Stone

Was folgte, lag in der Größenordnung von Lawinen und Erdbeben.

»*Warum?*« fragten wir uns jahrelang immer wieder.

In bester Groschenroman-Manier diskutierten wir die Frage, ob die Frauen ihn dahin gebracht hätten, seine literarische Zukunft wegzuwerfen. War es der Alkohol? Oder seine Wettleidenschaft – waren ihm die Pferde davongelaufen, hatten sie einen edlen Traber in seinen besten Jahren aus dem Rennen geworfen?

Ungefragt erklärten wir aller Welt, daß Faulkner, Hemingway, Steinbeck unter seinem Ruhm begraben lägen, wenn Stone heute noch schriebe. Um so trauriger, daß er – gerade im Begriff, sein bedeutendstes Werk zu verfassen – es sich eines schönen Tages anders überlegte und beschloß, sein künftiges Leben in einer kleinen Stadt zu verbringen, die wir ›Vergessenheit‹ nennen wollen, an einem Meer, für das der Name ›Vergangenheit‹ am besten paßt.

»*Warum?*«

Diese Frage war für immer wach in denjenigen von uns, die in seinen bunten Werken das Aufleuchten der Genialität wahrgenommen hatten.

Als wir an einem Abend vor ein paar Wochen beisammensaßen, die Abtragungen der Jahre weggrübelten, feststellten, daß die Tränensäcke unter unseren Augen und der Mangel an Haaren auf unseren Schädeln deutlicher geworden waren, gerieten wir in Wut über den Durchschnittsbürger, der Dudley Stone ignorierte.

Thomas Wolfe, so murmelten wir, hatte immerhin schon gehörigen Erfolg gehabt, als es ihn packte und er über den Rand zur Ewigkeit hinabsprang. Zumindest die Kritiker fanden sich ein und starrten ihm nach bei seinem Sturz ins Dunkel, wie einem Meteor, der feurig auf seiner Bahn vorüberzieht. Doch wer erinnerte sich noch an Dudley Stone, an seine Leserzirkel, seine tobenden Fans in den zwanziger Jahren?

»Laß den Hut rumgehen«, sagte ich, »ich werde die dreihundert Meilen weit fahren, Dudley Stone am Schlafittchen packen und sagen: ›Also, Mr. Stone, warum haben Sie uns so hängen lassen? Warum haben Sie in fünfundzwanzig Jahren nicht ein einziges Buch geschrieben?‹«

Der Hut war mit Geldscheinen angefüllt; ich schickte ein Telegramm ab und setzte mich in den Zug.

Ich weiß nicht, was ich erwartet habe. Vielleicht hatte ich damit gerechnet, einen vertrottelten, gebrechlichen Tattergreis anzutreffen, der durch den Bahnhof huschte, vom Seewind getrieben, ein kalkweißes Gespenst, das mich mit heiserer Stimme ansprechen würde, mit einer Stimme, die dem Raunen von Gras und Schilf im Nachtwind glich. Ich preßte die Knie gequält zusammen, als der Zug in den Bahnhof hineindampfte. Ich stieg aus, hinaus in eine einsame Gegend, eine Meile vom Meer. Und wie ein heilloser Narr fragte ich mich, wie es so weit hatte kommen können.

Auf einer Anschlagtafel vor dem verrammelten Fahrkartenschalter entdeckte ich einen mehrere Zentimeter dicken Packen von Bekanntmachungen; seit unzähligen Jahren war einfach eine auf die andere geklebt oder genagelt worden. Als ich den Packen durchblätterte, anthropologische Schichten bedruckten Gewebes ablöste, fand ich, was ich suchte. Dudley Stone in den Gemeinderat! Dudley Stone, unser neuer Sheriff! Macht Dudley Stone zum Bürgermeister! Und weiter nach oben, durch all die Jahre hindurch, bewarb sich sein Foto, das kaum mehr zu erkennen war, ausgeblichen von Sonne und Regen, um immer verantwortungsvollere Positionen im Leben dieser Welt hier draußen am Meer. Ich stand da und las.

»He!«

Und plötzlich kam Dudley Stone hinter mir über den Bahnsteig herangestürzt. »Sie, Mr. Douglas!« Ich wirbelte herum und sah vor mir diesen Hünen von Mann, groß, aber nicht dick, mit Beinen, die ihn wie riesige Kolben voranschoben; am Revers eine leuchtende Blume, um den Hals eine bunte Krawatte. Er quetschte meine Hand und sah dabei auf mich herab wie Michelangelos Gott, der mit einer mächtigen Berührung Adam erschafft. Sein Gesicht war das der warmen und kalten Winde, der Nord- und Südwinde, wie sie auf alten Seekarten dargestellt sind. Es war das Gesicht, das in ägyptischen Reliefs, vor Leben glühend, die Sonne symbolisiert!

Meine Güte! dachte ich. Und das ist der Mann, der seit gut zwanzig Jahren nichts mehr geschrieben hat. Unmöglich. Er ist so lebendig, so sündhaft lebendig. Ich kann seinen *Herzschlag* hören!

Ich muß mit weit aufgerissenen Augen dagestanden haben, um seinen Anblick in mein aufgewühltes Inneres eindringen zu lassen.

»Sie haben erwartet, ein klapperndes Gespenst vorzufinden«, lachte er. »Geben Sie's zu.«

»Ich –«

»Meine Frau wartet mit einem guten neuenglischen Essen auf uns, Bier ist auch genug da, helles und dunkles. Ich mag beide Sorten. Das helle hellt einen auf, belebt die müden Geister. Eine feine Sache. Das dunkle – es klingt schon so voll, so gesund!« Eine große goldene Uhr baumelte an einer glänzenden Kette auf seiner Weste. Er packte mich am Ellbogen und dirigierte mich voran, ein Zauberer auf dem Rückweg zu seiner Höhle, in seinen Händen ein Kaninchen, das Pech gehabt hat. »Schön, Sie zu sehen! Ich nehme an, Sie sind gekommen, um mir die gleiche Frage zu stellen wie all die anderen! Gut, diesmal werde ich alles erzählen!«

Mein Herz schlug höher. »Phantastisch!«

Hinter dem verlassenen Bahnhofsgebäude stand ein Ford mit offenem Verdeck, Modell T, Baujahr 1927. »Frische Luft. Wenn man in der Dämmerung fährt, so wie jetzt, trägt einem der Wind die Felder, das Gras, all die Blumen zu. Hoffentlich gehören Sie nicht zu denen, die ständig durchs Haus schleichen und alle Fenster schließen! Unser Haus ist wie der Gipfel eines Tafelbergs. Das Fegen überlassen wir dem Wind. Steigen Sie ein!«

Zehn Minuten später bogen wir von der Hauptstraße ab, auf einen Weg, der seit Jahren nicht ausgebessert worden war. Stone fuhr unbeirrt durch die Schlaglöcher und über die Hubbel, lächelte dabei ununterbrochen. Peng! Wir wurden kräftig durchgerüttelt auf den letzten Metern zu dem zweigeschossigen Haus, das unfertig wirkte, kcinen Anstrich hatte. Stone ließ den Wagen ein letztes Mal aufkeuchen und dann in Totenstille verfallen.

»Wollen Sie die Wahrheit wissen?« Er wandte sich mir zu, sah mich an, hatte eine Hand nachdenklich auf meine Schulter gelegt. »Ich bin ermordet worden, von einem Mann mit einem Revolver, fast auf den Tag genau vor fünfundzwanzig Jahren.«

Ich starrte hinter ihm drein, als er aus dem Wagen sprang. Er war massiv wie ein Felsblock, hatte absolut nichts von einem Gespenst, und doch war mir klar, daß in dem, was er gesagt hatte, ehe er wie eine Kanonenkugel auf das Haus zuschoß, die Wahrheit steckte.

»Meine Frau, unser Haus, und da das Abendessen, das uns erwartet! Wie finden Sie die Aussicht? Im Wohnzimmer haben wir Fenster nach drei Seiten, Blick aufs Meer, die Küste entlang und auf die Wiesen. Drei Viertel des Jahres stehen bei uns alle Fenster sperrangelweit offen. Im Hochsommer weht der Duft von Limonen herein, und wenn's Dezember wird, riecht's irgendwie nach Antarktis, Salmiak und Eiscreme. Lena, ist es nicht *nett*, daß er hier ist?«

»Hoffentlich mögen Sie neuenglisches Essen«, sagte Lena, die überall gleichzeitig war, eine große, kräftig gebaute Frau, wie die aufgehende Sonne, ein strahlendes Gesicht, das wie eine Lampe auf den Tisch schien, während sie das schwere, praktische Geschirr austeilte, das auch dem Faustschlag eines Riesen standgehalten hätte. Das Besteck war so solide, daß selbst die Zähne eines Löwen es nicht verbogen hätten. Eine große Dampfwolke stieg auf, durch die wir Sünder freudig hinabschritten in die Hölle. Dreimal wurde die Platte zum Nachservieren herumgereicht, und ich fühlte, wie sich der Ballast in mir ansammelte, in der Brust, in der Kehle, und schließlich in den Ohren. Dudley Stone schenkte mir ein Gebräu ein, das er aus wilden dunklen Trauben gemacht hatte, aus Trauben, die, wie er sagte, um Gnade gebettelt hatten. Als die Weinflasche leer war, blies Stone zart über die grüne Glasöffnung, erzeugte mit einem einzigen Ton eine kleine, rhythmische Melodie.

»So, ich habe Sie lange genug warten lassen«, meinte er dann und schaute mich an, schaute auf mich aus der Distanz, die zwischen den Menschen entsteht, wenn sie miteinander trinken, und die einem ab und zu im Laufe eines Abends wie unmittelbare Nähe erscheint. »Ich erzähle Ihnen von meiner Ermordung. Sie sind der erste, der das erfährt; glauben Sie mir. Kennen Sie John Oatis Kendall?«

»Ein unbedeutender Schriftsteller in den zwanziger Jahren, oder?« antwortete ich. »Ein paar Bücher. Schon 1931 war er ausgebrannt. Ist letzte Woche gestorben.«

»Möge er in Frieden ruhen.« Mr. Stone verfiel für einen Moment in eine eigenartige Melancholie, aus der er wieder auftauchte, als er weiterredete.

»Ja. John Oatis Kendall, schon 1931 völlig ausgebrannt, dabei war er so ein begabter Schriftsteller.«

»Nicht so begabt wie Sie«, warf ich schnell ein.

»Warten Sie nur ab. Wir haben unsere Kindheit zusammen verlebt, John Oatis und ich; wo wir zur Welt kamen, berührte der Schatten einer Eiche am Morgen mein Geburtshaus und am Abend seines, wir haben unzählige Bäche gemeinsam durchschwommen, allen beiden ist uns von grünen Äpfeln und von Zigaretten schlecht geworden, wir haben beide dasselbe Schimmern in demselben blonden Haar desselben Mädchens gesehen, und als wir auf die zwanzig zugingen, sind wir losgezogen, um das Schicksal herauszufordern, und haben gemeinsam eins aufs Dach gekriegt. Wir waren beide nicht schlecht, und dann wurde *ich* im Lauf der Jahre besser und immer besser. Während sein erstes Buch eine gute Kritik bekam, waren es bei meinem sechs, erhielt ich eine schlechte Kritik, bekam er davon ein Dutzend. Wir waren wie zwei Freunde im gleichen Zug, nur daß das Publikum den Waggon des einen abgekuppelt hatte. Und John Oatis blieb zurück, auf dem Dienstwagen, schrie: ›Rette mich! Laß mich nicht zurück hier in der tiefsten Provinz; wir fahren auf demselben Gleis!‹ Und der Schaffner wandte ein: ›Schon richtig, nur nicht mehr im selben *Zug*!‹ Ich schrie: ›Ich glaube an dich, John, nur Mut, ich komme zurück und hole dich!‹ Und der Dienstwagen schwand dahin in der Ferne mit seinen roten und grünen Lampen wie Kirsch- und Zitronenlutscher, die im Dunkeln leuchten, während wir einander schreiend unsere Freundschaft beteuerten: ›John, mein Junge!‹, ›Dudley, alter Freund!‹ Und während John Oatis um Mitternacht auf ein dunkles Abstellgleis hinter einem alten Wellblechschuppen einbog, dampfte meine Lok, mit all den fähnchenschwenkenden Fans und den Blaskapellen, voran in Richtung Morgengrauen.«

Dudley Stone machte eine Pause und bemerkte meinen völlig verwirrten Blick.

»Dies alles führte zu meiner Ermordung«, fuhr er fort.

»Denn 1930 tauschte John Oatis Kendall ein paar alte Klamotten und einige abgegriffene Exemplare seiner Bücher gegen eine Pistole ein und kam heraus, in dieses Haus, in dieses Zimmer.«

»Er hatte wirklich vor, Sie zu töten?«

»Das ist gut: er hatte es vor! Er hat's getan! Peng. Noch ein Glas Wein? Das tut gut.«

Mrs. Stone stellte einen kleinen Erdbeerkuchen auf den Tisch, während er meine zitternde Erregung genoß. Stone teilte den Kuchen in drei große Stücke und gab jedem von uns eines; dabei sah er mich wohlwollend an, mit den Augen eines Menschen, der erleichtert ist, endlich seine Geschichte erzählen zu können.

»Da hat er gesessen, John Oatis, auf dem Stuhl, auf dem Sie jetzt sitzen. Hinter ihm, draußen in der Räucherkammer, siebzehn Schinken; in unserem Weinkeller fünfhundert Flaschen vom besten; draußen vor dem Fenster Felder und Wiesen, das Meer elegant mit Spitzenborten besetzt; über uns der Mond wie eine Schüssel frische Sahne, überall die ganze Palette des Frühlings, ja, und drüben über dem Tisch Lena, eine Weide im Wind, lachte über alles, was ich sagte, oder vorzog, nicht zu sagen, wir beide genau dreißig, stellen Sie sich vor, dreißig Jahre, das Leben für uns ein prächtiges Karussell, unsere Finger griffen voll in die Saiten, meine Bücher verkauften sich gut, die Fanpost strömte als weiße Flut herein, im Stall standen Pferde, auf denen wir im Mondlicht ausritten, in kleine Buchten, wo wir oder das Meer alles in die Nacht hinausflüstern konnten, was wir wollten. Und John Oatis, dort, wo Sie jetzt sitzen, zieht ruhig den kleinen blauen Revolver aus der Tasche.«

»Ich hab gelacht, dachte, es wäre eines von diesen Feuerzeugen«, sagte seine Frau.

»Aber John Oatis meinte ganz ruhig: ›Ich werde Sie töten, Mr. Stone!‹«

»Und was haben Sie gemacht?«

»Was hätte ich machen können? Ich saß einfach da, erschüttert, fassungslos; ich hörte ein schreckliches Krachen! Der Sargdeckel! Ich hörte, wie etwas auf mich herabrutschte; Erde begrub meinen Ausgang. Man sagt, in so einem Augenblick sehe man seine ganze Vergangenheit vor seinem inneren Auge vorbeirasen. Unsinn. Es ist die *Zukunft*. Man sieht sein Gesicht als blutigen Brei. Man sitzt da und ringt nach Worten, bis man herausbringt: ›Aber wieso, John, was hab ich dir denn *getan*?‹

›Ha!‹ schrie er.

217

Und seine Augen strichen über das vollbeladene Bücherregal, über die stattliche Brigade von Büchern hin, die in Habachtstellung dastanden, und auf denen mein Name wie das Auge eines Panthers aus dem ledernen Dunkel leuchtete. ›Ha!‹ schrie er, irrsinnig. Und in seiner verschwitzten Hand zuckte der Revolver. ›Also, John‹, sagte ich vorsichtig. ›Was willst du?‹

›Ich will eines mehr als alles andere auf der Welt‹, erwiderte er, ›dich umbringen und berühmt werden. Meinen Namen in den Schlagzeilen sehen. So berühmt werden, wie du es bist. Mein Leben lang und noch nach meinem Tod bekannt sein als der, der Dudley Stone umgebracht hat!‹

›Das kann doch nicht dein Ernst sein!‹

›Und ob. Ich werde sehr berühmt sein. Viel berühmter als jetzt, in deinem Schatten. Weißt du, niemand auf der Welt kann hassen wie ein Schriftsteller. Mein Gott, wie liebe ich deine Werke und wie hasse ich dich, weil du so gut schreibst. Ein erstaunlicher Zwiespalt. Ich halte es einfach nicht mehr aus, nicht so gut schreiben zu können wie du, also werde ich auf einfachere Weise zu Ruhm gelangen. Ich werde dich absägen, ehe du den Gipfel erreichst. Man sagt, dein nächstes Buch werde dein bestes, dein brillantestes!‹

›Die übertreiben.‹

›Sie werden schon recht haben!‹ entgegnete er.

Ich sah auf Lena, die hinter ihm auf einem Stuhl saß, voller Angst, aber nicht so erschreckt, daß sie losgeschrien hätte oder weggerannt wäre, das Schauspiel verdorben, ihm ein vorzeitiges Ende bereitet hätte.

›Ruhig‹, sagte ich. ›Nur Ruhe. Bleib nur da sitzen, John. Gib mir eine Minute. Dann drück ab!‹

›Nein!‹ flüsterte Lena.

›Ganz ruhig‹, sagte ich zu ihr, zu mir, zu John Oatis.

Ich starrte durch die offenen Fenster hinaus, spürte den Wind, dachte an den Wein im Keller, an die kleinen Buchten am Strand, an das Meer, an den Mond, der nachts wie eine

Mentholscheibe den Sommerhimmel kühlte, der Wolken flammender Salzkörnchen – die Sterne – im Bogen hinter sich her zog in Richtung Morgen. Ich dachte daran, daß ich erst dreißig war, und ebenso Lena, und daß unser ganzes Leben vor uns lag. Ich dachte an all die Trauben des Lebens, die hoch oben hingen und darauf warteten, von mir gepflückt zu werden! Ich hatte nie einen Berg bestiegen, nie im Segelboot einen Ozean überquert, ich hatte mich nie um das Amt eines Bürgermeisters beworben, nie war ich nach Perlen getaucht, hatte nie ein Teleskop besessen, nie auf einer Bühne gestanden, hatte kein Haus gebaut und nicht all die Klassiker gelesen, die ich *so gerne* kennengelernt hätte. All das wartete darauf, von mir *getan* zu werden!

So dachte ich schließlich in diesen fast nur einen Augenblick währenden sechzig Sekunden auch an meine Karriere. An die Bücher, die ich geschrieben hatte, an die, die ich gerade schrieb, an die, die ich noch schreiben wollte. An die Kritiken, die Verkaufsziffern, unseren beruhigenden Kontostand. Und, ob Sie mir's glauben oder nicht, zum ersten Mal im Leben konnte ich mich davon befreien. Ich nahm auf einen Schlag eine kritische Haltung ein. Ich zog Bilanz. Auf die eine Waagschale legte ich all die Schiffe, mit denen ich nicht gefahren war, die Blumen, die ich nicht gepflanzt, die Kinder, die ich nicht großgezogen, die Berge, auf die ich nie einen Blick geworfen hatte, und dazu Lena, als Erntegöttin. In die Mitte stellte ich John Oatis Kendall mit seinem Revolver – der Pfosten, auf dem der Waagebalken auflag. Und auf die leere Waagschale legte ich ein Dutzend Bücher. Ich nahm ein paar kleinere Korrekturen vor. Legte meinen Füllhalter, die Tinte, das leere Papier dazu, und meine Sekunden tickten vorbei. Süßer Abendwind wehte über den Tisch. Er berührte eine Locke in Lenas Nacken, mein Gott, wie zart er sie berührte, wie sanft ...

Die Revolvermündung war genau auf mich gerichtet. Ich habe Fotos von Mondkratern gesehen und von diesem Loch im Weltall, dem Großen Kohlensacknebel, aber, ganz bestimmt, keine dieser Öffnungen war so groß wie die Revolvermündung dort drüben auf der anderen Seite des Tisches.

›John‹, sagte ich schließlich, ›haßt du mich wirklich *so* sehr? Weil ich Glück gehabt habe und du nicht?‹

›Zum Teufel, ja!‹ brüllte er.

Es war schon fast komisch, daß er mich beneidete. Ich war gar kein viel besserer Schriftsteller als er. Was ich ihm voraushatte, war nur das Tüpfelchen auf dem i.

›John‹, sagte ich ruhig zu ihm, ›wenn du willst, daß ich tot bin, werde ich tot sein. Wärst du zufrieden, wenn ich nie mehr etwas schreiben würde?‹

›Einen größeren Gefallen könntest du mir nicht tun!‹ rief er. ›Mach dich fertig!‹ Er zielte auf mein Herz!

›In Ordnung‹, sagte ich, ›ich werde nie mehr schreiben.‹

›Was?‹ stutzte er.

›Wir sind seit ewigen Zeiten Freunde, wir haben einander nie belogen, oder? Ich gebe dir mein Wort, von heute ab werde ich nichts mehr zu Papier bringen.‹

›Mein Gott‹, sagte er und lachte, verächtlich und ungläubig.

›Dort‹, sagte ich und deutete mit dem Kopf auf den Schreibtisch neben ihm, ›liegen die Manuskripte der beiden Bücher, an denen ich in den letzten drei Jahren gearbeitet habe. Es gibt keine Kopien davon. Eines davon werde ich jetzt hier vor dir verbrennen. Das andere kannst du selbst ins Meer werfen. Räum das Haus aus, nimm alles mit, was auch nur entfernt an Literatur erinnert, verbrenne auch meine bereits veröffentlichten Bücher. Hier!‹ Ich stand auf. Er hätte mich in diesem Augenblick erschießen können, aber ich hatte ihn in meinen Bann geschlagen. Ich warf ein Manuskript in den Kamin und hielt ein Streichholz daran.

›Nein!‹ rief Lena. Ich wandte mich um, sagte: ›Ich weiß, was ich tue.‹ Sie begann zu weinen. John Oatis Kendall starrte mich nur an, war hingerissen. Ich brachte ihm das andere unveröffentlichte Manuskript. ›Bitte.‹ Ich steckte es unter seinen rechten Schuh, so daß sein Fuß als Briefbeschwerer diente. Ich ging zurück an meinen Platz und setzte mich. Der Wind wehte, die Nacht war warm, und Lena saß weiß wie Apfelblüten mir gegenüber am Tisch.

Ich sagte: ›Von heute an werde ich keine Zeile mehr schreiben.‹

Es dauerte eine Weile, ehe John Oatis stammelte: ›Wie bringst du das fertig?‹

›Ich mache uns doch alle glücklich damit‹, erwiderte ich. ›Dich, weil wir endlich wieder Freunde sein werden. Lena, weil ich nun nur noch ihr Mann und nicht mehr der dressierte Seehund irgendeines Agenten sein werde. Und mich, weil ich lieber ein lebendiger Mann als ein toter Schriftsteller bin. Wenn's ans Sterben geht, tut ein Mensch alles, John. Jetzt nimm meinen letzten Roman und mach dich auf den Weg.‹

Wir saßen da, alle drei, so wie wir heute abend hier sitzen. Der Duft von Zitronen, Limetten und Kamelien lag in der Luft. Unter uns toste der Ozean an die steinige Küste; meine Güte, was für ein herrliches, mondbeschienenes Geräusch. Und schließlich packte John Oatis die Manuskripte, trug sie hinaus, als wären sie meine Leiche. Er blieb in der Tür stehen und sagte: ›Ich glaube dir.‹ Und dann war er fort. Ich hörte, wie er wegfuhr. Ich brachte Lena zu Bett. Das war eine der wenigen Nächte in meinem Leben, in denen ich die Küste entlanglief. Und wie ich lief! Ich holte tief Luft, betastete meine Arme, meine Beine und mein Gesicht mit den Händen und weinte dabei wie ein Kind, lief und watete durch die Brandung, wollte die Gischt des kalten salzigen Wassers, die Millionen von Schaumblasen um mich herum spüren.«

Dudley Stone hielt inne. Die Zeit im Zimmer war stehengeblieben. Stehengeblieben in einem anderen Jahr, und wir drei saßen da, verzaubert von der Geschichte seiner Ermordung.

»Und hat er Ihren letzten Roman vernichtet?« fragte ich.

Dudley Stone nickte. »Eine Woche danach wurde ein Blatt davon an der Küste angetrieben. Er muß das Manuskript über die Klippe geworfen haben, tausend Seiten, ich sehe sie vor meinem inneren Auge, sie könnten ausgesehen haben wie ein Schwarm weißer Seemöwen, als sie hinabsegelten aufs Wasser um vier Uhr morgens und von den Wellen hinausgetragen wurden ins Dunkel. Lena kam den Strand entlanggerannt, dieses eine Blatt in der Hand, und rief: ›Schau nur!‹ Und als ich sah, was sie mir da in die Hand drückte, warf ich's zurück ins Meer.«

»Sagen Sie bloß, Sie haben sich an Ihr Versprechen gehalten?«

Dudley Stone sah mich unverwandt an. »Was hätten *Sie* in so einer Situation getan? Sehen Sie es doch so: John Oatis hat mir einen Gefallen getan. Er hat mich nicht umgebracht. Hat mich nicht erschossen. Ich hab ihm mein Wort gegeben. Er hat es akzeptiert. Er hat mich leben lassen. Er hat mich weiterhin essen und schlafen und atmen lassen. Auf einen Schlag hat er meinen Horizont erweitert. Ich war so dankbar, daß ich weinte, als ich in dieser Nacht am Strand bis zur Hüfte im Wasser stand. Ich war dankbar. Verstehen Sie dieses Wort wirklich? Dankbar, weil er mich weiterleben ließ, als er es in der Hand gehabt hätte, mich für immer auszulöschen.«

Mrs. Stone stand auf, das Abendessen war beendet. Sie räumte den Tisch ab, während wir uns eine Zigarre anzündeten, und Dudley Stone mich gemächlich hinüber in sein Arbeitszimmer führte, an seinen Rollschreibtisch, der weit geöffnet war, dessen Kinnbacken vollgestopft waren mit Paketen, Papieren, Tintenfässern, einer Schreibmaschine, Dokumenten, Buchhaltungsunterlagen, Karteien.

»In mir brodelte es hoch. John Oatis schöpfte nur den Schaum ab, so daß ich das Gebräu sehen konnte. Es war völlig ungetrübt«, sagte Dudley Stone. »Schreiben war immer nur etwas Scharfes, Bitteres für mich gewesen; ich hatte Worte auf Papier gezappelt, tiefe Depressionen von Herz und Seele durchlebt. Hatte gesehen, wie die gierigen Kritiker mich hochjubelten, mich runtermachten, mich wie eine Wurst in Scheiben schnitten, mich bei einem mitternächtlichen Frühstück verspeisten. Es war Arbeit von der übelsten Art. Ich *war bereit*, den Kram hinzuschmeißen. Für mich war der Abzug gespannt. Bum! Da war John Oatis! Sehen Sie nur!«

Er wühlte im Schreibtisch herum, zog Handzettel und Plakate heraus. »Ich hatte immer über das Leben *geschrieben*. Jetzt wollte ich es leben. Dinge *tun*, anstatt von ihnen zu erzählen. Ich habe für den Schulausschuß kandidiert – und gewonnen. Für den Gemeinderat – gewonnen. Als Bürgermeister – gewonnen! Sheriff! Stadtbibliothekar! Referent für Abwasserbeseitigung. Ich hab eine Menge Hände geschüttelt, viel vom Leben gesehen, eine Menge Dinge getan. Wir haben alle Arten von Leben gelebt, Augen, Nase, Mund, Ohren und Hände dabei gebraucht. Sind auf Berge geklettert und haben Bilder gemalt, da an der Wand hängen ein paar! Wir haben dreimal die Welt umrundet! Ich habe sogar unseren Sohn, der überraschend kam, zur Welt gebracht. Er ist inzwischen erwachsen und verheiratet – lebt in New York! Wir haben gelebt und gelebt.« Stone machte eine Pause, lächelte. »Kommen Sie raus auf den Hof; wir haben ein Teleskop aufgestellt, würden Sie gern mal die Ringe des Saturn sehen?«

Wir standen im Hof, und der Wind wehte von der See herüber, aus tausend Meilen Entfernung, und während wir dastanden und durch das Teleskop die Sterne betrachteten, stieg Mrs. Stone hinab in den mitternächtlichen Keller, um eine gute Flasche spanischen Wein zu holen.

Es war Mittag, als wir am nächsten Tag nach einer stürmischen Fahrt über holprige Wiesen an dem verlassenen Bahnhof ankamen. Mr. Stone ließ das Auto einfach dahinrasen, während er mir etwas erzählte, dabei laut auflachte oder still vor sich hin schmunzelte, hin und wieder auf einen aus der Steinzeit übriggebliebenen Felsbrocken zeigte oder auf irgendeine Wiesenblume, schließlich wieder in Schweigen verfiel, als wir das Auto abstellten und auf den Zug warteten, der mich wegbringen sollte.

»Ich schätze«, meinte er und blickte dabei zum Himmel, »Sie halten mich für ganz schön verrückt.«

»Aber nein, keineswegs.«

»Also«, hob Dudley Stone an, »John Oatis Kendall hat mir noch einen Gefallen getan.«

»Und welchen?«

Gesprächsbereit rutschte Stone auf dem geflickten Ledersitz herum, wandte sich mir zu.

»Er hat mir geholfen, rauszukommen, während alles noch gut lief. Tief in meinem Inneren muß ich gewußt haben, daß mein literarischer Erfolg eine Sache war, die dahinschmelzen würde, wenn man mir das Kühlsystem abdrehte. Mein Unterbewußtsein hatte eine recht klare Vorstellung von meiner Zukunft. Ich wußte, was keiner meiner Kritiker auch nur ahnte, daß es mit mir nur noch abwärts gehen konnte. Die beiden Bücher, die John Oatis vernichtet hat, waren äußerst schwach. Sie hätten meinen literarischen Tod bedeutet, einen viel endgültigeren Tod, als ich ihn jemals durch Oatis erleiden konnte. Er hat mir also, ohne es zu wissen, geholfen, eine Entscheidung zu treffen, zu der ich mich allein vielleicht nicht hätte durchringen können, weil es mir dazu an Mut gefehlt hätte, nämlich, mich mit einer Verbeugung zurückzuziehen, während noch der Kotillon getanzt wurde, während die bunten Lampions noch ihr flackerndes Licht auf meine akademische Blässe warfen. Ich hatte zuviele Schriftsteller erst auf dem Gipfel gesehen und dann am Boden, aus dem Rennen geworfen, verletzt, unglücklich, dem Selbstmord nahe. Das Zusammentreffen von Gegebenheiten und Zufällen, meine unbewußte Erkenntnis, die Erleichterung und die Dankbarkeit, die ich, einfach deshalb, weil ich noch *lebte*, John Oatis Kendall gegenüber empfand, das alles war schieres Glück.«

Eine Minute lang saßen wir schweigend im warmen Sonnenlicht.

»Und dann konnte ich vergnügt mit ansehen, wie man mich, nachdem ich meinen Rückzug aus der Literatur angekündigt hatte, mit all den literarischen Größen verglich. Nur wenige Autoren haben sich in neuerer Zeit unter soviel Beifall verabschiedet. Es war ein wundervolles Begräbnis. Ich wirkte, wie man sagt, genau wie zu Lebzeiten. Und das Echo hallte noch lange nach.

›Sein *nächstes Buch*‹, riefen die Kritiker, ›wäre *die* Sensation geworden! Ein Meisterwerk!‹ Ich ließ sie lechzend warten. Sie wußten fast gar nichts. Noch heute, nach einem Vierteljahrhundert, machen meine Leser, die damals noch College-Schüler waren, rußige Ausflüge mit Bummelzügen, die nach Kerosin stinken, um herauszufinden, warum ich so lange auf mein Meisterwerk warten lasse. Und dank John Oatis Kendall bin ich noch immer nicht völlig in Vergessenheit geraten; mein Ruhm ist langsam geschwunden, ohne daß es weh tat. Ein Jahr später hätte ich mich vielleicht mit der Feder selbst umgebracht. Dann hätten andere meinen Waggon vom Zug abgekuppelt, und wieviel besser ist es doch, das selbst zu tun.

Meine Freundschaft mit John Oatis Kendall? Lebte wieder auf. Es dauerte natürlich eine gewisse Zeit. Aber 1947 kam er hierher, hat mich besucht; es war ein schöner Tag, wirklich, wie in alten Zeiten. Und jetzt ist er tot, und ich habe endlich jemandem alles erzählt. Was werden Sie Ihren Freunden in der Stadt sagen? Die glauben Ihnen kein Wort. Aber es ist *wahr*, ich schwör's Ihnen, so wahr, wie ich hier sitze und Gottes frische Luft atme, auf die Schwielen an meinen Händen schaue und allmählich den verblichenen Handzetteln immer ähnlicher werde, die ich verteilt habe, als ich Fiskalbeamter unseres Bezirks werden wollte.«

Wir standen auf dem Bahnsteig.

»Auf Wiedersehen, und danke, daß Sie gekommen sind,

die Ohren geöffnet haben und meine Welt auf sich einstürzen ließen. Grüßen Sie alle Ihre gespannten Freunde. Da, der Zug kommt! Ich muß mich beeilen; Lena und ich machen heute nachmittag bei einer Rot-Kreuz-Fahrt mit, die Küste entlang! Auf Wiedersehen!«

Ich sah, wie dieser Tote über den Bahnsteig davonstapfte, davonhüpfte, spürte das Zittern der Holzplanken, sah, wie er in seinen Wagen sprang, wie er hineinstampfte, hörte, wie der Wagen unter seinem Gewicht ächzte, wie er ihn anließ, wie der Motor aufheulte, sah, wie er wendete, dabei lächelte und mir zuwinkte, wie er davonbrauste, hin zu der plötzlich strahlenden Stadt, ›Vergessenheit‹ genannt, an der Küste eines blendenden Meeres mit dem Namen ›Vergangenheit‹.

Hinweise

›The Dwarf‹: Copyright © 1953 by Ziff-Davis Publishing Company. Buchveröffentlichung erstmals in *The October Country*, 1955

›The Watchful Poker Chip of H. Matisse‹: Copyright © 1954 by Galaxy Publishing Corporation. Buchveröffentlichung erstmals in *The October Country*, 1955

›Skeleton‹: Buchveröffentlichung erstmals in *Dark Carnival*, 1947, später in *The October Country*, 1955

›The Jar‹: Buchveröffentlichung erstmals in *Dark Carnival*, 1947, später in *The October Country*, 1955

›The Traveler‹: Buchveröffentlichung erstmals in *Dark Carnival*, 1947

›The Emissary‹: Buchveröffentlichung erstmals in *Dark Carnival*, 1947, später in *The October Country*, 1955

›Touched with Fire‹: Erstmals veröffentlicht unter dem Titel ›Shopping for Death‹. Buchveröffentlichung erstmals in *The October Country*, 1955

›The Scythe‹: Buchveröffentlichung erstmals in *Dark Carnival*, 1947, später in *The October Country*, 1955

›Uncle Einar‹: Buchveröffentlichung erstmals in *Dark Carnival*, 1947, später in *The October Country*, 1955

›The Wind‹: Buchveröffentlichung erstmals in *Dark Carnival*, 1947, später in *The October Country*, 1955

›There was an Old Woman‹: Buchveröffentlichung erstmals in *Dark Carnival*, 1947, später in *The October Country*, 1955

›Homecoming‹: Buchveröffentlichung erstmals in *Dark Carnival*, 1947, später in *The October Country*, 1955

›The Wonderful Death of Dudley Stone‹: Buchveröffentlichung erstmals in *The October Country*, 1955

Ray Bradbury
im Diogenes Verlag

»Bradbury ist ein Schriftsteller, für den ich Dankbarkeit empfinde, weil er uns eine Freude zurückgibt, die immer seltener wird: die Freude, die wir als Kinder empfanden, wenn wir eine Geschichte hörten, die unglaublich war, aber die wir gerne glaubten.«
Federico Fellini

»Einer der größten Visionäre unter den zeitgenössischen Autoren.« *Aldous Huxley*

Der illustrierte Mann
Erzählungen. Aus dem Amerikanischen von Peter Naujack

Fahrenheit 451
Roman. Deutsch von Fritz Güttinger

Die Mars-Chroniken
Roman in Erzählungen. Deutsch von Thomas Schlück

Die goldenen Äpfel der Sonne
Erzählungen. Deutsch von Margarete Bormann

Medizin für Melancholie
Erzählungen. Deutsch von Margarete Bormann

Das Böse kommt auf leisen Sohlen
Roman. Deutsch von Norbert Wölfl

Löwenzahnwein
Roman. Deutsch von Alexander Schmitz

Das Kind von morgen
Erzählungen. Deutsch von Christa Hotz und Hans-Joachim Hartstein

Die Mechanismen der Freude
Erzählungen. Deutsch von Peter Naujack

Familientreffen
Erzählungen. Deutsch von Jürgen Bauer

Der Tod ist ein einsames Geschäft
Roman. Deutsch von Jürgen Bauer

Der Tod kommt schnell in Mexico
Erzählungen. Deutsch von Walle Bengs

Die Laurel & Hardy-Liebesgeschichte
und andere Erzählungen
Deutsch von Otto Bayer und Jürgen Bauer

Friedhof für Verrückte
Roman. Deutsch von Gerald Jung

Halloween
Roman. Deutsch von Dirk van Gunsteren

Lange nach Mitternacht
Erzählungen. Deutsch von Christa Schuenke

Geisterfahrt
Erzählungen. Deutsch von Monika Elwenspoek

Magdalen Nabb
im Diogenes Verlag

Tod im Frühling

Roman. Aus dem Englischen von
Matthias Müller. Mit einem Vorwort
von Georges Simenon

Schnee im März – in Florenz etwas so Ungewöhnliches, daß niemand bemerkt, wie zwei ausländische Mädchen mit vorgehaltener Pistole aus der Stadt entführt werden. Eine davon wird fast sofort wieder freigelassen. Die andere, eine reiche Amerikanerin, bleibt spurlos verschwunden. Die Suche geht in die toskanischen Hügel, zu den sardischen Schafhirten – schon unter normalen Umständen eine sehr verschlossene Gemeinschaft. Aber es war keine gewöhnliche Entführung. Die Lösung ist so unerwartet wie Schnee im März – oder *Tod im Frühling*.

»Nie eine falsche Note. Es ist das erste Mal, daß ich das Thema Entführung so einfach und verständlich behandelt sehe. Bravissimo!« *Georges Simenon*

Terror
mit Paolo Vagheggi
Roman. Deutsch von Bernd Samland

Italien 1988 – Zehn Jahre sind vergangen, seit die Entführung und Ermordung des christdemokratischen Politikers Carlo Rota die Weltöffentlichkeit erschütterte. Die Hintergründe des Verbrechens sind ungeklärt geblieben, die Führer der Roten Brigaden ungestraft. Viele in Italien zögen es vor, die Ereignisse in Vergessenheit geraten zu lassen. Doch der Kampf gegen den Terrorismus geht weiter – Lapo Bardi, stellvertretender Staatsanwalt in Florenz, führt ihn unerbittlich.
Der Fall Aldo Moro, mit großer Könner- und Kennerschaft in einen glänzenden politischen Krimi umgesetzt.

Tod im Herbst
Roman. Deutsch von Matthias Fienbork

Die Tote, die an einem nebligen Herbstmorgen aus dem Arno gefischt wurde, war vielleicht nur eine Selbstmörderin. Aber wer schon würde, nur mit Pelzmantel und Perlenkette bekleidet, ins trübe Wasser des Flusses springen? Überall hieß es, die Frau habe sehr zurückgezogen gelebt. Was für eine Rolle spielten dann die ›Freunde‹, die plötzlich auftauchten? Wachtmeister Guarnaccia in seinem Büro an der Piazza Pitti in Florenz ahnte, daß der Fall schwierig und schmutzig war – Drogen, Erpressung, Sexgeschäfte –, aber daß nur weitere Tote das Dickicht der roten Fäden entwirren sollten, konnte er nicht wissen…

»Simenon hat Magdalen Nabb gepriesen, und mit *Tod im Herbst* kommt sie einem Florentiner Maigret ohne Zweifel am nächsten.« *The Sunday Times, London*

Tod eines Engländers
Roman. Deutsch von Matthias Fienbork

Florenz, kurz vor Weihnachten: Wachtmeister Guarnaccia brennt darauf, nach Sizilien zu seiner Familie zu kommen, doch da wird er krank, und es geschieht ein Mord. Carabiniere Bacci wittert seine Chance: Was ihm an Erfahrung fehlt, macht er durch Strebsamkeit wett! Betrug und gestohlene Kunstschätze kommen ans Licht, aber sie sind nur der Hintergrund zu einer privaten Tragödie. Zuletzt ist es doch der Wachtmeister, der (wenn auch eher unwillig) dem Mörder auf die Spur kommt – und an Heiligabend gerade noch den letzten Zug nach Syrakus erwischt.

»Unheimlich spannend und gleichzeitig von goldener, etwas morbider Florentiner Atmosphäre.« *The Financial Times, London*

Tod eines Holländers
Roman. Deutsch von Matthias Fienbork

Es gab genug Ärger, um die Polizei monatelang in Atem zu halten. Überall in Florenz wurden Touristen beraubt, Autos gestohlen, und irgendwo in der Innenstadt gingen Terroristen klammheimlich ans Werk. Dagegen sah der Selbstmord eines holländischen Juweliers wie ein harmlos klarer Fall aus. Es gab zwar ein paar Unstimmigkeiten. Aber die einzigen Zeugen waren ein Blinder und eine alte Frau, die bösartigen Klatsch verbreitete. Trotzdem war dem Kommissar nicht wohl in seiner Haut – es war alles ein bißchen zu einfach ...

»Eine gut ausgefeilte Mystery-Story, bestens eingefangen.« *The Guardian, London*

Tod in Florenz
Roman. Deutsch von Monika Elwenspoek

Sie ist auf dem Revier, um ihre Freundin vermißt zu melden. Beide sind Lehrerinnen und ursprünglich zum Italienischlernen aus der Schweiz nach Florenz gekommen und dann geblieben, um illegal zu arbeiten – die eine in einem Büro, die andere bei einem Töpfer in einer nahen Kleinstadt. Seit drei Tagen ist die bildhübsche Monika Heer spurlos verschwunden ...

»Magdalen Nabb muß als die ganz große Entdeckung im Genre des anspruchsvollen Kriminalromans bezeichnet werden. Eine Autorin von herausragender internationaler Klasse.« *mid Nachrichten, Frankfurt*

Tod einer Queen
Roman. Deutsch von Matthias Fienbork

Alle haßten die lebende Lulu, und die tote Lulu war erst recht keine sympathische Erscheinung. Niemand wollte mit diesem unmöglichen Fall zu tun haben, schon gar nicht Carabiniere Guarnaccia. Es hatte andere Fälle dieser Art gegeben, doch als schon wenige Tage später die erste Festnahme erfolgte, waren alle Beteiligten verblüfft und beeindruckt. Nur Guarnaccia konnte sich, trotz aller Beweise, nicht vorstellen, daß die launenhafte Peppina einen so kaltblütigen und komplizierten Mord verübt haben sollte.

Tod im Palazzo
Roman. Deutsch von Matthias Fienbork

Mord, Selbstmord oder Unfall? Wenn es in einer der ältesten Adelsfamilien von Florenz einen Toten zu beklagen gibt, kann es nichts anderes als ein Unfall gewesen sein. Ein Selbstmord würde den Ruf der Familie ruinieren und den Verlust der dringend gebrauchten Versicherungssumme zur Folge haben. Wachtmeister Guarnaccia glaubt aber nicht, daß das, was im Palazzo Ulderighi geschehen ist, ein Unfall war. Doch darf er nichts von seinem Verdacht verlauten lassen, will er seine Stelle nicht riskieren.

»Dieser gutherzige sizilianische Wachtmeister Guarnaccia wurde von der *Times* mit Maigret verglichen. Er gleicht der Simenonschen Figur in seiner Weisheit, seiner kräftigen Körperlichkeit und in seinem gesunden Menschenverstand. Simenon gratulierte Magdalen Nabb zu ihrem lebendigen Florenz, mit seinem leichten Morgennebel, seinen Gerüchen und Geschmäcken.« *Il Messaggero, Rom*

Tod einer Verrückten
Roman. Deutsch von Irene Rumler

Warum sollte jemand Clementina ermorden wollen, jene liebenswerte Verrückte, die jeder kennt im Florentiner Stadtviertel San Frediano? Wie sie in ihrem abgetragenen Kleid vor sich hin schimpfend immer vor der Bar mit dem Besen herumfuhrwerkte – das war ein allen vertrautes Bild. Erst als Clementina tot ist, wird klar, wie wenig man eigentlich von ihr weiß. Guarnaccia steht ohne einen Hinweis auf ein Tatmotiv da. Bis er beginnt, Clementinas Vergangenheit zu erkunden und zu den traumatischen Ereignissen vordringt, die das Leben der alten Frau so nachhaltig beeinflußten …

Das Ungeheuer von Florenz
Roman. Deutsch von Silvia Morawetz

Endlich scheint das Ungeheuer von Florenz, der Mörder von acht Liebespaaren, gefaßt zu sein – nach über 20 Jahren Ermittlungsarbeit eine Sensation. Das Ergebnis des Indizienprozesses vermag Maresciallo Guarnaccia jedoch nicht zu überzeugen. Er sieht hinter die Kulissen einer korrupten Justiz, setzt dort an, wo diese schludrig gearbeitet hat, und stößt dabei auf schauerlichste Familienverhältnisse. Ein Roman, der behutsam mit einem brisanten Thema umgeht: dem Prozeß von 1994 gegen den mutmaßlichen Serienmörder von Florenz.

»Ein unheimlicher Thriller, in dem Vergangenheit und Gegenwart aufeinanderprallen in einem Florenz, das in Sachen Grausamkeit dem der Medici in nichts nachsteht und wo Lügen oft glaubwürdiger sind als die Wahrheit.« *Manchester Evening News*

Geburtstag in Florenz
Roman. Deutsch von Christa Seibicke

Oben auf den Hügeln vor Florenz liegt in der Villa Torrini eine bekannte Schriftstellerin tot in ihrer Badewanne. Unten in der Stadt kämpft Guarnaccia vergeblich gegen neue Launen der Bürokratie und gegen die Hungerattacken, die ihm seine Diät beschert. Als er Freundeskreis und Ehemann der toten Schriftstellerin befragen muß, befürchtet Guarnaccia schon, daß dieser Fall seine Möglichkeiten übersteigt. Doch da kommt Hilfe in Gestalt einer lang verdrängten Erinnerung aus seiner Schulzeit in Sizilien.

»Carabiniere Guarnaccia ist der Typ Inspektor Columbo: etwas langsam, fast trottelig, aber nachdenklich und beständig, einer, der den Nebenaspekten eines Falles nachgeht und sich auch nicht scheut, eine Untersuchung noch einmal von vorne zu beginnen, weil er Zweifel an deren Ergebnissen hat.«
Deutsche Welle, Köln

Alta moda

Roman. Deutsch von Christa Seibicke

Olivia Birkett, ein amerikanisches Ex-Modell und Modedesignerin, ehemalsverheiratete Contessa Brunamonti, die es mit viel Elan und unerbittlicher Arbeitsdisziplin geschafft hat, nicht nur die Schulden ihres hochstaplerischen Ex-Mannes abzuzahlen, sondern sich in der italienischen *Alta moda* mit einer eigenen Kollektion zu behaupten, wird entführt. Natürlich pickt sich Guarnaccias Chef die Rosinen aus dem medienwirksamen Fall, und Maresciallo Guarnaccia wird dazu abgestellt, im Palazzo Brunamonti die Tochter und den völlig verzweifelten Sohn der schon seit zehn Tagen Vermißten zu beruhigen.
Doch auch auf dem Dienstbotenweg läßt sich einiges erfahren: nämlich daß die Contessa überhaupt nicht so reich ist, wie die Entführer glauben, da alles Geld in der Firma steckt, und daß die Tochter ausgesprochen schnell versucht, den Platz der Mutter einzunehmen, obwohl die Angestellten sie für völlig unfähig halten, eine Firma zu leiten.

»Magdalen Nabb ist eine hervorragende Schriftstellerin, eine Meisterin.« *Österreichischer Rundfunk, Wien*

Liaty Pisani
im Diogenes Verlag

Der Spion und der Analytiker
Roman. Aus dem Italienischen von Linde Birk

Gefährlich, wenn ein Psychoanalytiker die Standes-
regeln verletzt und zu sehr ins Leben seiner Patienten
eindringt. Den Wiener Analytiker Guthrie läßt es jedenfalls nicht kalt, als die schöne Alma Lasko ihn versetzt und er erfährt, daß ihr plötzliches Verschwinden
mit dem seltsamen Tod ihres Mannes zu tun haben
muß. Fatal auch, wenn ein internationaler Spitzen-
agent unter einem Kindheitstrauma leidet, das im
falschen Moment aufbricht. So geht es dem Agenten
Ogden, der sich mit Guthrie zusammentut, um Alma
Lasko ausfindig zu machen. 007 auf der Couch, und
ein Psychoanalytiker, der zum Spion wird: die beiden
geraten in eine aufregende Verfolgungsjagd, die Wien,
Zürich, Genf und Mailand zum Schauplatz hat.

»›Der dritte Mann‹, erneuert und korrigiert an einer
apokalyptisch gezeichneten Jahrhundertwende.«
Epoca, Mailand

Der Spion und der Dichter
Roman. Deutsch von Ulrich Hartmann

Juni 1980. Ein italienisches Zivilflugzeug mit 81 Insassen stürzt auf dem Weg von Bologna nach Palermo
ins Meer. Offensichtlich abgeschossen. Wer steckt dahinter? Die NATO? Libyen? Liaty Pisanis Thriller ba-
siert auf einem düsteren Kapitel der italienischen
Nachkriegszeit, der bisher unaufgeklärten Affäre
Ustica. Was Ogden dabei herausfindet, ist haarsträu-
bend. Lediglich Fiktion oder brutalste politische Realität?

»Ein Volltreffer. Ein Roman, der einem die Haare zu
Berge stehen läßt. Ich habe das Buch gefressen, mit al-
len Krimi-Symptomen wie Herzrasen und feuchten
Händen.«
Christine Schaich/Süddeutscher Rundfunk, Stuttgart

»Mit erzählerischer Bravour und vergnüglicher Ironie
verwandelt Liaty Pisani den traditionellen Kriminal-
roman in ein Schauermärchen – vor dem Hintergrund
einer realen Tragödie.« *Der Spiegel, Hamburg*

Der Spion und der Bankier
Roman. Deutsch von Ulrich Hartmann

Ein Schweizer Bankier wird tot aufgefunden, sein
Sohn verschwindet am darauffolgenden Tag. Ogden,
gerade erst aus dem Spionagegeschäft ausgestiegen,
wird quasi als Privatdetektiv dafür engagiert, den
20jährigen Willy wiederaufzufinden. Doch die Sache
ist nicht so privat, wie sie auf den ersten Blick aussieht. Willy weiß etwas, das schon seinen Vater das
Leben gekostet hat – es geht um den Verbleib jüdi-
schen Vermögens in den vierziger Jahren. Willy hat
von seinem Vater Einblick in Unterlagen bekommen,
deren Inhalt nicht nur die Banken, sondern auch die
Geheimdienste verschiedenster Nationen in Unruhe
versetzt. Mit der erforderlichen Sensibilität nähert
sich Litay Pisani dem Thema Völkermord, ohne dabei
auf einen spannenden Plot zu verzichten.

»Liaty Pisani hat ihr Metier offensichtlich bei Leuten
wie Le Carré, Chandler oder Ambler gelernt – sie erzählt gekonnt, voller Spannung, mit Exkursen ins
Sphärisch-Phantastische und mit einem Schuß Ironie.« *SonntagsZeitung, Zürich*

Edgar Allan Poe
im Diogenes Verlag

»Als ich zum erstenmal ein Buch von ihm aufschlug, fand ich bei ihm Gedichte und Novellen, wie sie mir bereits durch den Kopf gegangen waren, undeutlich und wirr jedoch, ungeordnet – Poe aber hat es verstanden, sie zu verbinden und zur Vollendung zu führen. Bewegt und bezaubert entdeckte ich nicht nur Sujets, von denen ich geträumt hatte, sondern auch Sätze und Gedanken, die die meinigen hätten sein können – hätte sie nicht Poe zwanzig Jahre vorher geschrieben.« *Charles Baudelaire*

Werkausgabe in Einzelbänden, herausgegeben von Theodor Etzel. Aus dem Amerikanischen von Gisela Etzel, Wolf Durian u.a.

Der Untergang
des Hauses Usher
und andere Geschichten von Schönheit, Liebe und Wiederkunft

Die schwarze Katze
und andere Verbrechergeschichten

Die Maske des Roten Todes
und andere phantastische Fahrten

Der Teufel im Glockenstuhl
und andere Scherz- und Spottgeschichten

Die denkwürdigen Erlebnisse
des Arthur Gordon Pym
Roman. Mit einem Nachwort von Jörg Drews

Meistererzählungen
Ausgewählt und mit einem Nachwort von Mary Hottinger

Dick Francis
im Diogenes Verlag

»Dick Francis ist der Meister des Thrillers.«
Der Spiegel, Hamburg

Todsicher
Roman. Aus dem Englischen von Tony Westermayr

Rufmord
Roman. Deutsch von Peter Naujack

Nervensache
Ein Sid-Halley-Roman. Deutsch von Tony Westermayr

Blindflug
Roman. Deutsch von Tony Westermayr

Schnappschuß
Roman. Deutsch von Norbert Wölfl

Hilflos
Roman. Deutsch von Nikolaus Stingl

Peitsche
Roman. Deutsch von Nikolaus Stingl

Rat Race
Roman. Deutsch von Michaela Link

Knochenbruch
Roman. Deutsch von Michaela Link

Gefilmt
Roman. Deutsch von Malte Krutzsch

Schlittenfahrt
Roman. Deutsch von Jobst-Christian Rojahn

Zuschlag
Roman. Deutsch von Ruth Keen

Versteck
Roman. Deutsch von Malte Krutzsch

Galopp
Roman. Deutsch von Ursula Goldschmidt und Nikolaus Stingl

Handicap
Ein Sid-Halley-Roman. Deutsch von Jobst-Christian Rojahn

Reflex
Roman. Deutsch von Monika Kamper

Fehlstart
Roman. Deutsch von Malte Krutzsch

Banker
Roman. Deutsch von Malte Krutzsch

Gefahr
Roman. Deutsch von Malte Krutzsch

Weinprobe
Roman. Deutsch von Malte Krutzsch

Ausgestochen
Roman. Deutsch von Malte Krutzsch

Festgenagelt
Roman. Deutsch von Malte Krutzsch

Gegenzug
Roman. Deutsch von Malte Krutzsch

Unbestechlich
Roman. Deutsch von Jobst-Christian Rojahn

Außenseiter
Roman. Deutsch von Gerald Jung

Comeback
Roman. Deutsch von Malte Krutzsch

Sporen
Roman. Deutsch von Malte Krutzsch

Lunte
Roman. Deutsch von Malte Krutzsch

Zügellos
Roman. Deutsch von Malte Krutzsch

Favorit
Ein Sid-Halley-Roman. Deutsch von Malte Krutzsch

Verrechnet
Roman. Deutsch von Malte Krutzsch

Rivalen
Roman. Deutsch von Malte Krutzsch

Risiko
Roman. Deutsch von Michaela Link

Winkelzüge
Dreizehn Geschichten. Deutsch von Michaela Link

Mammon
Roman. Deutsch von Malte Krutzsch

Ian McEwan
im Diogenes Verlag

»Ian McEwan ist das, was man so einen geborenen Erzähler nennt. Man liest ihn mit Spannung, mit Genuß, mit Vergnügen, mit Gelächter, man kann sich auf sein neues Buch freuen. McEwans Literatur verwandelt die Qualen der verworrenen Beziehungsgespräche in Unterhaltung, er setzt sie literarisch auf einer Ebene fort, wo man über sie lachen kann. Wie sollte man sich einen zivilisatorischen Fortschritt bei diesem Thema sonst vorstellen?«
Michael Rutschky/Der Spiegel, Hamburg

»Er hat einen eigenwilligen, reinen Stil, der mich manchmal an Borges und García Márquez erinnert.«
The Standard, London

»McEwan ist zweifelsohne eines der brillantesten Talente der neuen angelsächsischen Generation.«
L'Express, Paris